BARRY EISLER

Barry Eisler est né dans le New Jersey en 1964. Après des études de droit, il travaille pour le gouvernement américain pendant trois ans. Il séjourne ensuite au Japon, où il s'initie au judo. Il vit aujourd'hui dans la baie de San Francisco. Il a publié deux romans aux éditions Belfond, mettant en scène John Rain, tueur à gages solitaire mi-américain mi-japonais : *La chute de John R.* et *Tokyo Blues*.

LA CHUTE DE JOHN R.

BARRY EISLER

LA CHUTE DE JOHN R.

Traduit de l'américain
par Elizabeth Luc

BELFOND

Titre original :
RAIN FALL
publié par G.P. Putnam's Sons,
a member of Penguin Putnam Inc., New York.

Ce livre est une œuvre de fiction. Les noms, les personnages, les lieux et les événements sont le fruit de l'imagination de l'auteur ou utilisés fictivement. Toute ressemblance avec des événements réels, des lieux ou des personnes, vivantes ou mortes, serait pure coïncidence.

ISBN 2-266-13550-3

Je dédie ce roman à trois personnes qui ne sont plus là pour le lire.

À mon père, Edgar, qui m'a donné la force.

À ma mère, Barbara, qui m'a donné la perspicacité.

À mon frère, Ian, qui m'a aidé à gravir la montagne et dont le souvenir me permet de poursuivre l'ascension.

À mesure que le temps passait, ils étaient comme un éclair en automne, ils n'étaient plus de saison, telle la promesse vide d'une pluie qui tomberait dans l'indifférence sur des champs déjà nus.

SHOSABURO ABE

PREMIÈRE PARTIE

Qui donc est ce tiers qui toujours marche à ton
[côté ?
Si je compte, il n'y a que toi et moi ensemble
Mais si je scrute au loin la route blanche
Un autre toujours marche à ton côté,
Glissant, drapé dans une cape brune, tête coiffée,
Homme ou femme, je ne sais,
Mais qui donc est de l'autre côté ?

T. S. ELIOT, *La Terre vaine*

1

Harry se frayait un chemin dans la foule du matin, tel un requin fendant les flots. Je le suivais, à vingt mètres en retrait sur le trottoir d'en face. Comme tout le monde, je transpirais dans cette chaleur inhabituelle pour un mois d'octobre, à Tokyo. Je ne pouvais m'empêcher d'admirer à quel point le jeune homme avait assimilé ce que je lui avais appris, sa façon de s'immiscer avec fluidité dans la moindre brèche avant qu'elle se referme ou de dériver sur la gauche pour éviter un engorgement. Ses changements de rythme étaient si souples qu'il était impossible de deviner qu'il réduisait ainsi son écart avec notre cible, laquelle avançait maintenant à une vitesse plutôt voyante sur Dogenzaka, en direction de la gare de Shibuya.

La cible se nommait Yasushiro Kawamura. C'était un fonctionnaire lié au PLD, le Parti libéral démocrate, coalition politique à la tête du Japon presque sans interruption depuis la guerre. Il occupait le poste de vice-ministre de l'Aménagement du territoire et de l'Infrastructure, le Kokudokotsusho, qui avait succédé aux anciens ministères du Bâtiment et des Transports. Sans doute avait-il gravement offensé quelqu'un car mes clients ne font appel à moi que dans ces cas-là.

— Il entre chez Higashimura, le magasin de primeurs. Je m'installe plus loin, fit la voix de Harry dans mon oreille.

Nous portions tous deux un récepteur à microprocesseur de fabrication danoise, assez petit pour tenir dans l'oreille, où il était indécelable. Un micro de même taille était caché sous le revers de notre veste. Les transmissions se font en rafales, par UHF, ce qui les rend très difficiles à intercepter si l'on ne sait pas exactement ce qu'on cherche. Dans le cas contraire, elles sont brouillées. Un tel équipement nous permettait de nous passer de contact visuel permanent. Nous pouvions également poursuivre notre chemin si la cible s'arrêtait ou changeait de direction. Ainsi, même quand j'étais trop en retrait pour le voir, je savais toujours où situer Kawamura et pouvais continuer sur quelques mètres avant de devoir m'arrêter pour maintenir ma position. La filature en solo est compliquée et je me réjouissais que Harry m'accompagne.

À une vingtaine de mètres de chez Higashimura, j'entrai dans une pharmacie parmi les dizaines de boutiques ouvertes qui bordent Dogenzaka, répondant à l'obsession des Japonais pour les remèdes miracles. À Shibuya cohabitent de nombreuses tribus différentes, les *Buzoku*. Ce matin-là, plusieurs d'entre elles étaient représentées, toutes unies par le même besoin de ces doses d'énergie qui sont la spécialité de ces boutiques : remontants bourrés de ginseng et autres ingrédients exotiques, qui en réalité ne prodiguaient que le modeste coup de fouet de la caféine. Devant la caisse, quelques *sarariman* – salariés ordinaires – en costume gris, la mine renfrognée, portant d'une main fatiguée une mallette bon marché, se fortifiaient en prévision d'une nouvelle journée au sein de leur entreprise. Deux adolescentes à l'expression vide, les cheveux aussi secs que de la paille de fer à force d'être teints en orange, le nez percé d'énormes anneaux, arboraient une tenue visant à montrer leur rejet de la tradition, mais sans exprimer ce qu'elles avaient choisi à la place. Il y avait aussi un retraité aux cheveux gris, la peau flasque mais le visage étonnamment vif, sans doute venu à Shibuya pour s'offrir les prestations sexuelles qui faisaient la réputation du quartier. Il paierait grâce au compte d'épargne retraite qu'il cachait à sa femme, ignorant qu'elle était au courant de ses manigances et qu'elle s'en moquait.

Décidant d'accorder à Kawamura environ trois minutes pour acheter ses fruits, je m'intéressai à un assortiment de pansements, de façon à pouvoir observer la rue. Son entrée précipitée dans la boutique ressemblait fort à une tentative pour déjouer une filature, ce qui ne me plaisait pas. Sans son oreillette, Harry aurait dû s'arrêter brusquement pour rester derrière la cible : un geste anodin, nouer un lacet de chaussure, lire un panneau, et Kawamura, qui le guettait sans doute depuis l'entrée de la boutique, l'aurait repéré. Au lieu de cela, Harry passerait devant le magasin de primeurs, s'arrêterait vingt mètres plus loin, m'indiquerait sa position et poursuivrait sa filature dès que je lui aurais donné le feu vert.

Le magasin de primeurs était en effet un endroit idéal pour bifurquer, trop bien situé pour qu'un habitué des lieux le choisisse par hasard. Mais Harry et moi n'allions pas nous laisser abuser par ces astuces d'amateur tout droit sorties du manuel de l'antiterroriste débutant édité par le gouvernement. J'avais suivi cet entraînement, j'en connaissais l'efficacité.

Je quittai la pharmacie et longeai Dogenzaka, plus lentement cette fois, car je devais laisser à Kawamura le temps de sortir du magasin. Plusieurs questions fusèrent dans mon esprit. Y a-t-il assez de piétons entre nous pour qu'il ne me remarque pas s'il se retourne en sortant ? Devant quelles boutiques suis-je en train de passer, au cas où je devrais me cacher ? Quelqu'un observe-t-il tous ceux qui se dirigent vers la gare, aidant peut-être Kawamura à repérer une filature ? Si j'avais attiré l'attention, ils m'auraient déjà vu. Tout à l'heure, je me dépêchais pour ne pas perdre la cible, alors que, maintenant, je prenais mon temps. Or un homme qui va travailler marche toujours au même rythme. Toutefois, Harry était le plus visible et je n'avais sans doute pas été repéré avant de faire halte à la pharmacie.

J'entendis Harry :

— Je suis au 109.

Ce qui signifiait que je devais entrer dans le centre commercial, célèbre pour ses cent neuf restaurants et boutiques à la mode.

— Pas la peine, dis-je. Au rez-de-chaussée, c'est la lingerie. Tu comptes te fondre dans une foule de cinquante adolescentes en costume marin, en train de choisir des soutiens-gorge rembourrés ?

— Je pensais attendre dehors, répondit-il.

Il était certainement en train de rougir.

L'entrée du 109 est un lieu de rendez-vous bien connu, toujours encombré d'une foule cosmopolite.

— Désolé, je croyais que tu t'intéressais à la lingerie, repris-je en réprimant un sourire. Reste en arrière et attends mon signal à notre passage.

— D'accord.

Le magasin de primeurs ne se trouvait qu'à dix mètres, et toujours aucun signe de Kawamura. J'allais devoir ralentir. Je passais devant des bars et des restaurants. Aucun n'était encore ouvert. Sur le trottoir d'en face, j'étais au-delà des limites des préoccupations de Kawamura. Je pouvais donc prendre le risque de m'arrêter pour manipuler mon téléphone portable, par exemple. Mais s'il regardait dans ma direction, il me verrait, malgré mes traits japonais hérités de mon père, qui me permettaient de me fondre dans la foule. Harry, diminutif de Haruyoshi, était né de parents japonais, lui, et n'avait jamais eu à s'inquiéter d'être remarqué.

À mon retour à Tokyo, au début des années quatre-vingt, j'avais les cheveux châtains de ma mère. J'étais aussi discret qu'un chasseur en veste fluo. J'ai dû les teindre en noir afin d'acquérir l'anonymat qui me protège à présent. Toutefois, depuis quelques années, il se répand dans le pays un engouement pour le *chappatsu*, les cheveux teints couleur thé, aussi ne suis-je plus obligé de me montrer si vigilant. Je dis souvent à Harry qu'il va devoir s'y mettre pour passer inaperçu, mais il est trop *otaku*, trop sérieux, pour se soucier de questions telles que l'apparence physique. Il faut dire qu'à la base il ne possède pas grand-chose pour lui : un sourire maladroit qui semble toujours dans l'attente d'une gifle, une tendance à cligner des yeux quand il est énervé, un visage qui n'a jamais perdu son aspect poupin, accentué par une épaisse tignasse noire qui, les mauvais jours, semble flotter au-dessus de sa tête. Mais ces mêmes défauts qui l'empêchent de faire la couverture des magazines lui confèrent l'insignifiance nécessaire à une filature efficace.

J'étais certain de devoir m'arrêter quand Kawamura surgit enfin du magasin de primeurs et réintégra le flot des passants. J'attendis le plus longtemps possible, sans quitter des yeux les mouvements de sa tête tandis qu'il avançait. Il était grand, pour un Japonais, c'était pratique. Malheureusement, il portait un costume sombre comme neuf piétons sur dix, dont Harry et moi, bien sûr. Aussi ne pouvais-je demeurer trop en retrait.

Au moment où j'avais retrouvé la bonne distance, il s'immobilisa et se tourna pour allumer une cigarette. Je continuai à marcher lentement, à droite des piétons qui nous séparaient, sachant qu'il ne pourrait pas me repérer si je suivais la foule. Je gardai mon attention rivée sur le dos des autres, comme un banlieusard blasé. Au bout d'un moment, il se remit en route.

Je me permis d'esquisser un sourire satisfait. Un Japonais ne s'arrête jamais pour allumer une cigarette. Cela lui ferait perdre des semaines de sa vie d'adulte. De plus, il n'y avait aucune raison, un vent violent par exemple, pour que Kawamura se retourne vers la foule derrière lui. Cette tentative manifeste pour déjouer une éventuelle filature ne faisait que confirmer sa culpabilité.

Coupable de quoi, je l'ignorais. D'ailleurs, je ne pose jamais la question. Je n'insiste que sur quelques points : la cible est-elle un homme ? Je n'agis jamais contre les femmes ou les enfants. Quelqu'un d'autre a-t-il été engagé ? Je refuse que mon opération soit court-circuitée par une quelconque doublure, j'exige l'exclusivité. La cible est-elle directement en cause ? Je résous les problèmes sans détour, comme le soldat que j'ai été, et non pas en envoyant des messages par le biais de tiers, tel un terroriste. Les préoccupations sous-jacentes à la dernière question expliquent pourquoi j'aime constater une preuve de culpabilité : elle confirme que la cible est bien en cause et qu'il ne s'agit pas d'un innocent.

En dix-huit ans, l'absence d'une telle preuve m'a empêché d'agir à deux reprises. Une fois, j'étais chargé d'éliminer le frère d'un rédacteur de presse qui publiait des articles sur la corruption, dans la région d'origine d'un certain homme politique. La seconde fois, il s'agissait du père d'un réformateur bancaire qui montrait trop de zèle à enquêter sur l'ampleur et la nature des dettes de son établissement financier. J'aurais accepté d'agir contre le rédacteur ou le réformateur si j'avais été engagé. Mais, apparemment, les clients en question avaient des raisons de suivre un chemin plus détourné et de brouiller les pistes. Bien sûr, ils ne font plus partie de mes clients. Plus du tout, même.

Je ne suis pas un mercenaire, même si je l'ai été autrefois. Et, bien que, en un sens, je mène une vie de service, je ne suis pas un samouraï non plus. L'essence du samouraï ne se limite pas au service, elle implique une loyauté envers son maître, envers une cause plus grande que lui-même. À une époque, je brûlais de cette loyauté, imprégné d'une éthique issue des romans et des bandes dessinées de mon enfance, au Japon. J'étais prêt à mourir pour mon seigneur d'adoption, les États-Unis. Mais un tel amour, aussi inconditionnel et unilatéral, ne peut durer. En général, il finit mal ; ce fut mon cas. Je suis devenu réaliste.

À la hauteur du 109, je murmurai : « Je passe. » Pas dans le revers de ma veste, rien d'aussi stupide. Les micros sont assez sensibles pour vous épargner ces mouvements subtils qui vous trahiraient aux yeux d'une équipe de contre-surveillance. Il n'y en avait sans doute pas, mais autant envisager le pire. Harry saurait que je passais devant sa position et il arriverait dans un moment.

En fait, la formidable popularité des téléphones portables à oreillettes rendait mon travail plus aisé qu'autrefois. Naguère encore, un homme qui marchait dans la rue en parlant tout seul passait soit pour un fou, soit pour un agent des services secrets. Aujourd'hui, en revanche, ce comportement est très fréquent parmi la génération du *keitai*, ou portable.

Au bas de Dogenzaka, le feu était rouge. La foule se figeait à mesure que nous approchions de l'intersection des cinq rues devant la gare. Autour de nous, des enseignes au néon, d'énormes écrans vidéo clignotaient frénétiquement sur les bâtiments. Un camion à moteur diesel franchissait avec peine le carrefour, telle une péniche sur une rivière boueuse ; ses haut-parleurs hurlaient des chants patriotiques d'extrême droite qui couvrirent un instant les sonnettes des cyclistes. Un vendeur ambulant, le visage en sueur, poussait en zigzaguant sa charrette à bras en laissant dans son sillage une odeur de riz et de poisson bouilli. Un clochard sans âge dormait contre un réverbère. Probablement un ancien *sarariman* qui avait perdu son emploi et ses repères à la fin des années quatre-vingt, quand tout avait basculé. L'alcool ou le désespoir l'avaient accoutumé à la tempête qui se déchaînait autour de lui.

Le carrefour de Dogenzaka est animé de nuit comme de jour. Aux heures de pointe, quand le feu passe au vert, plus de trois cents personnes quittent le trottoir en même temps, tandis que vingt-cinq mille autres attendent dans la cohue. À partir de là, j'allais me retrouver épaule contre épaule, collé aux autres. Je resterais proche de Kawamura, à cinq mètres maximum, ce qui placerait environ deux cents piétons entre nous. Grâce à son titre de transport, il n'aurait pas à se rendre au distributeur de billets. Harry et moi avions acheté les nôtres à l'avance afin de pouvoir le suivre lorsqu'il franchirait le portillon. Luxe inutile, d'ailleurs, car, aux heures de pointe, les employés sont pratiquement abrutis par la horde des voyageurs. On pourrait leur montrer n'importe quoi, une carte de base-ball, on passerait quand même.

Le feu changea et les foules se mêlèrent l'une à l'autre comme dans une scène de bataille médiévale. Un radar invisible que seuls possèdent, selon moi, les habitants de Tokyo évitait les collisions de masse en pleine rue. Voyant Kawamura couper en diagonale vers la gare, je lui emboîtai le pas. Au moment de franchir le portillon, seuls cinq voyageurs me séparaient de lui. Je ne devais pas le lâcher. À l'arrivée de la rame, ce serait le chaos. Les étrangers qui croient les Japonais courtois n'ont jamais pris la ligne de Yamanote aux heures de pointe.

La marée humaine se déversa sur l'escalier et sur le quai, dans des bruits et des odeurs qui semblaient ajouter à la fébrilité ambiante. Nous remontions à contre-courant des voyageurs en provenance du train. Lorsque nous atteignîmes le quai, les portes se refermaient déjà sur des sacs à main et un coude qui dépassait. Le temps d'arriver à la hauteur du kiosque, au milieu du quai, la dernière voiture avait disparu. La rame suivante se présenterait dans deux minutes.

Kawamura avançait d'un pas traînant vers le milieu du quai. Je restai derrière lui, en retrait des rails, évitant son sillage. Il balayait le quai du regard, mais même s'il nous avait déjà repérés, Harry ou moi, il ne serait pas troublé de nous voir là. La moitié des voyageurs venait de Dogenzaka.

Je sentis le grondement de la nouvelle rame tandis que Harry me dépassait à toute allure en me frôlant. D'un imperceptible signe de tête, il m'indiqua que c'était à moi de jouer. Je lui avais dit n'avoir besoin de lui que jusqu'au moment où

Kawamura monterait dans le train. Lors de notre précédente filature, il s'était arrêté à ce stade. Harry avait rempli son rôle habituel, m'aider à m'approcher de la cible, puis, selon notre plan, il quittait la scène. Je le contacterais ultérieurement, quand j'en aurais terminé avec ma mission solitaire.

Harry croit que je suis détective privé et que je me contente de suivre tous ces gens pour obtenir des informations. Afin de ne pas éveiller ses soupçons, en raison du taux de mortalité étrangement élevé parmi les sujets que nous filons, je lui confie souvent la filature de personnes sans aucun intérêt pour moi, sauf celui de me procurer ensuite une forme de couverture puisqu'ils continuent de vivre heureux et insouciant. De plus, j'évite autant que possible de lui indiquer le nom de la cible, ce qui réduit ses chances de tomber sur des avis de décès troublants. Pourtant, je sais que Harry est un esprit curieux. Jusqu'à présent, il ne m'a pas posé de questions, et c'est tant mieux. Dans son rôle, il est parfait, je ne voudrais pas qu'il devienne encombrant.

Je m'approchai de Kawamura, tel un banlieusard parmi d'autres cherchant à bien se placer pour monter dans le train. C'était la partie la plus délicate de l'opération. Au moindre faux pas, je serais découvert. Difficile ensuite de faire une nouvelle tentative.

Ma main droite plongea dans la poche de mon pantalon, effleurant un aimant à microprocesseur gros comme une pièce de vingt-cinq cents. Une face de l'aimant était couverte d'une étoffe bleue comme le costume de Kawamura. Au besoin, j'aurais pu l'arracher pour révéler une couche de tissu gris, autre couleur de prédilection de ma cible. Sur l'autre face, du ruban adhésif.

Je sortis l'aimant de ma poche et le dissimulai au creux de mes mains. Il fallait attendre le moment propice, un instant de distraction de Kawamura. Une diversion minime ferait l'affaire. Peut-être en montant dans la rame. J'ôtai la bande de papier recouvrant l'adhésif et la froissai avant de la glisser dans la poche gauche de mon pantalon.

Le train entra en gare, fonçant droit sur nous. Kawamura prit un téléphone portable dans sa poche de poitrine et se mit à composer un numéro.

C'est bon, vas-y maintenant. Je l'effleurai et déposai l'aimant sur sa veste, juste au-dessous de l'épaule gauche, avant de m'éloigner de plusieurs pas sur le quai.

Kawamura ne resta que quelques secondes au téléphone ; il parlait trop bas pour que je puisse l'entendre dans le crissement des freins. Après quoi il rangea le téléphone dans sa poche de poitrine. Qui avait-il appelé ? Aucune importance. Dans deux, trois stations tout au plus, ce serait terminé.

Les portes s'ouvrirent, déversant à nouveau une marée humaine sur le quai. Lorsque le flot se tarit, la foule s'engouffra dans le train comme si l'on avait inversé les commandes d'un aspirateur géant. Les voyageurs continuaient à monter en force, malgré les signaux indiquant que les portes se refermaient. La masse des banlieusards enfla jusqu'à ce que nous soyons tous fermement en place, sans besoin de nous tenir aux poignées. Les portières claquèrent, la rame s'ébranla.

Lentement j'expirai, tournai la tête d'un côté puis de l'autre, sentant ma nuque craquer, et ce qui restait de ma nervosité s'envoler à mesure qu'approchait le moment ultime. Il en avait toujours été ainsi. Adolescent, j'avais vécu près d'une ville sillonnée de ravins. Par endroits, on pouvait sauter du haut d'une falaise, dans de profonds bassins propices à la baignade. On voyait souvent plonger les grands, cela ne semblait pas si haut, pourtant. La première fois que j'étais monté et que j'avais regardé en bas, j'avais été pétrifié par l'altitude. Mais les autres enfants m'observaient. À cet instant, j'avais su qu'en dépit de ma peur j'allais sauter. Mon esprit s'était concentré sur le geste simple et concret de bondir en avant. Je ne ressentais plus rien, n'avais conscience d'aucun avenir, à part ces quelques pas à franchir. Je me rappelle m'être dit que la mort n'avait aucune importance.

À une extrémité du wagon, Kawamura se tenait devant la porte, à environ un mètre de moi. Sa main droite agrippait une barre au-dessus de sa tête. Il ne fallait pas m'éloigner, désormais.

D'après les consignes que j'avais reçues, le résultat devait sembler naturel. C'était ma spécialité et mes services étaient recherchés pour cette raison. Harry avait obtenu le dossier médical de Kawamura à l'hôpital universitaire de Jikei. Depuis cinq ans, il ne devait la vie qu'à un stimulateur cardiaque.

Je pivotai de façon à tourner le dos aux portes, légère entorse au savoir-vivre japonais, mais je ne voulais pas qu'une personne comprenant l'anglais lise ce qui allait apparaître sur l'écran de mon ordinateur de poche. J'avais chargé un programme de surveillance cardiaque, de ceux qu'utilisent les médecins pour régler le stimulateur d'un patient. Mon PDA enverrait des commandes infrarouges à l'aimant de contrôle. Seule différence entre mon dispositif et celui d'un cardiologue : le mien était miniaturisé et sans fil. De plus, je n'avais pas prêté le serment d'Hippocrate.

L'ordinateur, déjà allumé et en mode veille, s'activa instantanément. L'écran m'offrit le choix entre un test de seuil et un test de sensibilité. J'optai pour ce dernier et me vis proposer une série de paramètres : fréquence cardiaque, pouls, amplitude. Je choisis la fréquence et réglai le stimulateur à la limite minimale de quarante pulsations par minute, puis je revins à l'écran précédent et sélectionnai le pouls. L'écran m'indiqua que le stimulateur produirait des impulsions d'une durée de 0,48 millième de seconde. Je la réduisis au minimum puis passai à l'amplitude. Le dispositif était préréglé sur 8,5 volts. Je descendis par paliers d'un demi-volt. Au bout de deux volts, l'écran se mit à clignoter : « Vous venez de réduire l'amplitude de deux volts. Êtes-vous certain de vouloir poursuivre cette réduction ? » Je tapai « oui » et continuai, réitérant le processus à chaque palier de deux volts.

À la station Yoyogi, Kawamura quitta la rame. Descendait-il ici ? Ce serait un problème : l'infrarouge du dispositif avait une portée limitée. Manœuvrer et suivre Kawamura en même temps relevait du défi. *Bon sang, encore quelques secondes !* songeai-je en me préparant à lui emboîter le pas. Mais il voulait simplement laisser descendre les autres et s'immobilisa près de la porte. Je me détendis. Quand les passagers de Yoyogi furent sortis, il reprit sa place, suivi de près par plusieurs personnes qui attendaient sur le quai. Nous repartîmes.

À deux volts, l'écran me prévint qu'il serait dangereux de continuer dans ce sens. J'ignorai la mise en garde et ôtai un demi-volt supplémentaire, tout en scrutant Kawamura. Il n'avait pas bougé.

En atteignant un volt, j'essayai de descendre encore. L'écran se mit à clignoter : « Votre commande va placer le dispositif à sa puissance minimale. Confirmez-vous ? » Je tapai « oui ». Il revint à la charge. Une fois de plus, je tapai : « oui ». Au bout d'une seconde, l'écran se mit à clignoter furieusement en caractères gras : **« Puissance inacceptable. Puissance inacceptable. »**

Je rabattis l'écran sans éteindre l'ordinateur. Il se reconfigurerait automatiquement. Il existait toujours le risque que le processus ne fonctionne pas du premier coup et je voulais avoir la possibilité de réessayer au besoin.

Ce ne fut pas nécessaire. Au moment où le train entrait en gare de Shinjuku et freinait soudain, Kawamura s'écroula sur sa voisine. Les portes s'ouvrirent, les passagers jaillirent tandis qu'il restait cramponné à une barre de la main droite, serrant son sac de fruits dans l'autre, devant la cohue des banlieusards. Je le vis pivoter dans le sens inverse des aiguilles d'une montre ; son dos se plaqua contre la paroi, près de la porte. La bouche ouverte, il semblait un peu surpris. Enfin, lentement, presque en douceur, il glissa vers le sol. Je vis un passager monté à Yoyogi se pencher vers lui pour lui porter secours. C'était un Occidental d'environ quarante-cinq ans, long et mince comme un javelot. Il avait les cheveux clairsemés, d'un blond grisonnant, un air aristocratique avec ses lunettes sans monture. Il secoua Kawamura par les épaules, mais celui-ci n'était plus en mesure de le remarquer.

— *Daijoubu desu ka ?* demandai-je en feignant de le soutenir pour chercher l'aimant.

Il va bien ? Sans doute cet Occidental ne comprendrait-il pas le japonais ; notre conversation serait ainsi réduite au minimum.

— *Wakaranai*, marmonna l'inconnu. Je ne sais pas.

Il tapota les joues de plus en plus bleues de Kawamura et le secoua encore, un peu brutalement, à mon avis. Ainsi, il parlait japonais. Qu'importait ! Je pris l'aimant et l'arrachai de la veste. Kawamura était fichu.

Je sortis sur le quai devant eux. Le flux de voyageurs se mit aussitôt à grimper dans le train. Alors que je jetais un coup d'œil par la vitre, je vis avec stupeur l'inconnu faire les poches de Kawamura. Je crus d'abord qu'il était en train de le dépouiller. Je m'approchai mais la foule de plus en plus compacte me bloquait le passage.

J'eus envie de remonter dans la rame, mais ç'aurait été stupide. De toute façon, il était trop tard. Déjà les portières se refermaient. Je les vis buter sur un obstacle, un sac à main sans doute. Lorsqu'elles se rouvrirent puis se refermèrent, une pomme roula sur les rails et le train s'ébranla.

2

À Shinjuku, je pris la ligne de Maranouchi vers Ogikubo, à l'extrême ouest de la ville, hors de Tokyo. Je voulais m'assurer une dernière fois que je n'avais pas été suivi avant de contacter mon client au sujet de l'opération Kawamura. Sur cette ligne, je me retrouvai à contre-courant de l'affluence matinale, ce qui me permit de surveiller plus facilement mes arrières.

Détecter une filature suppose qu'on emprunte un itinéraire qui obligera l'autre à se montrer. Ce matin-là, bien sûr, en allant à Shibuya, Harry et moi avions pris toutes les précautions. Mais je pars du principe que, même si tout va bien à un moment donné, les choses peuvent changer. À Shinjuku, la foule est si dense que dix personnes peuvent vous suivre sans que vous en repériez une seule. En revanche, filer quelqu'un sans se faire remarquer sur un quai de gare désert offrant de multiples issues relève de l'impossible. Le trajet vers

Ogikubo m'apportait la tranquillité d'esprit qui m'est devenue nécessaire.

Jadis, si un agent des services secrets voulait communiquer avec une source délicate au point d'exclure toute rencontre, il avait recours à une boîte aux lettres. La source déposait une microfiche dans un tronc d'arbre ou la dissimulait dans un obscur volume de la bibliothèque municipale ; l'espion venait la récupérer plus tard. Les deux personnes ne se trouvaient jamais ensemble au même endroit.

Grâce à Internet, la communication est plus facile et plus sûre. Le client dépose un texte codé sur une messagerie, l'équivalent électronique du tronc d'arbre. Je le télécharge depuis une cabine téléphonique anonyme pour le décrypter à ma guise et vice versa.

La circulation des messages est très simple. Un nom, une photo, des coordonnées personnelles et professionnelles. Un rappel de mes trois conditions *sine qua non* : pas de femmes ni d'enfants, pas de cibles innocentes. En général, je n'utilise le téléphone que pour évoquer des suites inoffensives d'opérations, d'où mon détour par Ogikubo.

D'une cabine sur le quai, j'appelai mon contact au PLD, le Parti libéral démocrate, un larbin que je ne connais que sous le nom de Benny, diminutif de Benihana, peut-être. Benny parlant couramment anglais, j'en conclus qu'il a passé un certain temps à l'étranger. Il préfère que nous communiquions dans cette langue. À mon avis, c'est parce que l'anglais a un son plus dur dans certains contextes et Benny se prend pour un dur. Il a dû apprendre son jargon en regardant trop de films de gangsters hollywoodiens.

Naturellement, nous ne nous sommes jamais rencontrés, mais nos conversations téléphoniques ont suffi à me le rendre antipathique. J'imagine très bien un de ces fonctionnaires planqués, le genre à gérer son problème de surpoids en faisant quelques kilomètres de jogging trois fois par semaine sur un tapis roulant, dans une salle de gym hors de prix, tout en chrome et miroirs, où la climatisation et le son apaisant de la télévision lui épargnent tout inconfort superflu. Il doit dépenser des fortunes en gel capillaire de grande marque, mais il se rattrape sûrement en portant des chemises qui ne se repassent pas et des cravates étiquetées « véritable soie italienne », choisies avec soin dans le bac à soldes d'un grand magasin bon marché, lors d'un voyage à l'étranger, en se félicitant d'avoir fait une affaire sur des articles d'une telle qualité. Il doit aussi céder à quelques extravagances occidentales : stylo Montblanc et autres talismans destinés à lui donner l'impression d'être plus cosmopolite que ses supérieurs hiérarchiques. Oui, je le connais, ce type. C'est un sous-fifre, un intermédiaire, un figurant qui ne s'est sans doute jamais sali les mains, incapable de distinguer un sourire sincère des rictus amusés des hôtesses qui le soulagent de ses yens contre un scotch Suntory à l'eau pendant qu'il les assomme avec ses allusions aux affaires importantes dans lesquelles il est impliqué mais dont il ne peut parler.

— C'est fait, lui dis-je après l'échange habituel de codes préétablis pour montrer patte blanche.

— Ravi de l'entendre, répondit-il d'un ton sec de faux dur. Pas de problèmes ?

— Rien qui vaille la peine d'être mentionné, assurai-je après un silence, en pensant à l'inconnu du métro.

— Vous êtes sûr ?

Je savais que je n'obtiendrais rien de cette façon. Mieux valait se taire, ce que je fis.

— Bon, poursuivit-il, vous savez comment me joindre en cas de besoin. Quand vous voulez. N'hésitez pas.

Benny essaie de m'utiliser comme agent de renseignement. Un jour, il m'a même proposé un tête-à-tête. Je lui ai répondu que, si j'étais amené à le rencontrer, ce serait pour le tuer, alors mieux valait oublier. Il a ri.

— Je n'ai besoin que d'une chose, repris-je, faisant allusion à mon argent.

— Demain, comme toujours.

— C'est bon.

Je raccrochai, essuyai machinalement le combiné et les touches au cas, peu probable, où l'on aurait intercepté l'appel et envoyé quelqu'un relever les empreintes. S'ils avaient accès aux archives militaires de l'époque du Vietnam, ce qui était possible, ils trouveraient que ces empreintes correspondaient à un certain John Rain. Et je ne voulais pas qu'ils sachent que le type qu'ils avaient connu plus de vingt ans plus tôt, peu après mon retour au Japon, était désormais leur mystérieux tueur indépendant.

À l'époque, je travaillais pour la CIA, héritage de mes contacts du Vietnam. Je m'assurais que les

« fonds de soutien » de l'Agence arrivaient aux bons destinataires du parti au gouvernement, lequel était déjà le PLD. L'Agence menait un programme secret pour soutenir les éléments conservateurs dans le cadre des politiques anticommunistes du gouvernement des États-Unis, suite logique aux relations qui s'étaient développées pendant l'occupation d'après-guerre. Le PLD était plus que ravi de jouer son rôle en échange de cet argent.

En réalité, je n'étais qu'un collecteur de fonds, mais j'entretenais d'excellents rapports avec l'un des bénéficiaires des largesses de l'oncle Sam, un dénommé Miyamoto. Un des associés de Miyamoto, irrité par ce qu'il considérait comme une part trop réduite du butin, avait menacé de tout déballer. Miyamoto était exaspéré. Son associé avait déjà usé de cette tactique et obtenu une augmentation. Il se montrait trop gourmand. Miyamoto m'avait demandé si je pouvais m'occuper de lui, pour 50 000 dollars, sans poser de questions.

L'offre était alléchante, mais je voulais assurer mes arrières. J'avais répondu à Miyamoto que je ne pouvais rien faire moi-même, mais qu'il m'était possible de le mettre en contact avec une personne susceptible de l'aider.

Cette personne est devenue mon alter ego. Au fil du temps, je me suis mis à effacer le vrai John Rain. Entre autres, je n'utilise plus mon nom de naissance ni tout ce qui lui est lié. Je me suis fait opérer pour donner à mes yeux une apparence totalement japonaise. Je porte les cheveux plus longs alors que j'arborais une coupe en brosse à l'époque. Mes lunettes à monture métallique, conséquence de l'âge, me donnent un air sérieux qui n'a rien à voir avec l'attitude concentrée du soldat d'autrefois. Aujourd'hui, je ressemble plus à un érudit japonais qu'au combattant eurasien que j'étais. Cela fait plus de vingt ans que je n'ai pas revu les contacts de ma période de collecteur de fonds et je reste scrupuleusement à distance de l'Agence. Après le coup qu'ils nous avaient fait à Bu Dop, à Crazy Jake et à moi, j'étais très heureux de les chasser de ma vie.

Miyamoto m'avait mis en contact avec Benny, qui travaillait avec des membres du PLD confrontés au même type de problèmes. Et moi, j'étais à même de les résoudre. Pendant un moment, j'ai bossé pour les deux, puis Miyamoto a pris sa retraite il y a une dizaine d'années et il est mort paisiblement dans son lit peu de temps après. Depuis, Benny est mon meilleur client. Chaque année, j'effectue trois ou quatre opérations pour lui et le membre du PLD dont il est l'intermédiaire. Je prends l'équivalent en yen de 100 000 dollars par contrat. Cela semble beaucoup, je sais, mais j'ai des frais : matériel, résidences multiples, une réelle activité de consultant qui affiche sans cesse des pertes et me procure le statut de contribuable, et autres marques de légitimité.

Benny. Je me demandais s'il savait quelque chose de ce qui s'était passé dans le train. L'image de cet inconnu en train de fouiller les poches de Kawamura tombé à terre me tourmentait. Je la revoyais tant et plus dans ma tête. Coïncidence ? Peut-être ce type cherchait-il des papiers d'identité ? Ce n'était pas le traitement le plus efficace à prodiguer à un homme en train de s'étouffer. Mais, quand ils sont sous pression, les gens non formés n'agissent pas toujours de façon rationnelle. Voir son premier mort est facteur de stress. À moins que cet homme n'ait été le contact de Kawamura et qu'il ait pris le train pour procéder à un échange quelconque. C'était peut-être ça, leur arrangement, un échange à bord du métro bondé. Kawamura appelle son contact de Shibuya, juste avant de prendre le train, et donne sa position. Le contact sait ainsi où monter lorsque le train entre en gare de Yoyogi. Peut-être.

En fait, ce genre de petites coïncidences est fréquent dans mon domaine d'activité. Elles surviennent dès que l'on commence à étudier le comportement humain, à suivre une personne ordinaire au cours d'une journée comme les autres, à écouter ses conversations, à scruter ses habitudes. Les silhouettes lisses et anodines, vues de loin, peuvent sembler incongrues de plus près, comme des fibres de tissu observées au microscope.

Certaines des cibles qu'on m'assigne sont impliquées dans des affaires occultes. Le facteur coïncidence y est particulièrement présent. Il m'est arrivé de suivre des sujets surveillés en même temps par la police, ce qui explique pourquoi ma capacité à détecter une contre-filature doit être aussi aiguisée. L'existence d'une maîtresse, voire d'une seconde famille, est un cas fréquent. Un jour, un sujet que j'avais suivi sur le quai du métro et que je devais éliminer m'a pris de court en se jetant sous les roues du train, m'épargnant ainsi la peine de le tuer. Le client était ravi, abasourdi par la façon dont j'avais réussi à donner l'impression d'un suicide sur un quai bondé.

J'éprouvais toutefois la sensation que Benny savait quelque chose, de sorte que j'avais du mal à oublier cette petite coïncidence. Si je pouvais prouver qu'il avait violé l'une de mes règles en plaçant une seconde équipe sur Kawamura, j'irais le trouver et lui réglerais son compte. Mais il n'existait aucun moyen infaillible pour obtenir cette confirmation. Je devrais mettre cette idée de côté, la considérer comme en attente, afin de me sentir mieux.

Je reçus l'argent le lendemain, comme promis. Puis ce fut le calme plat pendant neuf jours.

Le dixième jour, Harry m'appela, se faisant passer pour un ami du nom de Koichiro. Il me prévenait qu'il serait à la galerie Coupe-Chou à Shinjuku, mardi à huit heures, avec des amis, et m'invitait à passer si j'en avais le temps. Je lui répondis que j'en serais content et que j'essaierais de venir. Selon notre code, je devais compter cinq entrées dans la rubrique « restaurants » des pages jaunes de Tokyo, ce qui faisait de Las Chicas le véritable lieu de rendez-vous, et soustraire cinq jours de la date et cinq heures de l'heure indiquée.

Las Chicas est un bon point de rencontre car presque tout le monde y arrive par Aoyama-dori. Ce sont les piétons venant dans l'autre sens qu'il faut surveiller. De plus, les clients sont obligés de se montrer en traversant un petit patio pour atteindre l'entrée. Enfin, le restaurant est entouré de ruelles qui serpentent dans une dizaine de directions différentes. Aucun point d'étranglement où se cacher. Je connais bien ces ruelles, comme n'importe quel endroit où je passe beaucoup de temps. J'avais donc la certitude qu'un intrus aurait du mal à m'approcher, là-bas.

En outre, la cuisine et l'atmosphère y sont bonnes. Le menu et la clientèle représentent une heureuse fusion de l'Orient et de l'Occident. Le riz indien y côtoie le chocolat belge. Une beauté aux cheveux corbeau et aux pommettes hautes, d'ascendance mongole, peut s'asseoir à côté d'une blonde tout droit surgie des fjords. Langues et accents s'y mélangent. Las Chicas parvient à être éternellement tendance sans perdre son âme.

Arrivé avec deux heures d'avance, je patientai en sirotant un de ces *Chai Latte* qui font, à juste titre, la réputation de l'établissement. Il ne faut jamais arriver le dernier à une réunion, c'est impoli. Et cela réduit les chances d'être celui qui s'en va.

Peu avant trois heures, je reconnus Harry qui remontait la rue. Il ne m'aperçut qu'une fois à l'intérieur.

— Toujours le dos contre le mur, déclara-t-il en s'approchant.

— J'apprécie la vue, répondis-je, impassible.

La plupart des gens ne prêtent aucune attention à ces détails, mais je lui avais appris qu'il fallait être vigilant en entrant dans une pièce. Ceux qui sont assis le dos à la porte sont des civils. Ceux qui occupent les places stratégiques ont peut-être une certaine connaissance de la rue ou une formation. Ils méritent une plus grande attention.

J'avais rencontré Harry environ cinq ans plus tôt, dans un bar à Roppongi. Il s'était retrouvé mêlé à une rixe l'opposant à des marines américains ivres. Je tuais le temps avant un rendez-vous. Harry a un côté un peu excentrique. Parfois, ses vêtements lui vont si mal qu'on se demande s'il ne les a pas volés au hasard, sur une corde à linge. Et il a l'habitude de fixer tout ce qui l'intéresse. C'était ce regard intense qui avait attiré l'attention des ivrognes. L'un d'eux avait menacé à haute voix de lui faire bouffer ses grosses lunettes, à cette sale gueule de Jap, s'il ne regardait pas ailleurs. Harry avait aussitôt obéi, mais ce signe de faiblesse n'avait fait qu'attiser la colère des marines. Lorsqu'ils avaient suivi Harry dehors, et que j'avais compris qu'il n'avait aucune idée de ce qui allait se passer, j'étais sorti aussi. J'ai un problème avec les brutes. Un héritage de mon enfance.

Bref, ce fut à moi que les ivrognes s'en prirent mais rien ne se déroula comme ils l'avaient prévu. Harry m'en fut reconnaissant.

Je découvris qu'il possédait des capacités utiles. Né aux États-Unis, de parents japonais, il était bilingue. Il passait l'été chez ses grands-parents, aux environs de Tokyo. Il était allé à l'université aux États-Unis et avait obtenu une licence de mathématiques appliquées et de cryptographie. Ensuite, il avait connu quelques problèmes pour avoir piraté des dossiers scolaires dont un professeur de cartographie vantait l'inviolabilité. Il avait aussi vécu des moments difficiles avec le FBI, lequel avait mis la main sur des enquêtes auxquelles Harry était lié portant sur des établissements financiers nationaux. D'honorables messieurs, piliers de la NSA, l'Agence de sécurité nationale américaine, informés de ces agissements, avaient fait en sorte que Harry travaille à Fort Meade pour effacer un casier de pirate informatique de plus en plus lourd.

Harry était resté plusieurs années à la NSA, permettant à son nouvel employeur de s'introduire dans les systèmes d'entreprises et de gouvernements du monde entier, tout en apprenant au passage le plus sombre des arts occultes de la NSA. Au milieu des années quatre-vingt-dix, il était revenu au Japon et avait pris un emploi de consultant en sécurité informatique dans une grande société de conseil internationale. Naturellement, son passé avait été épluché. Son casier tout neuf et la magie d'un nettoyage de sécurité top secret de la NSA avaient dissimulé à ces nouveaux mécènes une donnée fondamentale : Harry, ce garçon timide et juvénile d'une trentaine d'années, était un pirate informatique invétéré.

Il s'était lassé de la NSA parce que, en dépit des défis techniques de l'emploi, tout était sanctionné par le gouvernement. Dans une entreprise, au contraire, il existait des règles, des critères éthiques, qu'il était supposé respecter. Harry n'avait jamais travaillé sur la sécurité d'un système sans conserver une porte de sortie qu'il pourrait utiliser à son gré. Il avait ainsi piraté les dossiers de sa propre entreprise pour découvrir les points faibles de ses clients, qu'il avait ensuite exploités. Harry avait le talent d'un serrurier et le cœur d'un cambrioleur.

Depuis notre rencontre, je lui ai enseigné les aspects plus concrets de mon art. Il est assez marginal pour respecter le fait que je me sois pris de sympathie pour lui. En conséquence, il a un peu le béguin pour moi. La loyauté qui en découle m'est utile.

— Que se passe-t-il ? lui demandai-je quand il se fut installé.

— Deux choses. Je crois que tu es au courant de la première. L'autre, je n'en suis pas sûr.

— Je t'écoute.

— D'abord, il semblerait que Kawamura ait succombé à une crise cardiaque le matin où nous l'avons filé.

Je bus une gorgée de mon *Chai Latte*.

— Je sais. C'est arrivé sous mes yeux, dans le métro. Terrible.

Scrutait-il mon visage plus intensément que de coutume ?

— J'ai lu l'avis de décès que sa fille a publié dans le *Daily Yomiuri*. Les funérailles ont eu lieu hier.

— Tu n'es pas un peu jeune pour lire la rubrique nécrologique, Harry ? fis-je en l'observant par-dessus ma tasse.

— Je lis tout, tu le sais bien. C'est aussi pour ça que tu me paies.

Il avait raison. Harry se tenait informé de l'actualité et avait le don de savoir établir des liens.

— Quelle est la seconde chose ?

— Pendant les funérailles, quelqu'un a cambriolé son appartement. J'ai cru que c'était peut-être toi, mais je préfère te le dire, au cas où.

Je demeurai impassible.

— Comment l'as-tu appris ? repris-je.

Il sortit de sa poche de pantalon une feuille de papier pliée et la glissa vers moi.

— J'ai piraté le rapport du Keisatsucho.

Le Keisatsucho est l'agence de police nationale du Japon, l'équivalent du FBI.

— Seigneur, Harry, rien ne te résiste ! Tu es incroyable.

— C'est simplement le Sosa, le service d'investigation. Leur système de sécurité est ridicule.

Je partageais son opinion sur le système de sécurité du Sosa, car j'étais un lecteur avide de leurs dossiers depuis de nombreuses années, mais je m'abstins de le lui dire.

Je dépliai la feuille de papier, parcourus le document et relevai d'abord le nom de la personne ayant rédigé le rapport : Ishikura Tatsuhiko. Tatsu. Pas vraiment étonnant.

J'avais rencontré Tatsu au Vietnam, où il était attaché au Bureau de sécurité publique et d'investigations, précurseur du Keisatsucho. Entravé par l'article 9 de la Constitution d'après-guerre qui imposait des restrictions aux militaires, le gouvernement ne faisait guère que charger quelques personnes d'écouter et de glaner des informations. Aussi Tatsu fut-il envoyé au Vietnam pendant six mois pour dresser des schémas d'écoute sur l'aide du KGB au Viêt-cong. Comme je parlais japonais, je reçus la mission de l'aider dans ses démarches.

Tatsu était un petit homme trapu, de ceux qui s'empâtent avec l'âge. Son visage doux masquait une nervosité que trahissait son habitude de projeter le torse et la tête en avant, comme s'il était retenu par une laisse invisible. Le Japon émasculé de l'après-guerre le frustrait et il admirait la voie sur laquelle je m'étais engagé : celle du guerrier. Pour ma part, j'étais intrigué par le chagrin secret que je lisais dans ses yeux. Un chagrin qui, étrangement, était plus flagrant quand il souriait, et surtout quand il riait. Il évoquait peu sa famille, ses deux petites filles, restées au Japon. Mais lorsqu'il le faisait, sa fierté était visible. Des années plus tard, j'appris par une connaissance commune qu'il avait aussi eu un troisième enfant, un fils, mort dans des circonstances dont Tatsu ne parlait jamais. Depuis, je comprenais l'origine de sa tristesse.

À mon retour au Japon, nous avions passé du temps ensemble, après quoi j'avais pris mes distances, étant impliqué avec Miyamoto et Benny. Je n'avais pas revu Tatsu depuis que j'avais changé d'apparence.

C'était une chance, car je savais, d'après les rapports que j'avais piratés, que Tatsu avait une théorie favorite : le PLD comptait un assassin dans ses rangs. À la fin des années quatre-vingt, Tatsu avait acquis la certitude que trop de témoins clés dans des affaires de corruption, trop d'experts financiers, trop de jeunes loups partis en croisade contre le statu quo politique périssaient de « mort naturelle ». Selon lui, il y avait là une piste, et il avait dressé le profil imprécis d'un homme aux aptitudes très proches des miennes.

Les collègues de Tatsu pensaient que ce portrait-robot n'était qu'un fantôme surgi de son imagination. Son entêtement à enquêter sur un complot que les autres considéraient comme un mirage n'avait rien fait pour promouvoir sa carrière. En revanche, cette obstination lui avait valu la protection des puissances qu'il espérait menacer, nul ne voulant accréditer ses théories en lui infligeant une « mort naturelle ». Les ennemis de Tatsu lui souhaitaient une existence longue et paisible. Toutefois, cette attitude changerait à la seconde où Tatsu s'approcherait un peu trop de la vérité.

Pour l'heure, tel n'était pas le cas. Mais je connaissais Tatsu. Au Vietnam, il comprenait déjà les bases du contre-espionnage, à une époque où même les hauts responsables de l'Agence étaient incapables de dresser un simple schéma d'écoute sur une unité VC ordinaire. Bien que limité dans son action, il avait pris des initiatives, mené des opérations et refusé la vie facile de ces attachés qui rédigent leurs rapports bien à l'abri dans leur villa.

Ses supérieurs étaient horrifiés par son efficacité, m'avait-il un jour confié amèrement, après de nombreuses tournées de saké. Et ils avaient ignoré avec soin les renseignements qu'il leur avait fournis. Au bout du compte, son obstination et son courage avaient été gaspillés. Si seulement il avait pu tirer des leçons de cette expérience...

Impossible, sans doute. Tatsu était un vrai samouraï. Il continuerait à servir son maître même si celui-ci l'ignorait, voire le molestait. Le dévouement était son éthique suprême.

Le Keisatsucho n'avait pas coutume d'enquêter sur un simple cambriolage. Quelque chose à propos de la mort de Kawamura, et de ce qu'il avait fait juste avant de mourir, avait dû attirer l'attention de Tatsu. Ce ne serait pas la première fois que j'aurais le sentiment d'être observé par mon ancien frère d'armes comme dans un miroir sans tain, d'être cette silhouette inconnue derrière le verre.

Heureusement que j'avais décidé de quitter le champ d'action de son radar des années auparavant !

— Tu n'as pas à me le dire, si tu étais au courant, déclara Harry, interrompant le fil de mes pensées. Je connais les règles.

Je réfléchis à ce que je pouvais lui révéler. Si je voulais en savoir plus, ses aptitudes pourraient m'être utiles. En revanche, je n'aimais pas l'idée qu'il puisse mieux entrevoir la nature exacte de mon travail. Je me doutais que Harry pouvait remonter le fil sur Internet ; il découvrirait alors les théories de conspiration de Tatsu et établirait un lien avec moi. Naturellement, ce n'était pas une preuve en soi, mais, à eux deux, Harry et Tatsu posséderaient un nombre important des pièces du puzzle.

Assis au Las Chicas, à siroter mon *Chai Latte*, je dus admettre que Harry risquait de devenir un problème. Cette constatation me déprima. Seigneur, me dis-je, tu deviens sentimental.

Peut-être était-il grand temps de sortir de cette mélasse.

— Je n'étais pas au courant, répondis-je enfin. C'est une affaire inhabituelle.

Il n'y avait pas de mal à lui parler de l'inconnu du train. Ce que je fis.

— Si nous étions à New York, je dirais qu'il s'agissait d'un pickpocket, commenta-t-il quand j'eus terminé.

— Au départ, j'ai eu la même idée. Mais être pickpocket, ce n'est pas une bonne idée pour un Blanc, à Tokyo. Il faut se fondre dans la foule.

— Une simple occasion qu'il aurait saisie ?

— Peu de gens ont autant d'aplomb et de sang-froid. Je crois que ce type était un contact de Kawamura et qu'il était venu procéder à un échange.

— Selon toi, pourquoi le Keisatsucho enquête-t-il sur un banal cambriolage dans un appartement de Tokyo ?

— Je l'ignore, répondis-je, même si le rôle de Tatsu m'intriguait. La position de Kawamura au gouvernement, peut-être, la date récente de sa mort, quelque chose comme ça. J'opterais pour cette théorie.

— Tu me demandes de creuser ? questionna-t-il en me regardant.

J'aurais dû laisser tomber. Mais être manipulé, je sais ce que c'est. La sensation que tout recommençait allait m'empêcher de dormir. Benny avait-il placé une seconde équipe sur Kawamura ? Autant laisser Harry me fournir quelques indices.

— De toute façon, tu vas le faire…

Il cligna les yeux.

— Je crois que je ne peux pas m'en empêcher.

— Alors creuse. Tiens-moi au courant de tes découvertes. Et surveille tes arrières, champion. Ne te laisse pas aller.

Cet avertissement valait pour nous deux.

3

En conseillant la prudence à Harry, je ne pus m'empêcher de songer à Jimmy Calhoun, mon meilleur ami au lycée, et à ce qu'il était avant de devenir Crazy Jake.

À dix-sept ans à peine, Jimmy et moi nous étions engagés ensemble dans l'armée. Le sergent recruteur avait exigé une autorisation parentale.

— Vous voyez cette femme, dehors ? nous avait-il dit. Donnez-lui vingt dollars et demandez-lui de signer comme étant votre mère.

Elle avait accepté. Plus tard, je compris qu'il s'agissait pour elle d'un gagne-pain.

Dans un sens, Jimmy et moi nous étions rencontrés grâce à Deirdre, sa sœur cadette. Elle était belle : une vraie rose d'Irlande aux cheveux noirs. Et gentille avec le gamin gauche et exclu que j'étais, à Dryden. Un imbécile avait raconté à Jimmy qu'elle me plaisait, ce qui était vrai, bien sûr. Or Jimmy ne voulait pas que sa sœur sorte avec un garçon aux yeux bridés. Il était plus grand que moi, mais, dans la bagarre, je parvins à l'immobiliser : j'avais gagné son respect. Il devint mon allié contre les petits caïds de Dryden. Mon premier véritable ami. Deirdre et moi sommes sortis ensemble, et malheur à quiconque regardait Jimmy de travers à cause de ça.

Avant notre départ, je déclarai à Deirdre que je l'épouserais à mon retour. Elle me promit de m'attendre.

— Tu veilleras sur Jimmy, hein ? me demanda-t-elle. Il a tant de choses à prouver !

Jimmy et moi avions expliqué au sergent recruteur que nous souhaitions servir ensemble. Il avait assuré qu'il s'arrangerait pour que ce soit possible. J'ignore s'il avait quelque chose à voir là-dedans – il nous mentait sans doute – mais tout se déroula au mieux. Après avoir suivi l'entraînement des forces spéciales ensemble, à Fort Bragg, Jimmy et moi nous retrouvâmes dans la même unité, au sein du SOG, le groupe d'études et d'observation, un organisme conjoint de l'armée et de la CIA. Cette histoire d'études et d'observation, c'était du pipeau : une idée de bureaucrate pour conférer un profil bas à l'organisation. Autant donner un nom de fleur à un pitbull.

Le SOG avait pour mission d'effectuer des reconnaissances clandestines et des sabotages au Cambodge et au Laos, parfois même au Nord-Vietnam. Les équipes étaient composées de LURRP, acronyme désignant des hommes spécialisés dans les patrouilles de reconnaissance de longue portée. Trois Américains et neuf CIDG, membres du groupe de défense irrégulière civile, en général des mercenaires khmers recrutés par la CIA, parfois des montagnards. Trois hommes partaient dans la nature pour une, deux, trois semaines, survivant par leurs propres moyens, sans contact avec le MACV, le commandement d'assistance militaire au Vietnam.

Nous étions l'élite de l'élite. Mobiles et peu nombreux, nous nous faufilions comme des fantômes silencieux à travers la jungle. Toutes les pièces de nos armes étaient scotchées pour éviter le moindre bruit. Nous opérions si souvent de nuit que nous en arrivions à voir dans le noir. Nous n'utilisions même pas de lotion antimoustiques parce que les VC détectaient son odeur. C'était à ce point.

Au moment où Nixon réclamait à cor et à cri le respect de la neutralité du Cambodge, nous opérions sur place. Si nos activités avaient été révélées au grand jour, Nixon aurait dû admettre qu'il avait menti à l'opinion publique, mais aussi au Congrès. Ainsi nos activités étaient-elles non seulement clandestines, mais niées sur toute la ligne. Pour certaines de nos missions, nous devions voyager nus, sans armes ni matériel américain. Parfois, on ne pouvait même pas obtenir de renfort aérien, de peur qu'un pilote soit abattu et capturé. Quand nous perdions un homme, sa famille recevait un télégramme indiquant qu'il avait été tué « à l'ouest de Dak To », « près de la frontière » ou autre mention tout aussi vague.

Au début, tout se passa bien. Avant de partir, Jimmy et moi avions discuté de ce que nous ferions. Nous avions entendu des histoires. Tout le monde était au courant pour My Lai. Nous voulions garder la tête froide, nous montrer professionnels. Conserver notre innocence, en fait. Quand j'y pense, j'ai presque envie de rire.

Jimmy avait reçu le surnom de Crazy Jake parce qu'il s'était endormi lors de notre premier combat armé. Les balles traçantes jaillissaient de derrière les arbres. Tout le monde était à terre, à tirer sur des cibles invisibles. Cela durait depuis des heures, car nous ne pouvions pas appeler des renforts par avion, à cause de notre position illégale. En plein combat, Jimmy décida de tout envoyer promener et de faire un somme. Les autres ont trouvé ça très « cool ». Quand ses camarades le traitaient de fou, il affirmait savoir que tout était *jake*, c'est-à-dire sous contrôle. D'où le surnom. À part moi, je pense que personne ne connaissait son vrai nom.

Jimmy ne se contentait pas de se conduire comme un fou. Il en avait l'apparence. Dans sa jeunesse, un accident de moto avait failli lui coûter un œil. Les médecins avaient réussi à le lui remettre en place, mais il souffrait de strabisme ; en face de lui, on avait l'impression qu'il regardait sur le côté. J'ai un regard multidirectionnel, aimait-il à répéter avec un sourire, quand il surprenait quelqu'un à l'observer.

Au lycée, Jimmy était plutôt sociable. Au Vietnam, il devint taciturne, s'entraînant sans relâche, consciencieux dans son travail. Il n'était pas très grand, mais il faisait peur. Un jour, un MP accompagné d'un berger allemand lui adressa une remarque sur son comportement dans un bar. Jimmy ne le regarda pas, fit comme s'il n'était pas là et fixa le chien. Par quelque instinct animal, quelque chose passa entre eux. Le chien se mit à reculer en gémissant. Prenant peur, le MP décida sagement de laisser tomber. Cet incident s'inscrivit dans la légende de Crazy Jake. On racontait que même les chiens de garde le redoutaient.

Il n'avait pas son pareil dans les bois. On aurait dit une bête douée de parole. Son œil multidirectionnel, ses longs silences mettaient les gens mal à l'aise. Mais, lorsque le bruit des hélicoptères s'éloignait, tout le monde voulait qu'il soit là.

Des souvenirs m'envahirent, tel un bataillon de cadavres soudain ressuscités.

Flingue-les, vas-y, flingue-les. Num suyn !

On ne rentrera pas à la maison, John, après ce qu'on a fait.

Oublie toute cette merde, me dis-je, rengaine familière, *ce qui est fait est fait.*

Ayant besoin de me changer les idées, je décidai d'aller écouter un concert chez Alfie, une boîte de jazz. Le jazz était mon refuge loin du monde extérieur depuis l'âge de seize ans, quand j'avais entendu mon premier disque de Bill Evans. En cet instant, j'en avais besoin.

Alfie est ce qu'on appelle un *raibu hausu*, littéralement maison vivante : une petite boîte de nuit qui accueillait trios et quatuors tout en restaurant les amateurs de jazz de Tokyo. Un lieu authentique : sombre, bondé, bas de plafond et, par le plus grand des hasards, doté d'une excellente acoustique. Il ne pouvait recevoir que vingt-cinq personnes environ et se spécialisait dans les jeunes artistes prometteurs. Cet endroit étant toujours plein à craquer, il fallait réserver, luxe que ma vie secrète ne me permettait pas, mais je connaissais la Mama-san d'Alfie, une vieille femme grassouillette aux petits doigts boudinés, avec une façon de se dandiner qui avait sans doute été un déhanchement séduisant. Elle avait passé l'âge de flirter avec moi, mais elle adorait que j'entre dans son jeu. La boîte avait beau être pleine, Mama arrivait toujours à trouver une petite place supplémentaire.

Ce soir-là, je pris le métro jusqu'à Roppongi, non sans vérifier que je n'étais pas suivi. Comme toujours, j'attendis sur le quai qu'il n'y ait plus personne avant de sortir. Nul ne m'emboîta le pas.

Roppongi brasse les personnages les plus audacieux de Tokyo, japonais ou étrangers. Le quartier regorge d'hôtesses occidentales venues au Japon en croyant devenir mannequins et qui se retrouvent piégées dans un autre univers. Elles vendent une conversation osée et souvent davantage à leurs clients *sarariman*, arpentant les rues en tenue stylée, accentuant leur grande taille par de hauts talons. Leur arrogance se veut synonyme de succès et de classe mais indique souvent un sentiment plus proche du désespoir. On croise aussi de superbes filles japonaises, bronzées à la perfection sous les lampes, les cheveux longs striés de mèches flottant dans le dos, telles les ailes repliées de quelque rapace affamé, à l'affût d'un petit ami fortuné qui, contre la promesse de relations sexuelles ou simplement l'occasion d'être vu au bras d'une telle beauté, leur offrira tailleurs Chanel, sacs Vuitton, et tout ce dont elles ont envie. Des étrangers basanés dealent des substances illicites qui ne sont pas forcément ce qu'ils affirment. Des mères maquerelles hors d'âge harponnent les passants par le bras pour leur proposer de choisir une « compagne » dans un album photo. Certains marchent vite, comme s'ils avaient un rendez-vous important. D'autres s'attardent, comme s'ils attendaient une célébrité. Tous semblent affamés, en quête d'aventure, dans ce monde de prédateurs et de proies aux atours chatoyants.

Alfie se trouve à gauche de la station, mais je bifurquai à droite pour faire le tour par-derrière. Les rabatteurs étaient déjà de sortie, me tendant leurs brochures, cherchant à capter mon attention. Je m'éloignai et m'engageai dans Gaienhigashi-dori, juste devant l'Almond Café, avant de tourner encore à droite, dans une ruelle parallèle à Roppongi-dori, pour aboutir derrière chez Alfie. Une Ferrari rouge passa en ronronnant, vestige des années prospères, quand les chasseurs de trophées s'offraient à coups de millions de dollars des toiles impressionnistes dont ils ignoraient tout, sans compter les propriétés lointaines à Pebble Beach, dont ils avaient entendu parler mais où ils n'avaient jamais mis les pieds. À l'époque, on disait que la terre de Tokyo valait davantage que celle des États-Unis. Les nouveaux riches festoyaient dans les bars à hôtesses de Ginza. Ils commandaient des magnums du meilleur champagne, à 1 000 dollars la bouteille, qu'ils gâchaient en y ajoutant des morceaux de sucre pour le déguster dans des flûtes parsemées d'éclats d'or de quarante carats.

Je traversai la rue et montai dans l'ascenseur vers le cinquième étage, balayant les lieux d'un regard à cent quatre-vingts degrés avant que les portes se ferment.

Comme je m'y attendais, la foule s'amassait devant l'entrée de la boîte, tapissée d'affiches, certaines récentes, d'autres fanées, retraçant les concerts qui y avaient eu lieu au fil des années. Un jeune type aux cheveux lissés en arrière, vêtu d'un costume occidental bon marché, vérifiait les réservations.

— *Onamae wa ?* me demanda-t-il. Votre nom ?

Je lui répondis que je n'avais pas réservé. Il prit un air désolé. Pour lui épargner l'angoisse de m'expliquer que je ne pourrais pas assister au concert, je lui dis que j'étais un vieil ami de Mama et que je voulais la voir. Pouvait-il la prévenir ? Il s'inclina et disparut derrière un rideau. Deux secondes plus tard, la vieille dame apparut, affichant une posture professionnelle, sans doute prête à me faire des excuses toutes japonaises : extrêmement polies mais fermes. Dès qu'elle me vit, ses yeux s'allumèrent en un sourire.

— *Jun-chan ! Hisashiburi !* me lança-t-elle en guise de salut, tout en lissant sa jupe.

Jun est le diminutif de Junichi, mon prénom japonais, devenu John en anglais. Je m'inclinai formellement et lui rendis son sourire chaleureux. Je lui expliquai que je passais dans le quartier et que je n'avais pas eu la possibilité de réserver. Je voyais bien qu'il y avait du monde et je ne voulais pas déranger…

— *Tonde mo nai !* coupa-t-elle. Ne sois pas ridicule !

Elle me fit entrer, se précipita derrière le bar et saisit ma bouteille personnelle de Cao Lila sur une étagère. Elle prit un verre et revint vers moi, m'entraîna vers une table dans un coin de la salle.

Elle resta un moment, me servit à boire, me demanda si j'étais avec quelqu'un. Je ne viens pas toujours seul chez Alfie. Quand je lui répondis que non, elle me sourit.

— *Un ga yokatta ne !* s'exclama-t-elle. À la bonne heure !

La présence de Mama me faisait du bien. Je n'étais pas venu depuis des mois, mais elle savait exactement où se trouvait ma bouteille. Elle avait toujours ses petits trucs.

Ma table était proche de la scène. La salle était plongée dans la pénombre. Seul un plafonnier illuminait un piano et un point situé à sa droite. Je ne distinguais pas très bien l'entrée, mais on ne peut pas tout avoir.

— Vous m'avez manqué, Mama, lui dis-je en japonais, un peu plus détendu. Dites-moi donc qui joue, ce soir.

Elle me tapota la main.

— Midori Kawamura, une jeune pianiste. Un jour, ce sera une grande vedette. Elle a déjà décroché un contrat au Blue Note pour ce week-end. Tu pourras te vanter de l'avoir vue chez Alfie à ses débuts.

Kawamura est un nom de famille répandu au Japon. La coïncidence ne m'étonna pas.

— Je crois avoir entendu parler d'elle, mais je ne connais pas sa musique. Comment est-elle ?

— Merveilleuse. Elle joue comme Thelonious Monk en colère. Et très professionnelle, contrairement à certains de ces jeunes que nous accueillons ici. Elle a perdu son père il y a dix jours à peine, la pauvre, mais elle a quand même respecté son engagement pour ce soir.

— Désolé de l'apprendre, répondis-je doucement. Que lui est-il arrivé ?

— Une crise cardiaque, mardi matin, sur la ligne de Yamanote. Kawamura-san m'a dit que ce n'était pas une surprise. Son père souffrait du cœur. Il faut savoir profiter de tous les instants qui nous sont donnés, hein ? Ah, la voilà !

Me tapotant une nouvelle fois la main, Mama s'éclipsa.

En me retournant, je découvris Midori et son trio. Elle s'avançait vers la scène, impassible. Je secouai la tête, m'efforçant de comprendre. J'étais venu chez Alfie pour me changer les idées, oublier Kawamura et tout ce qui lui était lié, et voilà qu'apparaissait son fantôme. J'aurais pu me lever et partir, mais cela aurait attiré l'attention.

De plus, ma curiosité était piquée au vif, comme si je passais devant un accident de la circulation que j'aurais provoqué, incapable de détourner les yeux.

J'observai le visage de Midori tandis qu'elle s'installait au piano. Elle semblait avoir dans les trente-cinq ans. Ses cheveux raides, mi-longs, étaient si noirs qu'ils scintillaient dans la lumière. Elle portait un pull à manches courtes, aussi noir que ses cheveux, qui contrastait avec la peau blanche et lisse de ses bras et de son cou. Je m'efforçai de voir ses yeux mais n'en obtins qu'un aperçu furtif. Elle les avait ourlés d'un simple trait de crayon. Pas d'autre maquillage. Elle était assez sûre d'elle pour cela. De toute façon, elle était belle et le savait.

Je sentis une tension dans le public, une attention soutenue. Midori leva les doigts au-dessus du clavier, où ils planèrent quelques secondes, puis compta d'une voix posée :

— Un, deux, un, deux, trois, quatre.

Baissant les mains, elle insuffla la vie à la salle.

Elle joua *My Man's Gone*, un classique de Bill Evans. J'aime ce morceau. J'appréciai son interprétation. Elle lui conférait une touche vibrante qui me donna envie de la regarder en plus de l'écouter. Pourtant, je détournai les yeux.

J'avais perdu mon père juste après mes huit ans. Il avait été tué par un militant de droite, lors des manifestations qui avaient ébranlé Tokyo quand l'administration Kishi avait ratifié le pacte de sécurité avec les États-Unis, en 1960. De son vivant, mon père s'était toujours montré distant. De plus, je sentais que j'étais une source de conflit entre mes parents. Mais cela, je ne le compris que plus tard. Longtemps après sa mort, j'ai passé des nuits entières à verser des larmes de petit garçon.

Ma mère ne m'a pas facilité la vie, mais je demeure persuadé qu'elle faisait de son mieux. Elle occupait un poste de juriste au Département d'État durant l'occupation, à Tokyo, au sein du commandement suprême des forces alliées de MacArthur. Elle appartenait à l'équipe formée par MacArthur pour rédiger une nouvelle Constitution destinée à guider le Japon de l'après-guerre dans le siècle américain à venir. Mon père, lui, travaillait au cabinet du Premier ministre Yoshida, où il était chargé de traduire et de négocier cette Constitution selon des termes favorables au Japon.

Leur histoire d'amour, rendue publique peu après la signature de la nouvelle Constitution, en mai 1947, scandalisa les deux camps. Chacun des deux pays soupçonnait son représentant de se livrer sur l'oreiller à des concessions impossibles à imaginer autour d'une table de négociations. L'avenir de ma mère au Département d'État étant plus que compromis, elle resta au Japon en tant qu'épouse de mon père.

En raison de ce mariage mixte, les parents de ma mère coupèrent les ponts. Par réaction, elle adopta aussitôt le Japon. Elle apprit la langue pour pouvoir parler japonais avec mon père et moi à la maison. À la mort de mon père, elle perdit toute attache avec la nouvelle vie qu'elle s'était créée.

Midori était-elle proche de son père ? Peut-être pas. Peut-être existait-il entre eux un malaise, voire des disputes, sur ce qu'il jugeait comme une carrière un peu frivole. Et s'il y avait des querelles, des silences douloureux, des difficultés de compréhension mutuelle, avaient-ils eu l'occasion de se réconcilier ? Ou bien ne restait-il à la jeune femme que le regret de tout ce qu'elle n'avait pu lui dire ?

Qu'est-ce qui te prend ? me dis-je. *Tu n'as rien à voir avec elle ou avec son père. Elle est séduisante. Tu es troublé. D'accord. Mais laisse tomber.*

Je balayai la salle du regard. Les autres spectateurs semblaient être venus à deux ou à plusieurs.

J'avais envie de sortir, de trouver un endroit qui ne soit pas chargé de souvenirs.

Mais lequel ?

Alors j'écoutai la musique. Je sentis les notes s'éloigner de moi en zigzaguant avec entrain, je les laissai m'entraîner loin de cette humeur sombre qui m'enveloppait de ses eaux noires, je m'accrochai à la musique, un goût de Cao Lila dans la gorge, la mélodie dans les oreilles, jusqu'à ce que les mains de Midori deviennent floues, que son profil se perde dans ses cheveux, que les têtes des autres spectateurs, dans la pénombre et la fumée de tabac, se mettent à tanguer, jusqu'à ce que des mains tapotent les tables et les verres, que celles de Midori se troublent avant de s'immobiliser, dans une seconde d'un silence parfait, rompu par un tonnerre d'applaudissements.

Quelques instants plus tard, Midori et son trio se frayèrent un chemin vers la petite table qui leur était réservée. La salle s'emplit du brouhaha des conversations et de rires étouffés. Mama les rejoignit. Je ne pouvais m'éclipser sans saluer Mama, mais je ne voulais pas m'arrêter à la table de Midori. De plus, un départ prématuré aurait semblé suspect. Je me rendis compte que j'allais devoir patienter.

Admets-le, me dis-je. *Tu as envie d'écouter la deuxième partie*. Et c'était vrai. La musique de Midori avait apaisé mes tourments. Le jazz y parvenait toujours. La perspective de m'attarder ne me contrariait pas. J'apprécierais la suite du spectacle et m'en irais tranquillement, avec le souvenir d'une soirée ayant commencé bizarrement pour se terminer bien.

C'est bon. Fini, les conneries à propos de son père, d'accord ?

Du coin de l'œil, je vis Mama s'approcher. Lorsqu'elle s'assit près de moi, je lui souris.

— Alors ? Qu'est-ce que tu en penses ? me demanda-t-elle.

Je pris ma bouteille, considérablement moins pleine qu'à mon arrivée, et servis deux verres.

— Vous aviez raison. Un Thelonious Monk en colère. Effectivement, elle est promise à un grand avenir.

— Tu aimerais la rencontrer ? questionna-t-elle, les yeux pétillants.

— C'est gentil, Mama, mais je suis plus d'humeur à écouter qu'à parler, ce soir.

— Et alors ? Elle parlera, tu l'écouteras. Les femmes aiment les hommes qui écoutent. C'est si rare !

— Je ne suis pas sûr de lui plaire, Mama.

— Elle m'a interrogée à ton sujet, déclara-t-elle en se penchant vers moi.

Merde.

— Et qu'est-ce que vous lui avez répondu ?

— Que, si j'étais plus jeune, je ne lui dirais rien du tout.

Elle posa une main sur sa bouche et se mit à tressauter d'un rire silencieux.

— Mais puisque je suis trop vieille, je lui ai confié que tu étais un passionné de jazz, un de ses plus grands fans, et que tu étais venu ce soir exprès pour l'écouter.

— C'est gentil de votre part.

Je perdais le contrôle de la situation et j'ignorais si je pourrais me reprendre.

— Alors ? Tu ne crois pas que tu devrais aller te présenter ? Elle m'a dit qu'elle voulait faire ta connaissance.

— Mama, vous racontez des bobards. Elle n'a rien affirmé de tel.

— Ah non ? Regarde, elle t'attend.

Elle se retourna et adressa un signe de la main à Midori, qui lui fit signe à son tour.

— Mama, ne faites pas ça, implorai-je, sachant que c'était fichu.

Elle se pencha en avant et son rire disparut comme le soleil derrière un nuage.

— Allez, ne me fais pas honte. Va lui dire bonjour.

Au diable cette histoire ! De toute façon, il fallait que j'aille aux toilettes.

Je me dirigeai donc vers la table de Midori. Elle me sentit arriver mais demeura impassible jusqu'à ce que je m'arrête devant elle. Alors elle leva la tête. Je fus frappé par ses yeux. Elle avait un regard indéchiffrable, même en me fixant ; mais pas distant, ni froid. Au contraire, il semblait irradier une chaleur retenue qui vous touchait et que l'on ne pouvait toucher en retour.

Je sus tout de suite que j'avais eu raison d'accuser Mama de mensonge. Midori ignorait qui j'étais.

— Merci pour votre musique, commençai-je tout en cherchant autre chose à dire. Vous m'avez sauvé.

Le bassiste, très branché, en noir de la tête aux pieds, arborait de longues pattes et des lunettes rectangulaires européennes. Il grommela ostensiblement. Peut-être y avait-il quelque chose entre eux. Midori me concéda un sourire indiquant qu'elle avait déjà entendu maintes fois ces paroles et me dit simplement : *Domo arigato*. La politesse de ses remerciements était une façon de me congédier.

— Non, insistai-je, je suis sincère. Votre musique est honnête. Le parfait antidote au mensonge.

L'espace d'un instant, je me demandai ce que j'étais en train de raconter.

Le bassiste secoua la tête, atterré.

— Nous ne jouons pas pour sauver les gens, mais parce que ça nous fait plaisir.

Midori le regarda d'un air détaché, exprimant une déception presque imperceptible. Je compris que ces deux-là se livraient à un petit jeu auquel ils étaient habitués et qui n'avait jamais abouti comme le souhaitait le bassiste.

Qu'il aille se faire foutre.

— Le jazz, c'est comme le sexe, commentai-je. Il faut être deux pour l'apprécier.

Les yeux du bassiste s'écarquillèrent tandis que Midori pinçait les lèvres, peut-être pour réprimer un sourire.

— Nous serons ravis de continuer à vous sauver, si tel est le cas, affirma-t-elle d'un ton aussi monocorde qu'un ECG plat. Merci.

Je soutins un instant son regard, cherchant en vain à le déchiffrer, puis m'excusai. Je me précipitai vers les toilettes, aussi exiguës qu'une cabine téléphonique, et réfléchis. J'avais survécu aux plus durs combats en Asie du Sud-Est, à des conflits de mercenaires impitoyables, mais je n'arrivais toujours pas à échapper aux traquenards de Mama.

De retour dans la salle, je croisai le sourire satisfait de ma vieille amie et regagnai ma table. Plus tard, en entendant la porte de l'établissement s'ouvrir derrière moi, je me retournai discrètement pour voir qui arrivait. Ma tête revint automatiquement en place une seconde plus tard. Des années de pratique m'empêchaient de trahir ma surprise.

C'était l'inconnu du train. Celui que j'avais vu fouiller les poches de Kawamura.

4

Mon porte-clés contient toutes sortes d'accessoires inhabituels, dont plusieurs crochets à serrure rudimentaires, qu'un non-initié prendrait facilement pour des cure-dents, et un petit miroir de dentiste dénué de manche. Ce miroir peut être tenu à la hauteur des yeux en toute discrétion. Il suffit ensuite de se pencher en avant, appuyé sur un coude.

Dans cette posture, je pouvais observer l'inconnu. Il discutait avec une Mama fort mécontente, tandis que commençait la deuxième partie du spectacle. Sans doute lui disait-elle qu'il ne pouvait rester, qu'il n'y avait plus de place, que la salle était bondée. Je le vis sortir de la poche de sa veste un portefeuille qu'il ouvrit pour montrer quelque chose à Mama. Elle l'examina de plus près puis sourit à l'inconnu en lui désignant le mur du fond, d'un geste magnanime. L'homme s'éloigna et trouva une place où il resta debout.

Grâce à quoi avait-il donc amadoué Mama ? Une carte du service des débits d'alcool ? Une carte de police ? Durant le concert, je l'observai sans déceler le moindre indice. La mine impassible, il resta appuyé contre le mur.

À l'issue de la représentation, je dus prendre une décision. L'inconnu était probablement venu pour Midori, aussi voulais-je le surveiller afin d'en savoir plus sur lui. Il pouvait me reconnaître, puisque nous avions échangé quelques mots au-dessus du corps allongé de Kawamura. Le danger était minime mais, comme Crazy Jake aimait à le dire autrefois, on risquait gros à se tromper. Si quelqu'un me repérait aujourd'hui, le cocon que j'avais tissé autour de moi serait rompu.

Par ailleurs, si je restais pour assister à son entrevue avec Midori, je ne pourrais plus le prendre en filature au moment de son départ. Je devrais partager avec lui l'ascenseur de la boîte de nuit, qui avait une capacité de cinq personnes, ou espérer le devancer en empruntant l'escalier, ce qui était fort improbable. Je serais vite doublé. S'il arrivait avant moi dans la rue, il serait emporté par le flux des piétons de Roppongi-dori avant que je puisse le rattraper.

Même si c'était frustrant, il fallait que je parte le premier. À la fin du concert, quand les applaudissements crépitèrent, il se dirigea vers la scène. Plusieurs clients se levèrent et se mirent à déambuler dans la salle. Me servant d'eux comme écran, je gagnai la sortie.

Tournant le dos à la scène, je rapportai au bar ce qui me restait de Cao Lila et remerciai une nouvelle fois Mama de m'avoir laissé entrer sans réservation.

— Je t'ai vu parler avec Kawamura-san, dit-elle. Tu vois, ce n'était pas sorcier.

— Non, Mama, admis-je. Ça s'est bien passé.

— Pourquoi t'en vas-tu si tôt ? Tu ne viens pas assez souvent.

— Je vais devoir y remédier. Mais pour ce soir, j'ai d'autres projets.

Elle haussa les épaules, sans doute déçue de voir échouer ses manigances.

— Au fait, repris-je, qui était ce *gaijin* qui est arrivé pour la seconde partie ? Je vous ai vue discuter avec lui.

— Un journaliste, répondit-elle en essuyant un verre. Il écrit un article sur Midori, alors je l'ai laissé rester.

— Un journaliste ? C'est formidable. Pour quel journal ?

— Un magazine occidental. J'ai oublié lequel.

— Tant mieux pour Midori. Elle deviendra une grande star, assurai-je en lui tapotant la main. Bonsoir, Mama. À bientôt.

Je sortis dans la rue par l'escalier. Traversant Roppongi-dori, je patientai au supermarché Meidi-ya en faisant mine d'étudier le rayon des champagnes. Tiens, un Moët et Chandon 1988. Excellent, mais 35 000 yens, c'était un peu cher. Je scrutai l'étiquette tout en surveillant l'ascenseur à travers la vitrine.

Machinalement, j'observai les autres lieux d'embuscade potentiels pour quiconque guetterait une personne arrivant de chez Alfie. Les voitures stationnées dans la rue, par exemple. Toutefois, on ne pouvait jamais avoir la certitude de trouver à se garer. Il y avait donc peu de risques de ce côté-là. La cabine téléphonique, tout près du Meidi-ya. Un Japonais aux cheveux coupés en brosse, vêtu d'un blouson de cuir noir et arborant des lunettes de soleil panoramiques, était au téléphone quand j'étais sorti de la cage d'escalier. Il se tenait toujours là, tourné vers l'entrée de la boîte.

Au bout d'un quart d'heure, l'inconnu apparut et bifurqua à droite dans Roppongi-dori. Je demeurai un instant immobile, guettant la réaction de l'homme qui parlait au téléphone. Comme par hasard, il raccrocha aussitôt et partit dans la même direction.

Quittant le supermarché, je tournai à gauche sur le trottoir. L'homme au téléphone franchissait déjà la rue derrière l'inconnu, sans même attendre le passage pour piétons. La filature était manifeste : sa façon de raccrocher au moment où l'inconnu était apparu, son contact visuel avec la sortie de la boîte, ce mouvement soudain pour traverser la rue. Il le suivait de trop près, ce qui était une erreur, car je pouvais à mon tour lui emboîter le pas. L'espace d'une seconde, je me demandai s'il travaillait avec l'inconnu, s'il n'était pas son garde du corps, mais il me paraissait trop éloigné pour jouer ce rôle avec efficacité.

Ils s'engagèrent à droite dans Gaienhigashi, devant l'Almond Café. L'homme du téléphone n'était qu'à dix pas de l'inconnu. Je traversai en hâtant le pas car les feux avaient changé.

C'est stupide, me dis-je. *Tu es en plein dans la filature d'un autre. S'ils sont plusieurs, en train de filmer, ils auront une image de toi.*

Tout en imaginant que Benny avait placé une seconde équipe sur Kawamura, me prenant pour un imbécile, je décidai de tenter ma chance.

Je suivis les deux hommes sur plusieurs dizaines de mètres. Aucun des deux ne semblait s'inquiéter de ce qui se passait derrière lui. L'inconnu ne trahissait aucun signe indiquant qu'il guettait une filature éventuelle. Pas de virages, d'arrêts faussement anodins qui auraient obligé les autres à révéler leur position.

Aux abords de mad-Roppongi, où la foule était moins dense, l'inconnu entra dans l'un de ces cafés Starbucks qui sont en train d'éliminer les traditionnels *kissaten*, les petits cafés de quartier. Aussi constant que l'Étoile polaire, l'homme au téléphone trouva une cabine quelques mètres plus loin. Je franchis le carrefour pour pénétrer dans un établissement nommé Freshness Burger, où je commandai le sandwich éponyme avant de m'installer près de la fenêtre. Je vis l'inconnu commander quelque chose chez Starbucks puis s'attabler.

À mon avis, l'homme au téléphone était seul. S'il avait fait partie d'une équipe, il aurait dû s'éclipser pour laisser la filature se poursuivre sans risque. De surcroît, je n'avais repéré personne derrière moi.

Je restai assis tranquillement, à surveiller la rue, regardant l'inconnu siroter son breuvage chez Starbucks en consultant sa montre. Soit il attendait quelqu'un, soit il tuait le temps avant un rendez-vous ailleurs.

Ma première idée était la bonne. Au bout d'une demi-heure environ, j'eus la surprise de voir Midori marcher dans notre direction tout en scrutant les devantures. Enfin, elle aperçut le Starbucks et poussa la porte.

L'homme du téléphone sortit un portable, appuya sur une touche et plaça l'appareil près de son oreille. Bien joué pour un homme dans une cabine téléphonique ! Il n'avait pas composé le numéro entier. Il devait donc appeler souvent.

En voyant Midori s'approcher de sa table, l'inconnu se leva et s'inclina poliment. Le geste était impeccable. Cet homme devait vivre au Japon depuis longtemps, être à l'aise avec la langue et la culture du pays. Midori s'inclina à son tour, moins bas, un peu hésitante. Je sentis qu'ils ne se connaissaient pas bien. Ils devaient s'être rencontrés pour la première fois chez Alfie.

En jetant un coup d'œil en direction de l'homme au téléphone, je vis qu'il avait rangé son portable. Il ne bougeait pas.

L'inconnu fit signe à Midori de s'asseoir. Elle accepta. Il l'imita. Il désigna le comptoir, mais la jeune femme fit non de la tête.

Je les observai pendant une dizaine de minutes. Au fil de leur conversation, les gestes de l'inconnu se firent suppliants, tandis que la posture de Midori devenait de plus en plus rigide. Enfin, elle se leva, s'inclina vivement et s'éloigna. L'inconnu lui rendit son salut, mais bien plus bas. Il semblait mal à l'aise.

Lequel devais-je suivre, désormais ? Je décidai de laisser choisir l'homme au téléphone.

Lorsque Midori sortit de chez Starbucks pour retourner en direction de Roppongi, l'homme au téléphone la regarda s'éloigner mais resta en place. C'était donc l'inconnu qu'il voulait, ou qu'il voulait le plus.

Celui-ci s'en alla peu après Midori. Il regagna la station de Hibiya, sur Roppongi-dori. L'homme au téléphone et moi-même le suivîmes, conservant nos positions. Je les accompagnai jusqu'au quai, laissant la longueur d'une voiture entière entre eux et moi, jusqu'à l'arrivée de la rame en direction d'Ebisu. Nous montâmes tous. Je leur tournais le dos, guettant leur reflet dans la vitre. Quand le train s'arrêta à Ebisu, ils descendirent.

Je les imitai un instant plus tard, espérant que l'inconnu s'éloignerait. Or il venait vers moi. Je ralentis le pas, puis me postai devant un plan de la station, l'examinant de façon que l'on ne puisse voir mon visage en passant.

Il était tard. Seule une demi-douzaine de personnes étaient descendues avec nous. Je laissai un escalier entre nous tandis que nous quittions les entrailles de la station, puis leur accordai une bonne vingtaine de mètres d'avance avant d'émerger de la bouche.

Aux abords de Daikanyama, une banlieue huppée de Tokyo, l'inconnu s'engagea dans un vaste immeuble. Il introduisit une clé dans la porte d'entrée, qui s'ouvrit automatiquement avant de se refermer derrière lui. L'homme au téléphone le scruta puis continua son chemin. Au bout de vingt pas, il s'arrêta, sortit son portable, appuya sur une touche et parla brièvement. Ensuite il prit un paquet de cigarettes, en alluma une et s'assit à même le trottoir.

Non, ce type n'appartenait pas à l'équipe de l'inconnu. Il le filait.

Je me tapis dans l'ombre, près du petit parking d'un magasin, et patientai. Un quart d'heure plus tard, une moto rouge, dont le pot d'échappement trafiqué produisait un grondement assourdissant, surgit dans la rue. Le motard, vêtu d'une tenue de cuir rouge assortie à son engin, coiffé d'un casque intégral, s'arrêta devant l'homme au téléphone. Celui-ci désigna l'immeuble où avait disparu l'inconnu, monta à l'arrière de la moto, et ils démarrèrent en trombe dans la nuit.

J'avais la quasi-certitude que l'inconnu habitait cet immeuble, mais le bâtiment comptait des centaines de logements et je n'avais aucun moyen de savoir lequel était le sien. De plus, il existait au moins deux issues ; alors, il ne servait à rien de le guetter. J'attendis que le bruit de la moto se soit tu avant de me redresser et de noter l'adresse. Ensuite, je regagnai la station d'Ebisu.

5

De la gare d'Ebisu, je me rendis à Hibiya, où je pris la correspondance avec la ligne de Mita pour rentrer chez moi. Comme je sors toujours du métro lors des changements, je quittai la station pour effectuer une vérification de routine.

Dans un magasin de disques Tsutaya, je me frayai un chemin parmi les ados à dégaine grunge qui écoutaient les derniers tubes japonais dans les écouteurs fournis par le magasin, marquant le rythme de la tête. Flânant vers le fond du magasin, je m'arrêtai pour examiner les CD disposés face à la porte et levai les yeux pour voir si quelqu'un arrivait derrière moi.

Je traînai un peu au rayon classique, puis au rayon jazz. Machinalement, je vérifiai si Midori avait sorti un album. Effectivement : il s'intitulait *Another Time*. Sur la couverture, elle se tenait sous un réverbère, les bras croisés, le profil dans l'ombre, au milieu d'un quartier mal famé de Shinjuku. La maison de disques, sans doute récente, m'était inconnue. Midori n'était pas encore arrivée au sommet, mais, selon moi, Mama avait raison : elle était promise à un brillant avenir.

J'allais remettre le disque en rayon quand je me dis : *Bon sang, ce n'est qu'un disque. Achète-le.* De peur d'attirer l'attention d'un vendeur, je choisis aussi une compilation d'un autre artiste de jazz et quelques concertos de Bach tout en me dirigeant vers les caisses. J'optai pour la file d'attente la plus longue, celle du caissier le plus harassé, et réglai en espèces. Ce type se rappellerait que quelqu'un avait acheté quelques CD, peut-être du classique, peut-être du jazz, rien de plus. Et puis nul ne lui poserait la question.

Ayant terminé mes vérifications d'usage, j'emportai mes achats chez moi, à Sengoku, au nord-est de la ville, près des vestiges du vieux Tokyo, que les autochtones appellent *Shitamachi*, le centre-ville. C'est un quartier très ancien, qui a survécu à la fois au grand séisme de Kantô, en 1923, et aux bombardements de la guerre. Il n'a pas de vie nocturne en dehors des bars, ni de zone commerciale, de sorte qu'il y a peu de passage. La plupart de ses résidents sont des *Edoko*, d'authentiques habitants de Tokyo, qui vivent et travaillent dans les boutiques familiales ou les minuscules restaurants du quartier. Sengoku signifie « les mille pierres ». J'ignore l'origine de ce nom, mais il m'a toujours plu.

Sengoku n'est pas vraiment chez moi, mais je n'ai jamais vécu dans un endroit plus accueillant. Après la mort de mon père, ma mère m'emmena aux États-Unis. Elle voulait se rapprocher de ses parents, qui semblaient eux aussi désireux de renouer avec elle. Nous nous installâmes donc à Dryden, dans le nord de l'État de New York. Elle devint professeur de japonais à l'université de Cornell et m'inscrivit au lycée.

La population de Dryden étant à prédominance blanche et ouvrière, mes traits et mon accent asiatiques firent de moi la cible préférée des petites brutes locales. Ce sont les autochtones de Dryden qui m'ont donné les premiers rudiments du combat de guérilla : ils me traquaient en groupe et je ripostais comme je le pouvais.

Face à mes ecchymoses et à mes mains écorchées, ma mère se sentait désemparée, mais elle était trop occupée par son nouvel emploi à l'université et trop soucieuse de se réconcilier avec ses parents pour intervenir. Pour moi, ces années furent marquées par une grande nostalgie du Japon.

Je grandis donc en me faisant remarquer. Plus tard seulement, j'appris l'art de l'anonymat. À cet égard, le choix de Sengoku constitue une anomalie. J'ai opté pour ce quartier avant que l'anonymat devienne ma préoccupation, et puis j'y suis resté en me disant, de manière fort rationnelle, que le mal était déjà fait.

La vieille ville possède une magie qui me retient malgré moi. Le soir, j'aime marcher de la station de métro à mon appartement. Je remonte la petite rue commerçante, tout en vert et rouge, ce qui lui donne un air festif même quand la nuit tombe de bonne heure. En me voyant passer, un couple entre deux âges qui tient un minuscule bazar, au coin de la rue, me salue d'un *Okaeri nasai*, bienvenue à la maison, au lieu du *Kon ban wa* habituel, qui signifie bonsoir. Je croise aussi la vieille dame du magasin de vidéo, avec sa grande enseigne jaune et ses vitrines ornées d'affiches des derniers films hollywoodiens. Par temps frais, elle laisse la porte ouverte. Elle a tout, de Walt Disney aux films pornos les plus choquants. De midi à dix heures du soir, elle trône tel un bouddha joyeux dans sa boutique, à regarder sa propre marchandise sur un téléviseur posé près de la caisse. Il y a aussi la femme qui vend du *takoyaki*, du poulpe frit, derrière la fenêtre de sa vieille maison. Son visage, fatigué par les années et par l'ennui, a fini par ressembler aux créatures marines qui sont sa spécialité. Chaque soir, elle s'affaire à son fourneau, versant ses mixtures avec des gestes répétitifs et mécaniques. Parfois, en passant devant chez elle, je vois des enfants qui courent en gloussant : *« Tako onna ! Ki o tsukete ! »* Attention, c'est la femme poulpe ! Et j'oubliais la maison de Yamada, le professeur de piano. Les soirs d'été, lorsque la nuit tombe tard, de douces notes s'envolent vers la rue, se mêlant aux pas traînants des baigneurs qui reviennent du *sento*, les bains publics.

Ce week-end-là, j'ai beaucoup écouté le CD de Midori. En rentrant du bureau, je chauffais de l'eau pour mes nouilles puis m'installais dans la lumière tamisée pour écouter la musique, me détendre, me laisser entraîner. Je regardais par la fenêtre du balcon, vers les rues tranquilles et étroites de Sengoku, et je sentais la présence du passé tout en sachant que j'étais à l'abri.

Les rythmes et les rituels du quartier, trop subtils pour être appréciés au premier abord, ont enflé en moi au fil des années. Ils ont poussé, m'ont contaminé, jusqu'à devenir une partie de moi-même. Parfois, risquer un pas hors de l'ombre ne semble pas si cher payé pour de tels plaisirs. Se faire remarquer est un inconvénient par certains côtés, mais cela peut aussi représenter un atout. Sengoku ne possède aucun recoin anonyme où un inconnu pourrait guetter l'arrivée d'une cible. Tant qu'ils n'ont pas remisé leurs marchandises dans leurs boutiques, le soir, et baissé le rideau de fer, les commerçants sont toujours dehors, à surveiller la rue. Si on n'est pas du quartier, les gens le voient et se demandent ce que l'on fabrique dans les parages. Si on est du quartier, ils le voient aussi, mais d'une autre façon.

Je peux m'en contenter.

6

La semaine suivante, je pris rendez-vous pour déjeuner avec Harry au *sobaya* Issan. Incapable d'oublier le petit mystère qui me tourmentait, j'avais besoin de son aide pour le résoudre.

Le restaurant est installé dans une vieille maison de bois, à Meguro, à environ cinquante mètres de Meguro-dori et à cinq minutes de marche de la station du même nom. Malgré son aspect très modeste, l'établissement sert les meilleures nouilles *soba* de Tokyo. J'aime Issan non seulement pour la qualité de ses nouilles mais aussi pour son brin de fantaisie. Près de l'entrée principale on aperçoit un placard d'objets trouvés dont le contenu n'a pas changé depuis dix ans, lorsque j'ai découvert les lieux. Je me demande parfois ce que diraient les propriétaires si un client s'exclamait soudain :

— Mon chausse-pied en écaille de tortue ! Enfin ! Cela faisait des années que je le cherchais !

L'une des frêles serveuses me conduisit vers une table basse, dans une petite pièce à tatami, et s'agenouilla pour prendre ma commande. Je choisis l'*umeboshi* du jour, des prunes au vinaigre, histoire de grignoter en attendant Harry.

Il arriva dix minutes plus tard, accompagné de la même serveuse.

— C'était trop demander, un déjeuner au Las Chicas ! s'écria-t-il en balayant du regard les vieux murs et les pancartes fanées.

— Il est temps que tu connaisses mieux le Japon traditionnel. À mon avis, tu passes trop de temps dans les magasins d'électronique d'Akihabara. Tu devrais essayer quelque chose de classique. Je te recommande les *yuzukiri*.

Il s'agit de nouilles *soba* parfumées au jus de *yuzu*, un agrume japonais très délicat, spécialité de la maison.

La serveuse revint prendre la commande. Harry m'apprit qu'il n'avait rien déniché d'intéressant sur Kawamura, à part des informations d'ordre général.

— Il a passé toute sa vie au Parti libéral démocrate, expliqua Harry. Diplômé de l'université de Tokyo en 1960, en sciences politiques, il est entré directement au gouvernement avec le reste de sa promotion.

— Les États-Unis devraient en prendre de la graine. Là-bas, le gouvernement ne récolte que les déchets de l'université.

— J'ai travaillé avec certains d'entre eux… Enfin, bref, Kawamura a commencé comme conseiller spécialisé dans l'industrie électronique japonaise au ministère du Commerce international et de l'Industrie. Le ministère travaillait avec Panasonic, Sony. Il avait pas mal de pouvoir pour un jeune de moins de trente ans. Ensuite, des promotions régulières dans la hiérarchie, une certaine réussite, mais rien de spectaculaire. Bien noté pour ses conseils stratégiques dans le domaine des semi-conducteurs, dans les années quatre-vingt.

— Tout cela est passé de mode, commentai-je.

— Après, il a été muté au Kensetsusho, l'ancien ministère du Bâtiment. Il y est resté en tant que vice-ministre du Territoire et de l'Infrastructure quand le tout a été intégré au Kokudokotsusho.

Il se tut et passa les doigts dans ses cheveux en désordre, sans toutefois parvenir à améliorer son apparence.

— Écoute, en gros, je ne peux te donner que des repères biographiques de base. Il faudrait que j'aie une idée plus précise de ce que je cherche pour pouvoir distinguer ce qui est important.

— Harry, ne sois pas si dur envers toi-même. Continue simplement à travailler sur ce sujet.

Je marquai une pause, sachant que cela pourrait se révéler dangereux mais que, si je voulais résoudre ce mystère, je devais courir le risque.

Je lui relatai ce que j'avais vu chez Alfie et comment, ensuite, j'avais suivi l'inconnu jusqu'à l'appartement de Daikanyama.

— La probabilité de rencontrer la fille de Kawamura était mince, observa Harry. C'est incroyable.

— *Sekken wa semai yo*, récitai-je. Le monde est petit.

— À moins que ce soit ton karma, répondit-il, l'air indéchiffrable.

Seigneur, que sait ce gamin, au juste ?

— J'ignorais que tu croyais au karma, Harry.

Il ne releva pas.

— Tu crois qu'il existe un rapport avec le cambriolage de l'appartement de Kawamura ? poursuivit-il.

— Peut-être. Le type du train cherche quelque chose sur Kawamura. En vain. Alors il entre par effraction chez lui. Il ne trouve toujours rien. Il se dit que c'est peut-être sa fille qui possède l'objet, sans doute parce qu'elle a dû récupérer les affaires de son père.

La serveuse apporta les deux *yuzukiri*. Sans un bruit, elle s'agenouilla sur le tatami et posa les plats sur la table, les redressa légèrement, se releva, s'inclina et se retira.

Quand nous eûmes fini notre repas, Harry s'appuya contre le mur et rota longuement.

— C'était bon, admit-il.

— Je sais.

— J'ai une question à te poser. Tu n'es pas obligé de me répondre.

— D'accord.

— Quel est ton rôle dans cette histoire ? demanda-t-il. Qu'est-ce que tu cherches ? Ça ne te ressemble pas.

J'aurais pu prétendre que j'agissais pour le compte d'un client, mais je savais qu'il ne me croirait pas.

— Une partie des événements ne colle pas avec ce que m'a déclaré le client, répondis-je. Ça me dérange.

— À ce point-là ?

Il semblait d'humeur à insister.

— Cela me rappelle quelque chose qui m'est arrivé il y a longtemps, repris-je sans mentir. Quelque chose qui ne doit pas se reproduire. Restons-en là pour l'instant.

— Très bien. Ce type que tu as suivi, on peut supposer qu'il habite dans cet immeuble, remarqua Harry en se penchant en avant, les coudes sur la table. Pas mal d'étrangers vivent à Daikanyama, mais il ne doit pas y en avoir plus d'une dizaine dans ce seul bâtiment. On a déjà une bonne chance.

— Tant mieux ! opinai-je.

— Selon Mama-san, il affirme être journaliste ?

— Certes, mais qu'est-ce que ça signifie ? Je crois qu'il lui a montré une carte. Elle était peut-être fausse.

— Peut-être, mais c'est un point de départ. Je vais comparer la liste des étrangers que je trouverai à cette adresse avec celle des déclarations enregistrées au Nyukan pour voir si certains travaillent dans les médias.

Le Nyukan, ou Nyukokukanrikyoku, est le bureau d'immigration du Japon et relève du ministère de la Justice.

— Vas-y. Pendant que tu y es, regarde si tu peux me trouver l'adresse de la fille. J'ai demandé aux renseignements, mais son nom ne figurait pas dans la liste des abonnés.

Il se gratta la joue et baissa les yeux, comme s'il dissimulait un sourire.

— Quoi ? fis-je.

— Elle te plaît, dit-il en levant les yeux.

— Harry !

— Tu croyais qu'elle allait t'ouvrir les bras et, au contraire, elle t'a jeté. À présent, c'est devenu un défi. Tu veux une nouvelle chance.

— Tu rêves !

— Elle est jolie, au moins ? Dis-moi simplement si elle est jolie.

— Je ne te donnerai pas cette satisfaction.

— Alors elle est jolie. Et elle te plaît.

— Tu lis trop de mangas, répliquai-je.

— C'est vrai.

Mince, il lit vraiment ces merdes. Je l'ai vexé.

— Bon, Harry, j'ai besoin de ton aide pour aller au fond de cette histoire. Le type du train pensait que Kawamura avait quelque chose sur lui, c'est pourquoi il l'a fouillé. Sans rien trouver. Sinon, il n'aurait pas interrogé Midori. Mais dis-moi : qui a actuellement les affaires de Kawamura, y compris les vêtements qu'il portait et ses effets personnels au moment de sa mort ?

— Midori, probablement, concéda-t-il en haussant les épaules.

— Bien. Elle constitue toujours notre meilleure piste. Déniche-moi ces infos. Ce sera notre point de départ.

Je ne lui parlai pas du CD. Il avait déjà tiré suffisamment de conclusions.

7

Le lendemain, je reçus un message de Harry. Grâce à un code numérique préétabli, il m'annonçait qu'il avait chargé un document sur la messagerie qui nous permet de communiquer. Ce devait être l'adresse de Midori. Je ne fus pas déçu.

La jeune femme habitait Harajuku Badento Haitsu, une petite résidence située sur les hauteurs verdoyantes de Harajuku, à l'ombre des élégantes arcades de Tange Kenzo, le stade olympique des Jeux de 1964. Le paisible quartier de Harajuku jouxte Yoyogi Park, ses longs silences, ses solennels cèdres du Japon et son sanctuaire Meiji, mais aussi la frénésie juvénile et commerçante de Takeshita-dori et les élégantes boutiques d'Omotesando.

Aucune voiture n'était enregistrée au nom de Midori, au service des immatriculations de Tokyo. La jeune femme devait donc emprunter les transports en commun. Soit le JR à la gare de Harajuku, soit le métro, aux stations Meijijingu-mae ou Omotesando.

Le problème, c'était que ces stations de JR et de métro se trouvaient dans des directions opposées. Or Midori pouvait utiliser aussi bien l'une que l'autre. En l'absence d'un point d'étranglement unique menant aux deux stations, je n'avais aucun moyen de savoir laquelle. Il ne me restait qu'à déterminer le meilleur poste d'observation avant de prendre une décision.

J'optai pour Omotesando-dori, où se situaient les stations de métro. Les Champs-Élysées de Tokyo, comme l'appellent ceux qui n'étaient jamais allés à Paris, sont en réalité un long boulevard commerçant bordé d'ormes. Quand vient l'automne, leurs feuilles fines forment un halo doré qui se métamorphose à son tour en un tapis jaune pendant quelques jours. Les nombreux bistros et cafés sont conçus dans un style parisien qui permet de regarder passer les gens. Je pourrais donc m'attarder une heure ou deux à scruter la rue depuis ces établissements sans attirer l'attention. Néanmoins, cela ne s'annonçait guère palpitant.

Harry possédait heureusement un gadget qui me sauva de l'ennui : un moyen de transformer à distance un téléphone en micro.

Ce dispositif fonctionne avec les téléphones digitaux dotés d'un micro permettant de capter une ligne quand le combiné est raccroché. La réception est un peu étouffée, mais on entend tout de même. Harry avait effectué à mon intention un test sur la ligne de Midori avant de m'accorder son feu vert.

Le samedi matin, à dix heures, j'entrai donc au café Aoyama Blue Mountain, sur Omotesando-dori, équipé d'une petite unité qui activerait le téléphone de Midori, et d'un portable pour écouter ce qui se passait chez elle. Je m'assis à l'une des tables donnant sur la rue et commandai un espresso à une serveuse mélancolique. En regardant quelques passants, j'actionnai l'appareil. Un léger sifflement dans mon oreillette m'indiqua que la connexion était établie. À part cela, le silence. Ne restait plus qu'à patienter.

À quelques mètres de l'entrée du Blue Mountain, une équipe d'ouvriers comblait des ornières dans la chaussée. Quatre d'entre eux s'affairaient à mélanger le gravier. Deux hommes auraient suffi, mais les *yakusas*, la mafia japonaise, qui travaillent en étroite collaboration avec l'industrie du bâtiment, insistent pour que les ouvriers aient du travail. Le gouvernement se prête au jeu, ravi de ces créations d'emploi supplémentaires. Le chômage est ainsi maintenu à un niveau socialement tolérable. La machine fonctionne.

En tant que vice-ministre du Kokudokotsusho, le père de Midori devait être responsable du bâtiment et de la plupart des travaux publics entrepris dans tout le Japon. Il était sans doute impliqué jusqu'au cou dans ces magouilles. Pas étonnant que quelqu'un ait souhaité sa disparition prématurée.

Deux hommes en costume et cravate noirs, la tenue de funérailles moderne, quittèrent le café. Une odeur de gravier chaud flotta jusqu'à ma table et me rappela mon enfance au Japon, lorsque ma mère m'emmenait à l'école, le jour de la rentrée des classes, à la fin de l'été. À cette époque de l'année, les rues semblaient constamment en travaux. Pour moi, cette odeur évoque le début d'une nouvelle année de sévices et d'ostracisme.

Parfois, j'ai l'impression que ma vie a été divisée en tronçons. Je parlerais bien de chapitres, mais ces coupures sont si brutales que l'ensemble ne possède pas la continuité qui sied aux romans. Le premier tronçon s'arrête à la mort de mon père, qui a bouleversé un monde de sécurité, de confiance, pour le remplacer par la vulnérabilité et la peur. Une autre cassure intervient quand je reçois un télégramme succinct de l'armée m'annonçant le décès de ma mère et m'octroyant une permission pour l'enterrement. Avec ma mère, j'ai perdu mon centre de gravité affectif, mon gouvernail psychologique, pour être envahi par un sentiment à la fois nouveau et atroce de liberté. Le Cambodge constitue une autre rupture, un pas de plus vers les ténèbres.

Étrangement, mon départ vers les États-Unis, avec ma mère, ne représente pas une étape. J'étais un intrus partout et ce déménagement n'a réussi qu'à le confirmer. Pas plus que mes errances géographiques ultérieures ne sont particulièrement distinctes. Après l'enterrement de Crazy Jake, j'ai parcouru le monde en tant que mercenaire pendant dix ans, défiant les dieux de me tuer, en survivant, parce qu'une partie de moi était déjà morte.

Je me battais dans le camp des chrétiens libanais à Beyrouth quand la CIA m'a recruté pour entraîner les Moudjahidin qui luttaient contre les Soviétiques en Afghanistan. J'avais le profil idéal : l'expérience du combat et un passé de mercenaire.

Pour moi, il y a toujours eu une guerre, et les années antérieures me semblent floues, perdues dans un rêve. La guerre constitue la base de tout. La guerre est la seule chose que je connaisse vraiment. Il existe une parabole bouddhiste qui raconte qu'un moine se réveillant d'avoir rêvé qu'il était un papillon se demandait s'il n'était pas, à ce moment-là, un papillon rêvant qu'il était un homme.

Peu après onze heures, je perçus un mouvement à l'intérieur de l'appartement de Midori. Un bruit de pas, un écoulement d'eau, sans doute une douche. *Elle travaille la nuit*, me dis-je. *Il est normal qu'elle se lève tard*. Puis, peu avant midi, j'entendis une porte se refermer et le cliquetis d'une serrure. Elle venait de sortir de chez elle.

Après avoir réglé mes deux espressos, je m'engageai dans Omotesando-dori, où je déambulai en direction de la station de JR de Harajuku. Je visais la passerelle de Harajuku, qui me procurerait une vue panoramique mais m'obligerait à m'exposer.

Le moment était propice. Je n'eus qu'à patienter une minute sur la passerelle avant d'apercevoir la jeune femme. Elle tourna à droite sur Omotesando-dori. À partir de là, je n'eus aucun mal à la suivre.

Elle avait les cheveux attachés en queue de cheval et les yeux dissimulés par des lunettes de soleil. Vêtue d'un pantalon noir moulant et d'un pull noir à col en V, elle marchait d'un pas déterminé, pleine d'assurance. Je dus admettre qu'elle avait de l'allure.

Assez, me dis-je. *Son apparence n'a aucune importance*.

Elle portait un sac que je reconnus à sa couleur brune comme venant de chez Mulberry, un maroquinier anglais. Ils avaient une boutique à Minami Aoyama. Peut-être allait-elle rendre un article ?

À mi-chemin d'Aoyama-dori, elle entra chez Paul Stuart. J'aurais pu lui emboîter le pas à l'intérieur et feindre une rencontre fortuite, mais je voulais savoir où elle se rendrait ensuite. Mieux valait attendre. Je m'installai dans la galerie Fouchet, en face, où j'admirai plusieurs tableaux tout en surveillant la rue. Vingt minutes plus tard, la jeune femme ressortit de chez Paul Stuart, un sac à la main.

Son étape suivante fut la boutique Nicole Farhi London. Cette fois, je patientai au marché aux fleurs d'Aoyama, au rez-de-chaussée de l'immeuble La Mia. Après quoi Midori s'aventura dans une série de ruelles sans nom, s'arrêtant de temps à autre pour flâner, jusqu'à Koto-dori, où elle tourna à droite. Je demeurai en retrait sur le trottoir d'en face. Elle franchit le seuil du Ciel Bleu.

Je pénétrai dans la boutique Weston de Tokyo, admirant dans les vitrines les chaussures façonnées à la main, de façon à surveiller le Ciel Bleu. Je réfléchis. Apparemment, elle aimait les produits européens et évitait les grands magasins, même haut de gamme. Elle semblait effectuer un parcours circulaire qui la ramènerait vers son appartement. Et elle portait le sac Mulberry.

Si elle comptait rendre un article, j'avais une chance d'arriver là-bas avant elle. C'était risqué, parce que si j'allais chez Mulberry et si Midori s'éloignait dans l'autre direction, je perdais sa trace.

Cependant, si je la précédais, à sa prochaine étape, notre rencontre paraîtrait plus naturelle.

Je remontai Koto-dori, observant les vitrines pour ne pas faire face à Midori. Une fois loin du Ciel Bleu, je traversai et entrai chez Mulberry. Je gagnai tranquillement le rayon hommes. « Je regarde », dis-je à la responsable, en examinant quelques mallettes.

Cinq minutes plus tard, Midori apparut, comme prévu. Ôtant ses lunettes de soleil, elle répondit au salut accueillant de la vendeuse par un discret signe de tête. Gardant la jeune femme à la limite de mon champ de vision, je saisis une mallette comme pour évaluer son poids. Je sentis le regard de Midori se poser sur moi et s'attarder un peu plus longtemps que si elle avait simplement admiré la boutique. Après un dernier coup d'œil à la mallette, je la remis en place. Puis je levai la tête. Midori m'observait toujours, la tête inclinée vers la droite.

Feignant la surprise, je m'approchai d'elle.

— Kawamura-san ! Quelle bonne surprise ! Je vous ai vue chez Alfie, vendredi dernier. Vous étiez formidable.

Elle me toisa en silence pendant un long moment. Je me réjouis de constater que j'avais deviné juste. Cette femme intelligente se méfiait des coïncidences. Si j'étais entré après elle, elle m'aurait soupçonné de l'avoir suivie.

— Oui, je me souviens, répondit-elle enfin. Vous êtes le type qui pense que le jazz, c'est comme le sexe.

Avant que je puisse trouver une réplique pertinente, elle reprit :

— Vous n'aviez pas à dire cela, vous savez. Essayez de vous montrer plus indulgent.

Elle était mince et avait de longues jambes peut-être héritées de son père, dont la haute stature m'avait permis de le suivre facilement. Ses larges épaules contrastaient superbement avec son cou fin et gracieux. Je ne pus m'empêcher de remarquer ses seins petits et bien proportionnés sous son pull. La parcelle de peau dénudée était magnifique, blanche et lisse, rehaussée par le col en V.

— Vous avez raison, lui dis-je. Je suis désolé.

Elle secoua la tête.

— Le concert vous a plu ?

— Énormément. J'ai votre CD et cela faisait longtemps que je voulais vous voir, vous et votre trio. Je voyage beaucoup et je n'en avais pas encore eu l'occasion.

— Vous voyagez où ?

— Surtout en Amérique et en Europe. Je suis consultant, répondis-je d'un ton suggérant que mon travail était un sujet qui m'ennuyait. Ce n'est pas aussi passionnant que pianiste de jazz.

— Vous trouvez ça passionnant, d'être pianiste de jazz ?

Elle avait une tendance naturelle à poser des questions qui reflétaient les propos de son interlocuteur, l'encourageaient à développer. Avec moi, cependant, cela ne marchait pas.

— Eh bien, pour exprimer les choses autrement, personne, d'après mes souvenirs, ne m'a jamais affirmé que le métier de consultant ressemblait au sexe.

Elle rejeta la tête en arrière et rit sans prendre la peine de se couvrir la bouche de la main, geste pudique de toute Japonaise. Une fois de plus, je fus frappé par l'assurance qu'elle dégageait.

— Excellent ! dit-elle en croisant les bras, un petit sourire au coin des lèvres.

— Et aujourd'hui ? questionnai-je en lui rendant son sourire. Vous faites quelques emplettes ?

— Oui. Et vous ?

— Moi aussi. J'ai grand besoin d'une nouvelle mallette. Nous autres consultants, nous devons veiller à notre image.

Je baissai les yeux vers son sac.

— Je vois que vous êtes une adepte de Paul Stuart. C'est ma prochaine étape.

— Bonne marque. Je l'ai découverte à New York. Quand ils ont ouvert une boutique à Tokyo, j'étais ravie.

— Vous avez passé beaucoup de temps à New York ?

— Pas mal, répondit-elle avec un léger sourire, tout en me regardant dans les yeux.

Bon sang, elle est coriace, songeai-je.

— Vous parlez bien anglais ? demandai-je dans cette langue.

— Je me débrouille, rétorqua-t-elle sans sourciller.

— Et si on prenait un café ? proposai-je en imitant de mon mieux l'accent de Brooklyn.

— Voilà qui est authentique, commenta-t-elle avec un sourire.

— Ma proposition l'est aussi.

— Je croyais que vous vouliez aller chez Paul Stuart.

— C'est vrai. Mais j'ai soif. Vous connaissez le café Tsuta ? C'est très bien. Et au coin de la rue, tout près de Koto-dori.

Elle gardait toujours les bras croisés.

— Je ne connais pas, non.

— Alors il faut l'essayer. Koyama-san sert le meilleur café de Tokyo, et on peut le boire en écoutant Bach ou Chopin tout en admirant un merveilleux jardin secret.

— Un jardin secret ?

Je devinai qu'elle cherchait à gagner du temps.

— Quel est ce secret ?

Je lui adressai un regard sérieux.

— Koyama-san prétend que, si je vous le dis, je devrai vous tuer. Alors il vaut mieux que vous le découvriez par vous-même.

Elle rit encore, prise au piège, mais cela ne semblait pas la contrarier.

— Je pense que je devrais d'abord découvrir votre nom, dit-elle.

— Junichi Fujiwara, répondis-je en m'inclinant machinalement.

Fujiwara était le patronyme de mon père.

— Ravie de vous rencontrer, Fujiwara-san, déclara-t-elle en s'inclinant à son tour.

— Laissez-moi vous emmener chez Tsuta, repris-je avec un sourire.

Nous nous éloignâmes. Le trajet prit moins de cinq minutes, au cours desquelles nous bavardâmes de choses et d'autres, des changements intervenus en ville au fil des années. Nous éprouvions la nostalgie de l'époque où le boulevard qui longeait le parc de Yoyogi était fermé à la circulation le dimanche. On y organisait de grandes fêtes costumées en plein air. L'identité du jazz japonais commençait à se forger dans les bars en sous-sol. Il n'y avait pas l'hôtel de ville étincelant de Shinjuku. Le quartier vibrait de désir, de romantisme, d'enthousiasme. J'aimais discuter avec elle.

Nous avions de la chance. Chez Tsuta, l'une des deux tables qui donnaient sur le jardin secret, à travers une unique et vaste fenêtre panoramique, était libre. Quand je suis seul, je m'installe au comptoir, d'où je regarde avec émerveillement Koyama-san préparer son café avec componction. Ce jour-là, toutefois, je préférais une atmosphère plus propice à la conversation. Nous commandâmes tous deux un petit café noir maison, à base de grains très corsés, et nous installâmes en biais, de façon à admirer le jardin.

— Depuis combien de temps vivez-vous à Tokyo ? m'enquis-je.

— Depuis toujours, avec quelques interruptions, répondit-elle en remuant une cuillerée de sucre en poudre dans son café. J'ai vécu à l'étranger pendant quelques années quand j'étais petite, mais j'ai surtout grandi à Chiba, la ville voisine. Quand j'étais adolescente, je venais très souvent à Tokyo. J'essayais de me glisser dans les boîtes pour écouter du jazz. Ensuite, j'ai passé quatre ans à New York. Je faisais mes études à Julliard. Puis je suis revenue à Tokyo. Et vous ?

— Comme vous. J'ai fait des allées et venues toute ma vie.

— Et où avez-vous appris à commander un café avec un véritable accent new-yorkais ?

Je bus une gorgée du breuvage amer tout en réfléchissant. Il est rare que je confie les détails de ma vie. Mes actes présents et passés m'ont marqué, je sens toujours leur présence. J'ai perdu tout sens de l'intimité. Ce n'est sans doute plus possible, me dis-je parfois, non sans regret.

Au Japon, je n'ai pas eu de véritables relations depuis que je vis dans la clandestinité. Quelques aventures hasardeuses, superficielles pour ma part. Tatsu et d'autres amis que je ne vois plus ont parfois essayé de me caser avec des femmes de leur connaissance. Mais à quel avenir sont promises de telles relations quand les deux sujets qui me définissent le mieux sont tabous ? J'entends d'ici le dialogue : J'ai fait la guerre au Vietnam. Comment cela ? Je suis à moitié américain, voyez-vous. Un bâtard.

Je rencontre de temps à autre des femmes du *mizu shobai*, le commerce de l'eau, comme on appelle le demi-monde au Japon. Nous nous connaissons depuis assez longtemps pour qu'il ne s'agisse plus exclusivement d'argent. Des cadeaux de prix constituent la monnaie d'échange lors de ces entrevues. Il existe même entre nous une certaine affection réciproque. Elles pensent toutes que je suis marié, ce qui me permet d'expliquer les subtiles mesures de sécurité que je dois appliquer. Cette affirmation justifie aussi la nature irrégulière de nos relations et ma réticence à confier des détails personnels.

Or, si je ne me livrais pas un peu plus, je n'apprendrais rien sur Midori.

— J'ai grandi dans les deux pays, dis-je après un long silence. Je n'ai jamais vécu à New York, mais j'y ai passé pas mal de temps et je connais certains accents de la région.

Elle écarquilla les yeux.

— Vous avez grandi au Japon et aux États-Unis ?

— Oui.

— Comment se fait-il ?

— Ma mère était américaine.

Je sentis son regard s'intensifier légèrement, comme si elle recherchait pour la première fois des caractéristiques occidentales sur mon visage. Pour un œil averti, elles demeurent encore visibles.

— Vous n'avez pas l'air très… enfin, je suppose que vous ressemblez à votre père.

— Cela trouble certaines personnes.

— Quoi ?

— Que j'aie l'air japonais, alors que je suis autre chose, en réalité.

L'espace d'un instant, je me rappelai la première fois que j'avais entendu le mot *ainoko*, métis. C'était à l'école. Le soir venu, j'avais interrogé mon père. Fronçant les sourcils, il m'avait simplement répondu : *« Taishita koto nai »*, ce n'est rien. Mais très vite, j'ai commencé à entendre ce mot quand les *ijimekko*, les petits caïds de l'école, voulaient s'en prendre à moi. J'en ai vite tiré mes propres conclusions.

Elle sourit.

— Je ne sais pas pour les autres, mais moi, je trouve que le mélange des cultures est très intéressant.

— Ah oui ?

— Bien sûr. Regardez le jazz, avec ses racines noires-américaines, ses ramifications au Japon et dans le monde entier.

— Ah bon ? En général, les Japonais sont racistes.

Je me rendis compte que mon ton était plus amer que je ne l'aurais souhaité.

— Je ne sais pas si ce pays est aussi raciste. Il est insulaire depuis si longtemps que nous avons peur de l'inconnu.

D'ordinaire, cette tendance à tout positiver m'agace. Cependant, Midori ne faisait que projeter ses bons sentiments sur les gens qui l'entouraient. En plongeant dans son regard sombre et grave, je ne pus m'empêcher de sourire. Elle me rendit mon sourire, écartant ses lèvres pulpeuses, les yeux pétillants. Je dus me détourner.

— Quel effet cela fait-il de grandir ainsi, entre deux pays, deux cultures ? demanda-t-elle. Ce doit être difficile.

— Oh, c'est assez banal.

— Je vois mal comment une telle situation pourrait être banale.

Prudence, John.

— Non. C'était dur, en réalité. J'ai dû me battre sur les deux tableaux.

La tasse monta vers ses lèvres. Elle but une gorgée de café.

— Où avez-vous passé le plus de temps ?

— J'ai vécu au Japon jusqu'à l'âge de dix ans, puis surtout aux États-Unis. Je ne suis revenu ici qu'au début des années quatre-vingt.

— Pour retrouver vos parents ?

— Non. Ils étaient déjà partis.

Mon ton ne laissa planer aucune ambiguïté sur le sens que je donnais au verbe partir. Elle hocha la tête en signe de compassion.

— Vous étiez très jeune ?

— J'étais au début de mon adolescence, répondis-je, m'efforçant de rester aussi vague que possible.

— C'est affreux de perdre ses parents aussi jeune. Vous étiez proches ?

Proches ? Malgré mes traits asiatiques, et même s'il avait épousé une Américaine, je crois que mon père avait une conception extrêmement japonaise de la race. Les sévices dont j'étais victime à l'école lui inspiraient de la honte.

— Assez proches. Ils sont partis depuis longtemps.

— Vous retournerez aux États-Unis ?

— Je l'ai cru, à une époque, dis-je en pensant à la façon dont j'étais entré dans cette profession que j'exercerais sans doute toute ma vie. Après mon retour, à l'âge adulte, j'ai passé dix ans ici à me dire que je resterais encore un an avant de repartir là-bas. À présent, je n'y pense plus vraiment.

— Vous vous sentez chez vous, au Japon ?

Je me rappelai ce que Crazy Jake m'avait déclaré, juste avant que je fasse ce qu'il me demandait. *On n'est chez nous nulle part, John, après ce qu'on a fait.*

— Je commence à m'y sentir chez moi, répondis-je après un long silence. Et vous ? Aimeriez-vous vivre de nouveau aux États-Unis ?

Elle tapotait doucement sa tasse, la caressant de ses doigts. Je songeai : *Elle exprime ses sentiments. Que diraient mes mains si je pouvais en faire autant ?*

— J'ai adoré New York, enchaîna-t-elle au bout d'un moment, souriant à l'évocation de quelque souvenir. Et j'aimerais y retourner, un jour, même pour longtemps. Mon manager estime que le groupe n'en est pas bien loin. Nous avons un contrat au Vanguard, en novembre, ce qui nous fera vraiment connaître.

Le Village Vanguard était la Mecque du jazz à Manhattan.

— Le Vanguard ? fis-je, impressionné. C'est une sacrée pointure. Coltrane, Miles Davis, Bill Evans, Thelonious Monk, les plus grands noms y ont joué.

— C'est une chance énorme.

— Vous pourriez transformer cela en tremplin, faire de New York votre base, si vous le souhaitiez.

— On verra. N'oubliez pas que j'ai déjà vécu à New York. C'est une ville formidable, sans doute la plus exaltante qui soit, mais autant nager sous l'eau. Au début, on a l'impression de pouvoir continuer à jamais, mais, finalement, on doit refaire surface pour respirer. Au bout de quatre ans, il était temps que je revienne à la maison.

Ce fut la brèche que je guettais.

— Vous devez avoir des parents bien permissifs, s'ils étaient d'accord pour vous envoyer à l'étranger pendant aussi longtemps.

— J'ai perdu ma mère quand j'étais petite. C'est mon père qui m'a envoyée à Julliard. Il adorait le jazz et il était ravi que je veuille devenir pianiste.

— Mama m'a appris que vous l'aviez perdu récemment, dis-je, entendant l'écho de ces paroles dans mes oreilles. C'est triste.

Elle pencha la tête en avant, acceptant mes mots de compassion.

— Que faisait-il ? m'enquis-je.

— C'était un bureaucrate.

Bureaucrate est un métier très honorable, au Japon, et le terme japonais de *kanryo* n'a pas la connotation péjorative qu'il possède dans d'autres langues.

— Dans quelle administration ?

— Il a passé la majeure partie de sa carrière au Kensetsusho.

Le ministère de l'Aménagement du territoire. Nous progressions. Cette manipulation m'embarrassait de plus en plus. *Dépêche-toi de conclure cette conversation*, me dis-je. *Ensuite, va-t'en. Elle te détourne de ton but. C'est dangereux.*

— Ce devait être un endroit un peu étouffant pour un amateur de jazz, commentai-je.

— Il a connu des moments difficiles.

Soudain, elle parut sur ses gardes. Elle avait changé de posture. Son expression demeurait la même mais elle se ravisa au moment d'en dire davantage. Si j'avais touché un point sensible, elle l'avait à peine montré. Elle ne devait pas s'attendre que je le remarque.

Je hochai la tête, espérant la rassurer.

— Je sais ce que ça signifie, de se sentir mal à l'aise dans son environnement. Au moins, vous n'avez pas ce problème. Donner des concerts chez Alfie, c'est tout naturel pour une pianiste de jazz.

Je sentis une étrange tension pendant encore une seconde, puis elle rit doucement, comme si elle avait décidé de laisser tomber. Je ne savais pas ce que j'avais réveillé, au juste ; j'y réfléchirais plus tard.

— Alors vous avez passé quatre ans à New York, poursuivis-je. C'est long. Vous deviez avoir une perspective très différente à votre retour.

— En effet. Quand on rentre dans son pays après avoir vécu à l'étranger, on n'est plus la même personne.

— Comment cela ?

— Votre regard change. On ne considère plus les choses comme allant de soi. Par exemple, j'ai remarqué que, à New York, quand un taxi barre la route à un autre, le conducteur se mettait à crier et…

Elle imita à la perfection un chauffeur new-yorkais en train de faire un geste obscène avec le doigt.

— J'ai compris que c'était parce que les Américains croient que l'autre a agi délibérément : alors ils veulent lui donner une leçon. Mais au Japon, les gens ne s'énervent jamais dans de telles situations. Les Japonais considèrent les erreurs des autres comme un événement aussi arbitraire que le temps qu'il fait, et non comme une raison de s'énerver. Je n'y avais jamais songé avant de vivre à New York.

— J'ai remarqué cette différence, moi aussi. Je préfère l'attitude japonaise.

— Mais vous êtes japonais ou américain ? Je parle de votre vision des choses, ajouta-t-elle rapidement, de peur de m'offenser en se montrant trop directe.

Je la dévisageai, en pensant un instant à son père, à d'autres personnes avec qui j'avais travaillé. Ma vie aurait pu être différente si je ne les avais pas connus.

— Je ne sais pas, dis-je en détournant les yeux. Comme vous l'avez remarqué chez Alfie, je ne suis pas très indulgent.

— Je peux vous poser une question ? reprit-elle après un silence.

— Bien sûr.

— Que vouliez-vous dire, chez Alfie, en déclarant que nous vous avions sauvé ?

— Je cherchais simplement à engager la conversation.

J'avais l'air désinvolte et je compris aussitôt à son regard que j'avais eu la mauvaise réaction.

Il faut te dévoiler un peu, me dis-je, ignorant si c'était un compromis ou une façon de rationaliser. Je soupirai :

— Je parlais de choses que j'ai faites, des choses que je savais être bonnes, du moins je le croyais, déclarai-je en anglais, me sentant plus à l'aise pour évoquer ce sujet. Plus tard, j'ai découvert qu'elles ne l'étaient pas. Parfois, ces actes reviennent me hanter.

— Vous hanter ? demanda-t-elle, sans comprendre.

— *Borei no yo ni.* Comme un fantôme.

— Ma musique a chassé les fantômes ?

Je hochai la tête en souriant, mais mon sourire devint triste.

— Oui. Je vais devoir l'écouter plus souvent.

— Parce qu'ils vont revenir ?

Seigneur, John, arrête.

— Disons qu'ils sont toujours là. *Sugita koto wa, sugita koto da.* Le passé, c'est le passé.

— Vous avez des regrets ?

— Comme tout le monde, non ?

— Probablement. Mais les vôtres ressemblent-ils à ceux de tout le monde ?

— Je n'en sais rien. Je n'ai pas l'habitude de comparer.

— Pourtant, vous venez de le faire.

Je ris.

— Vous êtes dure.

Ce fut tout ce que je pus répondre. Elle secoua la tête.

— Je ne cherche pas à l'être.

— Je pense que si. Mais cela vous va bien, fis-je.

— Et ce dicton qui veut que l'on ne regrette que ce que l'on n'a pas fait ?

— Celui qui a dit ça a dû passer beaucoup de temps à la maison.

Je me doutais que je n'apprendrais rien de plus sur son père ou sur l'inconnu sans poser de questions qui trahiraient mes véritables intentions. Il était temps de calmer le jeu.

— Vous avez encore des courses à terminer, aujourd'hui ?

— C'était mon intention, mais j'ai rendez-vous avec quelqu'un à Jinbocho dans moins d'une heure.

— Un ami ? demandai-je avec ma curiosité toute professionnelle.

— Mon manager, répondit-elle avec un sourire.

Je réglai l'addition avant de regagner Aoyama-dori. La foule était moins dense, l'air était froid et lourd. En deux semaines et demie, depuis que j'avais éliminé Kawamura, la température avait chuté. En levant les yeux, je distinguai de gros nuages.

J'avais passé un moment bien plus agréable que je ne l'aurais cru. Bien plus que je ne l'aurais souhaité, en réalité. Mais le froid me tira de ma rêverie et raviva mes incertitudes. Je dévisageai Midori, pensif. *Que lui ai-je fait ? Qu'est-ce que je suis en train de faire ?*

— Qu'avez-vous ? questionna-t-elle face à mon regard.

— Rien. Un peu de fatigue.

Elle regarda de côté, puis à nouveau vers moi.

— J'ai eu l'impression que vous regardiez quelqu'un d'autre.

— Non, il n'y a que nous.

Nos pas résonnaient doucement. Soudain, elle me demanda :

— Vous reviendrez m'écouter ?

— Cela me plairait beaucoup.

C'était une réponse stupide, mais je n'eus pas à développer.

— Je serai au Blue Note vendredi et samedi.

— Je sais, dis-je, toujours stupidement, et elle sourit.

Elle héla un taxi. Je lui tins la portière. Une partie de moi se demanda de manière agaçante ce que je ressentirais à m'installer à côté d'elle. Tandis que le véhicule s'éloignait, elle baissa la vitre et lança :

— Venez seul !

8

Le vendredi suivant, je reçus un nouveau message de Harry m'invitant à consulter la messagerie.

Il avait découvert que l'inconnu du train était bien journaliste : Franklin Bulfinch, responsable du magazine *Forbes* à Tokyo. Bulfinch était l'un des cinq étrangers de sexe masculin habitant l'immeuble de Daikanyama. Harry n'avait eu qu'à comparer les noms figurant dans l'annuaire avec ceux du bureau de l'immigration. Ce dernier conservait des renseignements sur tous les résidents étrangers au Japon : âge, lieu de naissance, adresse, nom de l'employeur, empreintes digitales et photographie. Ainsi, Harry avait pu déterminer que les autres étrangers ne correspondaient pas à la description que je lui avais fournie. Il avait aussi eu la gentillesse de pirater et de charger le portrait de Bulfinch pour que je puisse vérifier s'il s'agissait de notre homme. C'était bien lui.

Par ailleurs, Harry m'avait recommandé de consulter le site forbes.com, où étaient archivés les articles de Bulfinch. Je passai plusieurs heures à lire ses comptes rendus sur les collusions présumées entre le gouvernement et les *yakusas*, sur la façon dont le Parti libéral démocrate avait recours à la menace, aux pots-de-vin et à l'intimidation pour contrôler la presse, et sur ce que coûtait toute cette corruption au Japonais moyen.

Rédigés en langue anglaise, les articles de Bulfinch avaient peu d'impact au Japon. Les médias locaux ne suivaient pas ses efforts. Ce devait être très frustrant pour lui. Cependant, cela expliquait sans doute pourquoi je n'avais jamais été chargé de l'éliminer.

À mon avis, Kawamura était l'une des sources de Bulfinch, d'où la présence du journaliste dans le train, ce matin-là, et sa fouille de la victime. Je ressentis une certaine admiration pour son obstination. Son informateur meurt d'une crise cardiaque sous ses yeux et tout ce qu'il trouve à faire, c'est d'explorer les poches du malheureux, en quête d'un mystérieux objet.

Quelqu'un avait dû découvrir le lien entre les deux hommes. Éliminer un chef de bureau étranger étant trop risqué, il valait mieux exécuter la taupe à sa place ; il fallait en outre que cette mort semble naturelle, sans quoi elle aurait apporté de l'eau au moulin de Bulfinch. Alors ils avaient fait appel à moi.

Bon. Il n'y avait pas d'autre équipe sur le coup. Je m'étais trompé à propos de Benny.

Je consultai ma montre. Presque dix-sept heures. Je pouvais facilement être au Blue Note pour le début de la première partie, à dix-neuf heures.

J'aimais la musique de Midori et j'appréciais sa compagnie. Elle était séduisante et je sentais que je l'attirais. Intéressante combinaison.

Vas-y, me dis-je. *Histoire de t'amuser un peu. Qui sait, tu pourrais passer une bonne nuit... Vous êtes attirés l'un par l'autre. Juste une nuit. Pourquoi pas ?*

À quoi pensais-je donc ? Je ne pouvais prévoir ce qui se passerait à l'issue du concert, mais Midori n'était pas du genre à enchaîner les histoires sans lendemain.

Qu'est-ce qui ne va pas, chez toi ? me demandai-je. *Tu devrais appeler une de tes connaissances. Keiko Chan, par exemple. Elle est toujours prête à prendre du bon temps. Un dîner tardif, peut-être au petit restaurant italien de Hibiya, du bon vin, une chambre d'hôtel...*

Pour l'heure, cependant, la perspective d'une nuit avec Keiko Chan m'apparaissait étrangement déprimante. Un peu de sport, alors ? Je décidai de me rendre au Kodokan, l'un des endroits où je pratiquais le judo.

Le Kodokan, ou « école pour l'étude de la Voie », fut fondé en 1882 par Jigoro Kano, le créateur du judo moderne. Étudiant de diverses écoles d'escrime et de combat à mains nues, Kano mit au point un système de combat fondé sur le principe d'une efficacité maximale dans l'utilisation de l'énergie physique et mentale. En gros, le judo est à la lutte occidentale ce que le karaté est à la boxe.

C'est un système non pas de coups de poing et de pied, mais de projections et d'immobilisations, qui se distingue par un arsenal de techniques de clés brutales aux articulations et d'étranglements mortels. Judo signifie littéralement la « manière douce » ou la « façon de donner ». Je me demande ce que Kano penserait de mon interprétation.

Aujourd'hui, le Kodokan se trouve dans un immeuble moderne et simple de huit étages, à Bunkyo-ku, au sud-ouest du parc d'Ueno, à quelques kilomètres de mon quartier. Je me changeai dans un vestiaire puis me rendis au *daidojo*, la salle d'entraînement, où l'équipe de l'université de Tokyo était en visite. Je réussis facilement à déséquilibrer mon premier adversaire et le poussai à frapper, à la suite d'un étranglement. Ensuite, tous s'alignèrent pour affronter le combattant chevronné que j'étais, mais leur jeunesse et leur fougue n'étaient pas à la hauteur de l'expérience et de la ruse. Au bout d'une demi-heure de *randori*, je sortais encore régulièrement vainqueur, surtout au sol.

Plusieurs fois, en reprenant la position du *hajime*, je remarquai un *kurobi* japonais, une ceinture noire, qui s'étirait dans un coin du tatami. Sa ceinture était très usée et plus grise que noire. Il la portait manifestement depuis de nombreuses années. Difficile de lui donner un âge. Il avait les cheveux fournis et noirs, mais son visage était strié de ces rides que j'associe au passage des ans et à une certaine expérience de la vie. Il se déplaçait comme un jeune, en tout cas, et effectuait le grand écart sans difficulté apparente. Je sentis qu'il m'observait, même si je ne le vis pas regarder dans ma direction.

Comme il me fallait marquer une pause, je présentai mes excuses aux étudiants qui attendaient de se mesurer à moi. Cela me faisait du bien de battre des judokas deux fois plus jeunes que moi, et je me demandais pendant combien de temps encore j'y arriverais.

Je gagnai le bord du tapis et, tout en m'étirant, j'observai le type à la ceinture usée. Il travaillait ses *harai-goshi* avec un étudiant, un gosse trapu aux cheveux en brosse. Son attaque était si puissante qu'il fit grimacer le jeune homme à plusieurs reprises au moment où leurs torses se rencontrèrent.

Il termina et remercia le gosse, puis me rejoignit.

— Vous accepteriez une série de *randori* avec moi ? proposa-t-il dans un anglais où perçait une pointe d'accent.

Je croisai un regard intense, une mâchoire volontaire, que son sourire n'adoucissait pas. J'avais raison, il m'avait observé, même si je ne l'avais pas vu faire. Avait-il repéré mes traits occidentaux ? Peut-être voulait-il me soumettre au test du *gaijin*. Même si, d'après mon expérience, c'était un jeu auquel se livraient les judokas plus jeunes. Et son anglais, du moins sa prononciation, était excellent. Cela aussi, c'était bizarre. Les Japonais les plus xénophobes sont en général ceux qui ont le moins d'expérience avec les étrangers, et leur anglais reflète cette absence de contact.

— *Ei, tanoshimi desu*, répondis-je. Avec plaisir.

Cela m'agaçait qu'il se soit adressé à moi en anglais ; je m'en tins donc au japonais.

— *Nihongo dekimasu ka ?* Vous parlez japonais ?

— *Ei, mochiron. Nihonjin desu yo*, répondit-il, indigné. Bien sûr que oui. Je suis japonais.

— *Kore wa shitsure : shimashitu. Watashi mo. Da kedo, hatsuon ga, a mari migoto datta no de…* Je suis désolé. Moi aussi. Mais votre accent était si parfait que…

Il se mit à rire.

— Le vôtre aussi. Je suppose que votre judo ne l'est pas moins.

Tout en s'évertuant à me parler anglais, il évitait de devoir admettre la vérité de son compliment.

J'étais toujours agacé, méfiant. Je parle japonais comme un autochtone, de même que l'anglais. Alors le moindre compliment sur ma compétence dans ces langues est en soi une insulte. Et je voulais savoir pourquoi il partait du principe que j'étais anglophone.

Sur un espace libre du tatami, nous nous saluâmes. Puis nous commençâmes à tourner en rond, cherchant une saisie avantageuse. Il était extrêmement détendu et léger. Je feintai d'un *deashi-barai*, un balayage du pied, espérant enchaîner par un *osoto-gari*, mais il contra la feinte d'un balayage qui me projeta à terre.

Il était rapide. Je roulai sur moi-même pour me relever et nous reprîmes position, tournant dans l'autre sens, cette fois. Il avait les narines légèrement dilatées, seul signe de l'effort qu'il venait de fournir.

Je tenais fermement sa manche droite de la main gauche, les doigts enfoncés dans la toile. Une bonne saisie pour un *ippon seonagi*. C'était ce qu'il attendait. Au contraire, je me lançai dans un balayage puissant pour un *sasae-tsurikomi-goshi*, pivotant dans sa prise tout en me tendant pour la projection. Or il avait anticipé le mouvement et libéré sa hanche avant que j'aie ouvert la brèche. Il me bloqua le passage de sa jambe droite. Déséquilibré, je subis un violent *taiotoshi* qui me fit passer sur sa jambe tendue, me projetant à terre.

Au cours des cinq minutes suivantes, il me fit tomber encore deux fois. J'avais l'impression de me battre contre une cascade.

Je commençais à me fatiguer. Face à lui, je déclarai :

— *Jaa, saigo ni shiyo ?* On arrête après celle-ci ?

— *Ei, so shiyo*, répondit-il en sautillant sur ses doigts de pied. Allons-y.

Très bien, espèce de salaud, me dis-je. *Je te réserve une petite surprise. On va voir si elle te plaît.*

Le *juji-gatame*, qui signifie clé croisée, est une prise de bras qui tire son nom de l'angle d'attaque. Son exécution classique place l'attaquant perpendiculairement à son adversaire, les deux judokas étant couchés sur le dos, formant une croix. Une permutation, les puristes parleraient de mutation, est appelée *juji-gatame*, volant. L'attaquant lance la clé directement depuis la position debout. Cette prise, qui nécessite un engagement total, échoue une fois sur deux, aussi la tente-t-on rarement. D'ailleurs, elle n'est pas très connue.

Si mon adversaire ne la connaissait pas bien, il était sur le point de la découvrir.

Je tournai en rond, sur la défensive, feignant une fatigue que je ne ressentais pas. Par trois fois, je repoussai la prise qu'il cherchait à m'imposer et l'esquivai, comme si je ne voulais pas m'engager. Frustré, il finit par mordre à l'hameçon, tendant la main gauche un peu trop loin afin de saisir le pan droit de mon judogi. Dès qu'il l'eut saisi, j'attrapai son bras et projetai la tête en arrière, lançant mes jambes en avant tel un plongeur effectuant un saut périlleux arrière. Ma tête se retrouva entre ses pieds et mon poids le força à se baisser. Mon pied droit s'enfonça sous son aisselle gauche, le privant de son équilibre. L'espace d'une fraction de seconde, avant qu'il s'envole au-dessus de moi, je lus de la stupeur sur son visage. Ensuite, nous nous retrouvâmes à terre. J'avais emprisonné son bras, le maintenant en arrière.

Il culbuta sur le dos et chercha à se dégager de mon emprise, sans résultat. Son bras était à la limite de ses capacités. J'accentuai légèrement ma pression mais il refusa de se soumettre. Je savais qu'il ne restait que deux millimètres avant que son coude lâche. Quatre de plus, et je lui cassais le bras.

— *Maita ka*, dis-je en penchant la tête en avant pour le regarder. Soumets-toi.

Il grimaçait de douleur mais m'ignora.

Il est stupide de lutter contre une clé. Même lors d'une compétition olympique, les judokas se soumettent plutôt que de risquer une fracture. Cela devenait dangereux.

— *Maita ka*, insistai-je plus sèchement.

Il luttait toujours. Cinq secondes s'écoulèrent. Je refusais de le lâcher sans soumission, mais je ne voulais pas lui casser le bras. Combien de temps pourrions-nous maintenir cette position ?

Enfin, il tapa ma jambe de sa main libre en signe de reddition. Je relâchai aussitôt mon emprise et m'écartai de lui. Il roula sur lui-même et se mit à genoux, dans la position classique du *seiza*, le dos droit et le bras gauche tendu devant lui. Il se frotta le coude quelques secondes et me regarda.

— *Subarashikatta*, dit-il. Excellent. Je vous aurais volontiers demandé une revanche, mais je doute que mon bras me le permette aujourd'hui.

— Il fallait taper plus vite. Rien ne sert de résister à une clé de bras. Il vaut mieux survivre pour se battre un autre jour.

Il inclina la tête en signe d'approbation.

— Orgueil mal placé.

— Je n'aime pas céder non plus. Mais vous avez remporté les quatre premières manches. Je veux bien échanger votre score contre le mien.

Il parlait toujours anglais et je répondais en japonais.

Je lui fis face, en position de *seiza* et nous nous saluâmes. Une fois debout, il déclara :

— Merci pour cette leçon. Jamais je n'avais vu cette variante du *juji-gatame* aussi bien exécutée en *randori*. La prochaine fois, je saurai ne pas sous-estimer les risques que l'on veut bien prendre pour obtenir une soumission.

Je le savais déjà.

— Où vous entraînez-vous ? demandai-je. Je ne vous avais jamais vu ici.

— Dans un club privé. Peut-être pourriez-vous m'y rejoindre, un de ces jours. Nous recherchons toujours des judokas *shibumi*.

Le *shibumi* est un concept esthétique japonais, qui représente une sorte de pouvoir subtil, une autorité sans effort. Dans un sens plus strict, plus intellectuel, on peut appeler cela de la sagesse.

— Je ne suis pas certain d'être celui que vous recherchez. Où se trouve ce club ?

— À Tokyo. Je doute que vous en ayez entendu parler. Mon… club n'est en général pas ouvert aux étrangers.

Il se reprit très vite.

— Mais, bien sûr, vous êtes japonais.

J'aurais sans doute dû laisser tomber.

— Oui. Pourtant, vous vous êtes adressé à moi en anglais.

Il se tut.

— Vos traits sont fondamentalement japonais, si je puis m'exprimer ainsi. Cependant, j'ai cru y déceler une trace d'ascendance occidentale et je voulais en avoir le cœur net. Je suis en général très sensible sur la question. Si je m'étais trompé, vous ne m'auriez pas compris, et cela aurait été réglé.

Reconnaissance par le feu, songeai-je. On tire à la limite des arbres. Si quelqu'un riposte, on sait qu'il est là.

— Vous êtes satisfait ? demandai-je, maîtrisant volontairement mon agacement.

L'espace d'un instant, j'eus l'impression qu'il était étrangement gêné. Enfin, il déclara :

— Je peux vous parler franchement ?

— Pourquoi ? Vous ne l'avez pas fait jusqu'à présent ?

Il sourit.

— Vous êtes japonais, mais aussi américain, non ?

Je pris soin d'afficher une expression neutre.

— Qu'importe, reprit-il, je crois que vous me comprenez. Je sais que les Américains admirent la franchise. C'est un de leurs défauts, défaut amplifié par le fait qu'ils ne cessent de s'en féliciter. Et ce travers commence à me contaminer à mon tour ! Vous voyez la menace que les Américains représentent pour les Nippons ?

Je l'observai en me demandant si j'avais affaire à un fanatique d'extrême droite. On en croise de temps à autre. Ils affirment détester l'Amérique mais ne peuvent s'empêcher d'être fascinés par elle.

— Les Américains… provoquent trop de conversations franches ? demandai-je.

— Je sais que vous plaisantez, mais, dans un sens, oui. Les Américains sont des missionnaires, comme les chrétiens qui sont venus à Kyushu pour nous convertir il y a cinq cents ans. Sauf que maintenant ils ne font pas de prosélytisme pour le christianisme, mais pour le mode de vie américain, qui est la religion officielle de l'Amérique. La franchise n'en est qu'un aspect trivial.

Autant s'amuser un peu.

— Vous avez l'impression qu'on est en train de vous convertir ?

— Bien sûr. Les Américains croient en deux choses : d'abord, malgré l'expérience du quotidien et le bon sens, ils pensent que la confiance aveugle envers le marché est le meilleur moyen de gérer ses affaires. L'Amérique a toujours eu besoin de notions transcendantales pour unir ses citoyens, qui sont issus de toutes les cultures du monde. Et les Américains sont ensuite poussés à prouver l'universalité de ces idées en convertissant de façon agressive d'autres cultures à la leur. Dans un contexte religieux, ce serait considéré comme une démarche missionnaire.

— Théorie intéressante, opinai-je. Mais une attitude agressive envers d'autres cultures n'a jamais été l'apanage des Américains. Comment expliquez-vous l'histoire coloniale du Japon en Corée et en Chine ? Comme des tentatives pour sauver l'Asie de la tyrannie des marchés occidentaux ?

— Vous plaisantez encore. Mais votre explication n'est pas si éloignée de la vérité. Parce que les forces du marché, la concurrence ont conduit les Japonais aux conquêtes de leur propre empire. Les nations occidentales avaient déjà obtenu des concessions en Chine. L'Amérique avait institutionnalisé le pillage avec la porte ouverte sur l'Asie. Nous n'avions pas le choix. Nous devions posséder nos propres concessions, sinon les Occidentaux nous auraient encerclés et auraient eu une emprise sur notre approvisionnement en matières premières.

— Dites-moi la vérité, répondis-je, fasciné malgré moi. Vous croyez vraiment à tout ça ? Que les Japonais n'ont jamais voulu la guerre, que tout est la faute de l'Occident ? Parce que les Japonais ont lancé leur première campagne contre la Corée sous Hideyoshi, il y a plus de quatre cents ans. En quoi l'Occident pouvait-il en être responsable ?

Il se pencha en avant, les pouces glissés dans son *obi*, prenant appui sur ses orteils.

— Mon idée générale vous échappe. Les conquêtes japonaises au cours de la première moitié du vingtième siècle étaient une réaction à l'agression occidentale. Autrefois, il y avait d'autres raisons, aussi primaires que la soif du pouvoir et le pillage. La guerre fait partie de la nature humaine. Et nous autres Japonais, nous sommes humains. Mais jamais nous n'avons combattu, et encore moins avons-nous fabriqué des armes de destruction massive, pour convaincre le monde du bien-fondé d'une idée. C'est l'Amérique et son jumeau bâtard, le communisme, qui ont fait cela.

Il se pencha encore.

— La guerre a toujours existé et elle existera toujours. Mais les croisades intellectuelles ? Menées à l'échelle mondiale, avec l'appui des économies modernes et industrielles, sous la menace d'un autodafé nucléaire pour les impies… Seule l'Amérique le propose.

Eh bien, voilà qui confirmait mon diagnostic. C'était un fanatique d'extrême droite.

— J'apprécie votre franchise, dis-je en m'inclinant. *Benkyo ni narimashita.* Ce fut très instructif.

Il s'inclina à son tour et recula.

— *Kochira koso.* Moi de même.

Il sourit, un peu gêné.

— À une autre fois, peut-être.

Je le regardai s'éloigner. Puis je m'approchai d'un habitué, un vieux briscard du nom de Yamaishi, et lui demandai s'il avait déjà vu le type qui s'en allait.

— *Shiranai*, répondit-il en haussant les épaules. *Amari kitenai. Da kedo, sugoku tsuyoku yatta yo. Randori mita yo*. Je ne le connais pas. Il ne vient pas très souvent. Mais il est excellent au judo. J'ai assisté à votre combat.

Désireux de me détendre avant de prendre ma douche, je descendis vers un *dojo* désert, au cinquième étage. En entrant, je laissai les lampes fluorescentes éteintes. Cette pièce était plus agréable quand elle n'était éclairée que par le parc d'attractions voisin de Korakuen, qui clignotait et bourdonnait. Je m'inclinai devant le portrait de Jigoro Kano, sur le mur du fond, puis fis des roulades *ukemi* jusqu'au centre de la salle. Debout dans la pénombre silencieuse, je regardai vers Korakuen. J'entendais à peine le manège des montagnes russes monter jusqu'au sommet en cliquetant, rester suspendues en silence, puis plonger dans un glissement, parmi les rires stridents des passagers, le vent emportant leurs cris.

Je m'étirai au centre de la salle, mon *judogi* trempé contre ma peau. Je venais au Kodokan parce que c'était le meilleur endroit pour étudier le judo, mais, comme mon quartier de Sengoku, il avait acquis une importance grandissante au fil du temps. Ici, j'avais vu un tas de choses : un vétéran grisonnant qui pratiquait le judo chaque jour depuis cinquante ans montrant patiemment à un enfant portant un *gi* trop grand que la bonne position de la jambe pour le *sankakujime* est légèrement en biais, et non juste derrière celle de l'adversaire. Et un jeune *sandan*, ceinture noire troisième dan, qui avait quitté son Iran natal pour travailler au

Kodokan, quatre ans plus tôt. Il manquait rarement un jour d'entraînement et exécutait un *osotogari* d'une régularité si précise et si puissante que ses mouvements en étaient venus à ressembler à une force naturelle colossale, le mouvement des marées, peut-être. Le danseur devenait la danse. Un étudiant à l'université qui pleurait après avoir subi un étranglement lors d'un combat. La foule acclamait son vainqueur, sans se soucier de ses larmes pleines de dignité.

Les montagnes russes produisaient leur cliquetis familier tandis que les dernières lueurs du jour fondaient dans le ciel. Il était dix-neuf heures passées. Trop tard pour aller au Blue Note. Tant mieux.

9

N'ayant aucun projet particulier pour le lendemain, je décidai de passer chez un bouquiniste que j'apprécie, à Jinbocho, quartier connu pour ses innombrables librairies toujours bondées. Certaines étaient spécialisées dans les ouvrages orientaux, d'autres dans les ouvrages occidentaux. Quelques jours plus tôt, j'avais reçu un message du libraire m'annonçant qu'il avait repéré un volume ancien sur les *shimewaza* – les étranglements –, et qu'il me le mettait de côté. Je le recherchais depuis longtemps pour l'ajouter à ma collection sur les *bugei*, les arts martiaux.

À la station Sengoku, je pris la ligne de métro de Mita. Parfois, je l'emprunte. Sinon, je me rabats sur le JR à Sugamo. Il vaut mieux ne jamais faire la même chose. Ce jour-là, un prêtre en tenue shintoïste quêtait devant la station. Depuis quelque temps, il semblait y en avoir partout, plus seulement devant le Parlement. Je pris la rame en direction d'Onarimon et descendis à Jinbocho. Je comptais me diriger vers la sortie la plus proche de la librairie Isseido mais, perdu dans mes pensées sur Midori et Kawamura, je m'engageai dans le mauvais couloir. Ce n'est que face à un panneau indiquant la ligne de Hanzoman que je compris mon erreur, fis demi-tour et revins sur mes pas.

Un Japonais boudiné marchait vivement dans le couloir, à dix mètres de moi. Je croisai son regard mais il m'ignora, les yeux fixés droit devant lui. Il portait un costume à fines rayures et une chemise rayée. Il avait dû lire quelque part que les rayures verticales affinaient la silhouette.

En baissant les yeux, je sus pourquoi je ne l'avais pas entendu venir. Il portait des chaussures bon marché à semelles de caoutchouc. Mais il possédait aussi une coûteuse mallette noire, une vieille Swain Adeney, apparemment. Un homme d'affaires qui s'y connaissait en attaché-cases mais pensait que nul ne remarquerait ses chaussures ? Peut-être. Pourtant, le quartier n'était pas propice aux affaires, au contraire de Kasumigaseki ou Akasaka, par exemple. Ces chaussures étaient confortables pour la marche pour filer quelqu'un, éventuellement, si telle était son intention.

Je me raidis en le croisant. Quelque chose en lui me dérangeait. Je ralentis un peu, puis jetai un coup d'œil par-dessus mon épaule. Je notai sa façon de marcher. Un visage est facile à dissimuler, on peut changer de vêtements en une minute, mais peu de gens parviennent à modifier leur démarche. C'est un détail que je guette toujours. J'observai ce type : des pas courts, un mouvement de bras un peu exagéré, un peu suffisant, un léger balancement de la tête. Enfin, il disparut au coin du couloir.

Je repris l'autre direction, vérifiant mes arrières avant de quitter la station. Ce n'était probablement rien, mais j'avais enregistré son visage et sa démarche. Mieux valait regarder derrière moi, comme toujours, au cas où il réapparaîtrait.

Comme promis, l'exemplaire de *Principes d'étranglements* était en excellent état, avec un prix en conséquence, mais je savais que ce petit ouvrage m'apporterait beaucoup de satisfaction. Malgré mon envie de partir, j'attendis que le libraire l'enveloppe avec soin, presque cérémonieusement, dans un épais papier kraft qu'il entoura d'une ficelle. Il savait que ce n'était pas pour offrir, mais c'était là sa façon d'exprimer son plaisir de me l'avoir vendu. Il aurait été impoli de ma part de le brusquer. Enfin, il me tendit le paquet et s'inclina très bas. J'adoptai une posture similaire et m'inclinai encore une fois en partant.

Je repris la ligne de Mita. Si j'avais été inquiet à l'idée d'être suivi, j'aurais hélé un taxi, mais je voulais savoir si je reverrais l'homme à l'attaché-case. S'il cherchait à me suivre, il devait rester sur le quai – comportement incongru qui attire l'attention. Or le quai était désert. L'homme à l'attaché-case s'était envolé. Je m'étais sans doute inquiété pour rien.

Je pensai à nouveau à Midori. C'était sa seconde soirée au Blue Note et la première partie commençait dans environ une heure. Que penserait-elle si je ne venais pas non plus ce soir ? Comme tout être humain, elle en déduirait sans doute que je n'étais pas intéressé, qu'elle s'était montrée un peu trop entreprenante en m'invitant. Il était peu probable que je la revoie un jour. En cas de rencontre fortuite, nous serions mal à l'aise : deux personnes qui avaient commencé à faire connaissance mais qui, pour une raison quelconque, n'étaient pas allées plus loin. Rien que de très banal. Un jour, elle demanderait sans doute de mes nouvelles à Mama, mais celle-ci ne sait rien, si ce n'est que je passe chez Alfie de temps à autre sans prévenir.

Que serait-il arrivé si nous nous étions rencontrés en d'autres circonstances ? *Cela aurait pu être bien*, me dis-je.

Je faillis rire de tant d'absurdité. Il n'y avait pas de place pour ces choses-là dans ma vie, et je le savais.

Crazy Jake me revint en mémoire : *On n'est chez nous nulle part, John, après ce qu'on a fait.*

Je n'avais jamais entendu de paroles plus avisées. *Oublie-la*, me dis-je. *Tu sais qu'il le faut.*

Mon pager se mit à vibrer. Je trouvai une cabine et composai le numéro.

C'était Benny. Après l'échange habituel de mots de passe, il déclara :

— Encore un boulot pour toi. Tu es intéressé ?

— Je n'ai pas l'habitude de refuser du travail.

— Il va falloir enfreindre une de tes règles, cette fois. Si tu acceptes, tu auras une prime.

— Je t'écoute.

— Il s'agit d'une femme. Une musicienne de jazz.

Un long silence s'installa.

— Tu es toujours là ? demanda-t-il.

— Je t'écoute.

— Si tu veux des détails, tu sais où les trouver.

— Comment s'appelle-t-elle ?

— Pas au téléphone.

Encore un silence.

Il s'éclaircit la gorge.

— Bon, d'accord. Elle porte le même nom que ton dernier contrat. L'affaire est liée. Pourquoi ? C'est important ?

— Pas vraiment.

— Tu le veux, ce boulot ?

— Probablement pas.

— La prime est rondelette.

— C'est-à-dire ?

— Tu sais où obtenir des précisions.

— Je vais jeter un coup d'œil.

— J'ai besoin d'une réponse dans les quarante-huit heures. Il faut régler cette affaire d'une façon ou d'une autre.

— Comme tous les contrats, dis-je en raccrochant.

Je m'attardai un moment, à balayer la station de métro des yeux, observant les passants.

Quel salaud, ce Benny, de me dire que ce contrat devait être réglé d'une façon ou d'une autre, en suggérant que, si je refusais, quelqu'un d'autre s'en chargerait.

Pourquoi Midori ? Cela devait avoir un rapport avec Bulfinch, le journaliste. Il la recherchait, comme je l'avais constaté chez Alfie, ainsi que l'homme au téléphone. Celui pour qui travaillait l'homme au téléphone devait croire que Midori avait appris quelque chose qu'elle ne devait pas savoir. À moins que son père ne lui ait remis quelque chose que Bulfinch voulait récupérer.

Tu pourrais t'en charger, me dis-je. *Sinon, quelqu'un d'autre le fera. Au moins, tu agirais vite et bien. Elle ne sentirait rien.*

Pourtant, ce n'étaient que des mots. J'aurais voulu être dans cet état d'esprit, mais je n'y arrivais pas.

Une rame de la ligne de Mita entra en gare, en direction d'Otemachi, avec correspondance vers Omotesando et le Blue Note. Y voyant un signe, je montai.

10

Dans mon univers, pour survivre aussi longtemps que moi, il faut se mettre dans la peau de l'adversaire. Je l'avais appris au contact des bandes qui me traquaient quand j'étais gosse, avant d'approfondir la question dans les SOG, au Cambodge. Il faut se demander : Si je voulais m'atteindre, comment m'y prendrais-je ?

La clé, c'est d'anticiper, aussi bien dans l'espace que dans le temps. Savoir qui se trouvera où, et à quelle heure. Cette faculté s'acquiert grâce à la filature, l'analyse des itinéraires à emprunter, de l'heure des allées et venues de la cible, jusqu'à déterminer un schéma, identifier des goulets d'étranglement où la cible passe presque systématiquement à une heure donnée. Il ne reste plus qu'à tendre une embuscade là où elle est le plus vulnérable.

Le même principe s'applique à la prévention des crimes et délits. Où se poster pour voler rapidement de l'argent facile ? Probablement près d'un distributeur de billets, le soir. On cherche l'emplacement idéal, assez passant pour que l'on n'ait pas à attendre trop longtemps, mais pas trop fréquenté, de peur que la foule ne vous empêche d'agir quand vous aurez repéré une bonne proie. On choisit un coin sombre, assez loin du distributeur pour ne pas se faire remarquer, mais assez proche pour passer à l'action dès la fin de la transaction. La proximité d'un poste de police n'est pas recommandée. Mieux vaut sélectionner un endroit plus adéquat, et ainsi de suite. En raisonnant ainsi, on sait exactement où repérer une personne aux abois et on sait à quel moment on est vulnérable et quand il faut être plus vigilant.

Avec Midori, une surveillance approfondie n'était même pas nécessaire. Son emploi du temps était public. C'était sans doute ainsi que Bulfinch avait su qu'il la trouverait chez Alfie. Et ce serait le moyen le plus facile pour les hommes de Benny de la débusquer, désormais.

D'Otemachi, je pris la ligne de Chiyoda-sen et descendis au bout de sept arrêts, à Omotesando. J'empruntai l'escalier menant à la rue et parcourus la courte distance qui me séparait du cybercafé Yahoo. Je réglai l'entrée et m'installai devant un ordinateur. Grâce au système de connexion rapide offert par le café, je ne mis que quelques secondes pour accéder au fichier que m'adressait Benny. Il contenait quelques clichés publicitaires qu'il avait numérisés, l'adresse personnelle de Midori, le programme de ses concerts, dont celui du soir même, au Blue Note, et des recommandations indiquant que le résultat devait sembler naturel. Ils me proposaient l'équivalent d'environ 500 000 dollars, soit une prime substantielle en plus de nos accords initiaux.

Cette référence au concert du Blue Note, qui commençait à dix-neuf heures, me paraissait inquiétante. Prévoir le moment et le lieu. S'ils voulaient l'éliminer rapidement, l'occasion de ce soir était trop belle. Toutefois, Benny m'avait accordé quarante-huit heures de réflexion, ce qui suggérait que Midori serait en sécurité au moins d'ici là.

Mais quel parti tirer de ce sursis ? Fallait-il la prévenir que quelqu'un avait mis un contrat sur elle ? Je pouvais toujours essayer, mais elle n'avait aucune raison de me croire. Et, même si elle me croyait, que faire ? Lui vanter les charmes d'une vie anonyme et dans l'ombre ?

Ridicule. Il n'existait qu'une solution : mettre ces quarante-huit heures à profit pour découvrir pourquoi Midori était un obstacle, et éliminer les raisons qui avaient poussé Benny à le croire.

J'aurais pu parcourir à pied le kilomètre qui me séparait du Blue Note mais je souhaitais effectuer une reconnaissance au préalable. Je pris un taxi en disant au chauffeur de me conduire dans Koto-dori, puis de tourner à gauche vers le Blue Note. J'espérais que la circulation ralentirait le véhicule et me permettrait de jeter un rapide coup d'œil sur certains postes d'observation, au cas où je devrais effectuer une surveillance de l'extérieur.

Heureusement, la circulation était dense, et j'eus l'occasion de scruter les lieux en passant à vitesse réduite devant la boîte.

Il est difficile de monter la garde discrètement aux alentours du Blue Note. Toutes les boutiques voisines sont fermées à cette heure tardive. Le Caffe Idee, sur le trottoir opposé, restaurant doté d'une terrasse, procurait une vue dégagée, mais son escalier extérieur, long et étroit, n'offrait pas un accès assez rapide. Je l'éliminai donc de la liste des planques possibles.

Par ailleurs, il ne fallait pas trop s'attarder. On peut prévoir la fin d'un concert environ cinq minutes avant. La deuxième partie n'avait pas commencé. Si quelqu'un comptait rendre visite à Midori à l'issue de son spectacle, il n'était sans doute pas encore arrivé.

À moins qu'il ne soit déjà à l'intérieur, en spectateur assidu.

Je fis arrêter le taxi avant Omotesando-dori et franchis à pied quatre carrefours jusqu'au Blue Note. Je pris soin de relever les endroits délicats, mais la zone semblait sûre.

Il y avait déjà la queue pour la seconde partie du spectacle. Au guichet, on m'annonça qu'il ne restait plus de places, à moins que j'aie une réservation.

Bon sang, je n'avais pas pensé à ça. Mais Midori avait dû tout prévoir si elle souhaitait ma venue.

— Je suis un ami de Midori Kawamura, dis-je. Fujiwara Junichi…

— Bien sûr, répondit immédiatement l'employé. Kawamura-san m'a prévenu que vous viendriez peut-être ce soir. Veuillez patienter. La seconde partie commence dans un quart d'heure. Nous tenons à ce que vous soyez bien placé.

Je hochai la tête et patientai. Comme prévu, la foule commença à sortir cinq minutes plus tard. Dès que la salle fut libre, on m'accompagna à l'intérieur, dans un large escalier, vers une table située juste devant la scène déserte.

Le Blue Note n'a rien de commun avec chez Alfie. D'abord, son haut plafond procure une impression d'espace, au contraire de chez Alfie, dont le cadre exigu est très intime. L'atmosphère est plus opulente : moquette de qualité, panneaux de bois coûteux. On voyait même, dans une annexe, des ordinateurs à écran plat destinés aux obsédés éprouvant le besoin de consulter leurs e-mails entre deux représentations. La foule y est également différente. Chez Alfie, il n'y a pas assez de place pour accueillir grand monde. Au Blue Note, on vient pour être vu.

Tandis que les spectateurs affluaient, je balayai la salle du regard mais rien ne déclencha mon radar.

Si tu voulais l'approcher, si tu avais le choix, quelle place choisirais-tu ? Tu resterais près d'une des issues de cet étage, ce qui t'offrirait un moyen de t'échapper, au besoin. Tu aurais la salle entière sous les yeux. Tu pourrais ainsi observer les gens de dos, et non le contraire.

Je pivotai pour regarder derrière moi, comme si je cherchais quelqu'un. Un Japonais d'environ quarante-cinq ans était assis au fond, à gauche, près d'une issue. Ses voisins étaient en train de bavarder. De toute évidence, il était seul. Il portait un costume froissé, bleu marine ou gris, et son expression était neutre, trop à mon goût. C'était un public d'amateurs, venus par groupes de deux ou trois, qui attendaient le début du concert avec impatience. Cet homme insignifiant semblait vouloir passer inaperçu. Je le cataloguai comme suspect.

Je me tournai dans l'autre direction. À la même place, au fond à droite, trois jeunes femmes qui ressemblaient à des employées en goguette. Pas de problème apparent de ce côté-là.

L'homme insignifiant pourrait me surveiller durant le concert. Je devais éviter de commettre la même erreur que lui en affichant un isolement trop manifeste. Je dis à ceux qui m'entouraient que j'étais un ami de Midori et qu'elle m'avait invité. Ils se mirent aussitôt à me poser des questions. Très vite, nous nous mîmes à bavarder comme de vieux camarades.

Une serveuse passa. Je commandai un Cragganmore de douze ans d'âge. Mes voisins m'imitèrent. J'étais un ami de Midori Kawamura, alors ce que je commandais devait être branché. Ils ignoraient sans doute s'il s'agissait de scotch, de vodka ou d'une nouvelle marque de bière.

Quand Midori et ses musiciens se présentèrent sur scène, les applaudissements crépitèrent. Encore une différence avec chez Alfie. Là-bas, à l'arrivée des artistes, la salle observe un silence respectueux.

Midori prit place au piano. Elle portait un jean délavé et un chemisier en velours noir, cintré et décolleté, qui conférait à son teint une blancheur éclatante. Elle pencha la tête en avant et effleura les touches. Le public se tut, dans l'expectative. Elle resta un long moment figée dans cette posture, puis se mit à jouer.

Elle commença en douceur, avec une interprétation intense de *Brilliant Corners*, de Thelonious Monk. D'une manière générale, elle joua plus brutalement que chez Alfie, avec abandon, ses notes luttant parfois avec la basse et les percussions, mais trouvant l'harmonie dans cette opposition. Ses riffs étaient furieux. Elle les prolongea. Ensuite, les notes étaient douces, mais on sentait encore une colère, une vibration sous-jacente.

Le concert dura trois quarts d'heure, alternant un son enfumé sensuel, mélodique, avec une tristesse élégiaque, puis une exubérance rieuse qui chassait toute tristesse. Midori conclut par un riff emporté et jubilatoire. Ensuite, ce fut un tonnerre d'applaudissements. La jeune femme se leva et salua le public. Le percussionniste et le bassiste riaient, essuyant la sueur de leur visage à l'aide de leur mouchoir. Les applaudissements se prolongèrent. Midori avait réussi à nous faire partager ce qu'elle ressentait quand elle jouait, à nous emmener avec elle. Ces applaudissements exprimaient une énorme gratitude. Quand ils s'atténuèrent enfin, le trio quitta la scène. Les spectateurs commencèrent à se déplacer dans la salle.

Quelques minutes plus tard, Midori réapparut et se glissa près de moi. Elle avait encore les joues rouges.

— Je pensais bien vous avoir vu, déclara-t-elle en me donnant un léger coup d'épaule. Merci d'être venu.

— Merci de m'avoir invité. J'étais attendu au guichet.

Elle sourit.

— Si je ne leur avais rien dit, vous ne seriez pas entré, et on entend très mal depuis la rue, vous ne trouvez pas ?

— C'est vrai, la réception est sans doute meilleure ici, admis-je en balayant la salle du regard, comme pour en admirer la grandeur.

En réalité, je cherchais l'homme insignifiant.

— Vous voulez manger quelque chose ? Je vais grignoter un morceau avec les musiciens.

J'hésitai. En présence de tiers, je ne réussirais pas à obtenir d'autres informations.

— C'est un grand soir pour vous. Votre premier contrat au Blue Note, répondis-je. Vous préférez certainement rester entre vous.

— Non, non. Cela me ferait plaisir que vous veniez. Vous ne voulez donc pas rencontrer le reste du groupe ? Ils ont été formidables, non ?

Selon l'évolution de la soirée, tu auras peut-être l'occasion de lui parler un peu plus tard.

— Formidables. Le public a adoré.

— Nous pensions aller au Living Bar. Vous connaissez ?

Bon choix, me dis-je. Il règne au Living Bar, sur Omotesando, une excellente atmosphère. Il faut être japonais pour donner un nom aussi absurde à un bar. C'était tout près, mais nous devrions parcourir au moins cinq rues différentes, ce qui me permettrait de vérifier nos arrières pour voir si l'homme insignifiant s'était lancé à nos trousses.

— Bien sûr. Le Living Bar fait partie d'une chaîne, non ?

— Oui, mais celui d'Omotesando est plus agréable que les autres. Ils servent un tas de petits plats intéressants et le bar propose une bonne sélection de single malts. Mama m'a dit que vous étiez connaisseur.

— Mama me surestime, répondis-je en songeant que, si je n'étais pas très prudent, ma vieille amie finirait par monter un dossier sur moi pour le distribuer à la ronde. Permettez-moi de régler les consommations.

— C'est déjà réglé. On y va ?

— Vous avez payé pour moi ?

— J'ai expliqué au directeur que le monsieur assis devant était mon invité particulier.

Elle passa à l'anglais :

— Alors c'est la maison qui régale.

Elle sourit, ravie d'employer cette expression.

— Très bien, dis-je. Merci.

— Vous pouvez m'attendre juste une minute ? Je dois récupérer quelques bricoles dans les coulisses.

L'agresser dans les coulisses était trop difficile. Ce n'était même pas la peine d'essayer. Si quelqu'un devait tenter une action, ce serait à l'extérieur.

— Bien sûr.

Je tournai le dos à la scène pour scruter la salle. Trop de gens circulaient en tous sens pour que je puisse repérer l'homme insignifiant.

— Où voulez-vous qu'on se retrouve ?

— Ici. Dans cinq minutes.

Elle tourna les talons et s'éloigna vers les coulisses.

Un quart d'heure plus tard, elle réapparut derrière le rideau installé au fond de la scène. Elle avait enfilé un pull noir à col roulé, en soie ou en cachemire, et un pantalon noir. Ses cheveux tombaient sur ses épaules, encadrant à merveille son visage.

— Désolée de vous avoir fait attendre. Je voulais me changer. Un concert, c'est dur.

— Ce n'est rien. Vous êtes superbe.

Elle sourit.

— On y va ? Les autres nous attendent dehors. Je meurs de faim.

Nous gagnâmes l'entrée principale, passant devant une foule d'admirateurs qui félicitèrent la pianiste. *Pour frapper Midori, en trouvant le moment propice*, me dis-je, *il faudrait attendre au bas des marches du Caffe Idee, d'où on voit à la fois l'entrée principale et l'entrée latérale*. Naturellement, l'homme insignifiant était là, qui s'éloignait avec une nonchalance étudiée.

C'en était fini des quarante-huit heures que m'avait accordées Benny.

Nous rejoignîmes le bassiste et le percussionniste.

— *Tomo-san, Ko-san*, je vous présente Junichi Fujiwara, la personne dont je vous ai parlé, déclara Midori en me désignant d'un geste.

— *Hajimemashite*, dis-je en m'inclinant. *Konya, saiko no yorokobi deshita*. Je suis ravi de vous rencontrer. J'ai passé une excellente soirée.

— Allez, si on parlait anglais ce soir ? proposa Midori en enchaînant aussitôt : Fujiwara-san, ces messieurs ont passé des années à New York. Ils sont capables de héler un taxi à Brooklyn aussi bien que vous.

— Dans ce cas, appelez-moi John, fis-je en tendant la main au percussionniste.

— Tom, répondit-il, me serrant la main et s'inclinant en même temps.

Il affichait une expression ouverte, presque narquoise, et était vêtu simplement : jean, chemise en toile blanche et blazer bleu. Sa façon de mêler les deux salutations avait quelque chose de sincère. Il me fut aussitôt sympathique.

— Je me rappelle vous avoir vu chez Alfie, déclara le bassiste en tendant prudemment la main.

Il portait un jean noir, un pull à col roulé et un blazer noirs. Avec ses pattes et ses lunettes rectangulaires, il cherchait manifestement à adopter un genre.

— Je me souviens de vous, moi aussi. Vous avez tous été formidables. Avant le concert, Mama m'a affirmé que vous seriez bientôt des vedettes et je constate qu'elle avait raison.

Peut-être savait-il que je le caressais dans le sens du poil, mais il devait se sentir trop bien, à l'issue de sa prestation, pour s'en soucier. À moins qu'il n'eût une autre personnalité en anglais. En tout cas, il m'adressa un sourire discret mais apparemment sincère et déclara :

— Merci de l'avoir précisé. Je m'appelle Ken.

— Et moi, c'est Midori, plaisanta la jeune femme. À présent, partons. Je meurs de faim !

Durant les dix minutes de marche jusqu'au *Ribingu Baa*, comme disaient les habitués, nous discutâmes de jazz et de la façon dont chacun d'entre nous l'avait découvert. Même si j'avais dix ans de plus que l'aîné du groupe, nous étions tous des puristes sur le plan philosophique, des adeptes de l'école Charlie Parker / Billy Evans / Brandon et Wynton Marsalis : aussi la conversation fut-elle détendue.

À plusieurs reprises, je remarquai la présence de l'homme insignifiant dans notre sillage. Si Midori était bien son objectif, il n'agirait sans doute pas tant que la jeune femme était entourée.

À moins qu'ils ne soient désespérés, bien sûr, auquel cas ils prendraient des risques et seraient plus négligents. Mes oreilles étaient concentrées sur ce qui se passait derrière nous.

Au-dessus de l'escalier, une pancarte discrète signalait la présence du Living Bar au sous-sol de l'immeuble Akira. En bas, nous fûmes accueillis par un jeune Japonais arborant une coiffure stylée et un costume bleu marine bien taillé. Prenant la tête du groupe, Midori lui annonça que nous voulions une table pour quatre.

— *Kashikomarimashita*, répondit-il le plus poliment du monde, avant de murmurer dans un petit micro installé près de la caisse.

Le temps qu'il nous accompagne dans la salle, une table était prête et une serveuse nous attendait.

Pour un samedi soir, il n'y avait pas trop de monde. Plusieurs femmes très glamour trônaient sur des chaises à haut dossier, autour de tables en laque noire, maquillées avec soin et arborant des tenues Chanel comme si on les avait créées pour elles. L'éclairage tamisé des lampes du plafond faisait saillir leurs pommettes. Leurs cheveux captaient la lumière. Pourtant, elles n'arrivaient pas à la cheville de Midori.

Je voulais m'asseoir face à l'entrée, mais Tom fut plus rapide que moi et se jeta sur la place que je convoitais. Je me retrouvai face au bar.

Tandis que nous commandions à boire et des amuse-gueules en guise de repas, le jeune employé qui nous avait placés accompagna l'homme insignifiant au bar. Il nous tournait le dos, mais un miroir derrière le comptoir lui donnait une vue imprenable sur la salle.

En attendant nos consommations, nous poursuivîmes notre aimable conversation sur le jazz. Plusieurs fois, je me demandai s'il n'était pas souhaitable de supprimer l'homme insignifiant. Il agissait pour le compte d'un ennemi supérieur en nombre. Si une occasion se présentait de réduire ce nombre, je la saisirais. Et, si je m'y prenais bien, ses employés ne sauraient jamais rien de mon rôle. De plus, en l'éliminant, j'aurais plus de temps pour tirer Midori de cette affaire.

Nous en étions à notre deuxième tournée lorsque quelqu'un m'interrogea sur mes activités.

— Je suis consultant, dis-je. Je conseille les sociétés étrangères qui veulent introduire leurs biens et services sur le marché japonais.

— C'est bien, commenta Tom. Il est trop difficile pour les étrangers de faire des affaires au Japon. Encore aujourd'hui, la libéralisation n'est qu'une façade. À bien des égards, le Japon n'a pas changé depuis le *bakufu* de Tokugawa et reste fermé au monde extérieur.

— Oui, mais c'est bon pour les affaires de John, intervint Ken. N'est-ce pas, John ? Si le Japon n'appliquait pas ces lois stupides, si les ministères qui inspectent les produits qui entrent dans le pays n'étaient pas aussi corrompus, il devrait trouver un autre travail, *ne* ?

— Allons, Ken, intervint Midori, tout le monde sait combien tu es cynique. Inutile de nous le prouver.

Peut-être Ken avait-il un peu trop bu ?

— Toi aussi, tu étais cynique, reprit-il avant de se tourner vers moi. À son retour de New York, Midori était une révolutionnaire. Elle voulait tout changer au Japon. Mais ce n'est plus le cas, visiblement.

— J'ai toujours envie de changer les choses, affirma la jeune femme d'une voix chaleureuse. Mais je doute de l'efficacité des slogans à l'emporte-pièce. Il faut être patient et choisir ses batailles.

— Lesquelles as-tu choisies, dernièrement ? s'enquit-il.

Tom se tourna vers moi.

— Il faut comprendre que Ken a l'impression de s'abaisser en donnant des concerts dans des salles aussi réputées que le Blue Note. Alors, parfois, il se défoule sur nous.

— Nous nous abaissons tous, rétorqua Ken en riant.

— Allons, Ken, arrête un peu, tu veux ? fit Midori en levant les yeux au ciel.

Ken me regarda.

— Et vous, John ? Que disent les Américains, déjà : Soit on fait partie de la solution, soit on fait partie du problème ?

— En fait, il existe une troisième possibilité, répondis-je en souriant. On peut aussi faire partie du paysage.

Ken acquiesça d'un hochement de tête.

— C'est la pire de toutes.

Je haussai les épaules. Ce type n'avait aucune importance à mes yeux. Aussi m'était-il facile de garder mon calme.

— En vérité, je n'avais jamais pensé à mes activités sous cet angle. Certaines entreprises ont des difficultés à exporter vers le Japon. Je les aide. Cependant, vous avez raison sur plusieurs points. Je vais y réfléchir.

Il cherchait la dispute et ne savait que faire de ma réaction conciliante. Tant mieux.

— Prenons un autre verre, proposai-je.

— J'ai assez bu, déclara Midori. Je pense que ça suffit pour ce soir.

Tandis qu'elle parlait, je vis l'homme insignifiant actionner un petit dispositif de la taille d'un briquet jetable, pointé dans notre direction et posé sur son genou, tout en faisant mine de regarder ailleurs. *Un appareil photo*, pensai-je.

Il avait pris des clichés de Midori et je figurerais sur chacun d'entre eux. C'était le genre de risques que je courais si je restais près d'elle, désormais.

Bon. Je devais partir avec les trois musiciens, puis inventer une excuse, un oubli, par exemple, pour revenir vers le bar. J'agirais au moment où l'inconnu s'en irait à son tour pour filer Midori. Pas question de lui laisser cet appareil contenant des photos de moi.

Toutefois, l'homme me fournit une autre occasion en se dirigeant vers les toilettes.

— Je crois que je vais rentrer, moi aussi, annonçai-je en me levant, le cœur battant. Mais je dois d'abord faire un saut aux toilettes.

Je m'éloignai dans le sillage de l'homme insignifiant. Gardant la tête baissée pour éviter le regard des autres consommateurs, j'entendis mon pouls résonner dans mes oreilles. L'homme entra aux toilettes. Avant que la porte se soit complètement refermée, je la retins et le suivis à l'intérieur.

Deux cabines, deux urinoirs. Je notai du coin de l'œil que les deux cabines étaient ouvertes. Nous étions seuls. Les battements de mon cœur devinrent assourdissants. Je sentais l'air entrer dans mes narines, le sang pulser dans les veines de mes bras.

À mon approche, l'homme se retourna vers moi. Peut-être m'avait-il reconnu comme étant un des compagnons de Midori. À moins que quelque instinct ancestral ne l'eût averti d'un danger imminent. Mes yeux étaient rivés sur lui, mais pas sur un point précis de son corps : ils englobaient toute sa personne, la position de ses hanches, de ses mains, assimilaient et traitaient les informations.

Sans la moindre hésitation, je m'approchai encore et projetai ma main gauche vers sa gorge, prenant sa trachée dans le V que formaient mon pouce et mon index. Il baissa brutalement la tête et porta les mains à son cou.

Je me glissai derrière lui et fouillai ses poches. Dans la gauche, je récupérai l'appareil photo. La droite était vide.

Il agrippait en vain sa gorge meurtrie. Seul résonnait le claquement de sa langue et de ses dents. Il se mit à marteler le sol de son pied gauche et à remuer le torse, en proie à un début de panique. Son corps s'agitait de lui-même pour obtenir de l'air. De l'air, dans sa trachée brisée et dans ses poumons convulsés.

Je savais qu'il faudrait environ trente secondes pour qu'il soit asphyxié. Trop long. Je le pris donc par les cheveux et le menton, et lui rompis le cou d'un mouvement sec, dans le sens des aiguilles d'une montre.

Il s'écroula en arrière, vers moi. Je le traînai dans une cabine et l'assis sur le siège, ajustant sa position pour qu'il demeure immobile. Une fois la porte fermée, quiconque entrerait ne verrait que ses jambes et penserait que les toilettes étaient occupées. Avec un peu de chance, son cadavre ne serait découvert qu'au moment de la fermeture, bien après notre départ.

Je refermai la porte de ma hanche droite et actionnai le loquet à l'aide d'un genou. Ensuite, je me hissai par-dessus la cloison pour gagner l'autre cabine. À l'aide d'une feuille de papier hygiénique, j'essuyai les deux endroits que j'avais touchés et glissai le papier dans une poche de mon pantalon. Enfin, je pris une profonde inspiration avant de regagner la salle.

Tom tenait l'addition, mais je la lui pris en insistant pour régler. Ce serait un honneur, après le plaisir que m'avait donné leur spectacle. Je ne voulais pas prendre le risque que quelqu'un utilise une carte bancaire, laissant une trace de notre passage.

Tandis que je payais, Tom déclara :

— Je reviens tout de suite.

Il se dirigea vers les toilettes.

— Moi aussi, ajouta Ken en lui emboîtant le pas.

Et si le cadavre glissait à terre pendant ce temps ? Il ne me restait qu'à attendre le retour des deux musiciens.

— Je peux vous raccompagner chez vous ? demandai-je à Midori.

Elle avait précisé au cours de la soirée qu'elle vivait à Harajuku. Naturellement, je le savais déjà.

— Ce serait gentil, répondit-elle en souriant.

Trois minutes plus tard, Tom et Ken réapparurent. En les voyant rire, je compris que l'homme insignifiant ne s'était pas fait remarquer.

Nous gravîmes les marches vers Omotesando, dans la fraîcheur du soir.

— Ma voiture est garée au Blue Note, annonça Ken sur le trottoir. Je peux reconduire quelqu'un ? ajouta-t-il en regardant Midori.

— Non, ça ira, merci, dit la jeune femme.

— Je vais prendre le métro, déclarai-je. Merci quand même.

— Je viens avec toi, décida Tom, dissipant une légère tension. John, j'ai été ravi de vous rencontrer. Merci encore d'être venu, et merci pour le dîner et les verres.

Je m'inclinai.

— Je vous en prie. J'espère avoir une nouvelle occasion de vous inviter.

Ken hocha la tête.

— Bien sûr, répondit-il avec un manque d'enthousiasme flagrant.

Tom fit un pas en arrière, donnant le signal du départ à Ken, et nous nous séparâmes.

Midori et moi prîmes tranquillement la direction d'Omotesando-dori.

— Ça vous a plu ? questionna-t-elle quand les deux autres furent assez loin pour ne pas l'entendre.

— J'ai passé un bon moment, assurai-je. Ce sont des gens intéressants.

— Ken est parfois difficile.

— Il était un peu jaloux que vous ayez convié quelqu'un d'autre, rien de plus.

— Il est jeune, c'est tout. Merci d'avoir été gentil avec lui.

— Ce n'est rien.

— Vous savez, je n'ai pas l'habitude d'inviter quelqu'un que je viens de rencontrer à l'un de mes concerts, ni de sortir avec lui ensuite.

— Eh bien, nous nous étions déjà vus une autre fois, vous ne transgressez pas les règles.

Elle rit.

— Cela vous dirait de boire un autre whisky ?

Je la dévisageai, cherchant à déchiffrer son expression.

— Bien sûr, répondis-je. Et je connais un endroit qui devrait vous plaire.

Je l'emmenai au bar Satoh, un minuscule établissement installé à l'étage d'un bâtiment niché au cœur d'une série de ruelles ; celles-ci se déployaient comme une toile d'araignée à partir du carrefour entre Omotesando-dori et Meiji-dori. J'empruntai un itinéraire qui me permit de vérifier plusieurs fois nos arrières. Rien à l'horizon. L'homme insignifiant avait agi seul.

Nous prîmes l'ascenseur jusqu'à une porte entourée de gardénias et d'autres fleurs que la femme de Satoh-san cultivait avec grand soin. Un virage à droite, une marche, et Satoh-san apparut, trônant derrière son bar en merisier massif, dans la lumière tamisée. Il était comme toujours impeccable avec son costume et son nœud papillon.

— *Ah, Fujiwara-san*, dit-il de sa douce voix de baryton, affichant un large sourire en s'inclinant. *Irrashaimase*. Bienvenue.

— Satoh-san, c'est bon de vous revoir, répondis-je en japonais.

Je scrutai les alentours. La petite salle était presque pleine.

— Pourriez-vous nous trouver une petite place ?

— *Ei, mochiron*. Oui, bien sûr.

S'excusant, il pria les six clients du bar de se décaler vers la droite, libérant un siège de plus à l'autre extrémité pour nous faire de la place.

Remerciant Satoh-san et nous excusant auprès des autres consommateurs, nous nous installâmes. Midori observa le décor. De nombreuses bouteilles de whisky s'alignaient, souvent obscures et anciennes, non seulement derrière le bar mais sur des étagères et sur les meubles. Décor américain éclectique, vieille bicyclette Schwinn suspendue au mur du fond, vieux téléphone noir qui devait bien peser cinq kilos, portrait encadré du président Kennedy.

Satoh-san ne passe que du jazz. Le chanteur et poète Curt Elling distillait ses notes chaudes et désabusées sur une chaîne stéréo à l'arrière du bar, accompagné par le doux murmure des conversations et des rires étouffés.

— Je… j'adore cet endroit ! chuchota Midori en anglais.

— Génial, non ? fis-je, ravi qu'elle apprécie. Satoh-san est un ancien *sarariman* qui a décidé d'abandonner la course au fric. Il adore le whisky et le jazz, et a économisé yen par yen jusqu'à ce qu'il puisse ouvrir ce bar, il y a dix ans. À mon avis, c'est le meilleur du genre, au Japon.

Satoh-san s'approcha. Je lui présentai Midori.

— Ah, bien sûr ! s'exclama-t-il.

Il fouilla sous le bar et trouva enfin ce qu'il cherchait : un exemplaire du disque de Midori. La jeune femme dut l'implorer de ne pas le passer.

— Qu'est-ce que vous nous conseillez, ce soir ? demandai-je.

Satoh-san effectue quatre pèlerinages par an en Écosse. Il m'a fait découvrir des malts que l'on ne trouve nulle part ailleurs au Japon.

— Combien de verres ? s'enquit-il.

Lorsque le client répondait « plusieurs », il organisait une dégustation, commençant par le plus léger des Lowlands et progressant jusqu'au parfum iodé des malts d'Islay.

— Un seul, je crois, répondis-je.

Je jetai un coup vers Midori, qui hocha la tête.

— Subtil ? Corsé ?

Une fois de plus, je me tournai vers Midori.

— Corsé.

Satoh-san sourit. C'était la réponse qu'il espérait. Je devinai qu'il avait une idée en tête. Il se retourna pour prendre une bouteille transparente derrière le bar, devant le miroir, et nous la tendit.

— C'est un Ardberg de quarante ans d'âge, expliqua-t-il. De la côte sud d'Islay. Très rare. Je le garde dans une bouteille sans étiquette pour qu'on ne me la vole pas.

Il sortit deux verres étincelants qu'il plaça devant nous.

— Sec ? demanda-t-il, ne connaissant pas les préférences de Midori.

— *Hai*, répondit-elle.

Satoh-san hocha la tête, soulagé, puis versa deux mesures du liquide ambré et reboucha la bouteille.

— Ce qui rend ce malt si spécial, c'est l'équilibre des saveurs, saveurs qui d'ordinaire sont incompatibles, nous expliqua-t-il à voix basse, d'un ton grave. Il y a de la tourbe, de la fumée, du parfum, de la cerise et une odeur de sel marin. Ce malt a mis quarante ans à forger son propre caractère. Comme un être humain. Bonne dégustation.

Il s'inclina et gagna l'autre extrémité du bar.

— J'ai presque peur de le boire, avoua Midori en souriant.

Elle brandit le verre devant elle pour en admirer la lumière.

— Satoh-san prodigue toujours un petit cours sur l'expérience qu'il propose à ses clients. C'est une des qualités de ce bar. C'est un spécialiste en single malts.

— *Jaa, kanpai !*

Nous trinquâmes avant d'avaler une gorgée. La jeune femme s'interrompit et observa :

— Oh, c'est bon. On dirait une caresse.

— Comme votre musique.

— J'ai bien aimé notre conversation de l'autre jour, chez Tsuta, reprit-elle. J'aimerais en savoir davantage sur votre jeunesse, à cheval entre deux cultures.

— Je ne suis pas certain que ce soit si intéressant.

— Racontez-moi et je vous dirai ensuite si c'était intéressant.

Elle aimait mieux écouter que parler, ce qui ne me facilitait pas la tâche si je voulais rassembler des informations. *Voyons jusqu'où ça nous mène*, me dis-je.

— Je vivais dans une petite ville du nord de l'État de New York. Ma mère m'y a emmené après la mort de mon père. Elle voulait se rapprocher de ses parents.

— Ensuite, avez-vous à nouveau vécu au Japon ?

— Un peu. Quand je suis entré au lycée, mes grands-parents paternels m'ont écrit qu'il existait un nouveau programme d'échange entre les deux pays, ce qui me permettait de passer un semestre dans un lycée japonais. À l'époque, j'avais le mal du pays, alors je me suis inscrit sans hésiter. C'est ainsi que j'ai passé un semestre à Saitama Gakuen.

— Seulement ? Votre mère voulait que vous rentriez ?

— Une partie d'elle le voulait. Mais je crois qu'elle était aussi soulagée d'avoir le temps de se concentrer sur sa propre carrière. J'étais assez fougueux, à cet âge-là.

Doux euphémisme pour qualifier mes bagarres continuelles et autres problèmes de discipline à l'école.

— Alors vous avez voulu regagner les États-Unis au bout de ce semestre ?

Je haussai les épaules. Certains de ces souvenirs n'étaient pas particulièrement agréables.

— Vous savez ce que c'est quand on rentre au pays. Il n'y avait pas d'élèves étrangers à Saitama Gakuen et j'étais un métis de retour après une longue absence. Après cinq années passées aux États-Unis, j'avais un accent. À Dryden, je n'étais pas heureux. Là-bas, je pensais au Japon comme à ma patrie. Ensuite, quand j'y suis retourné, j'étais un intrus.

Je lus dans son regard une profonde compassion qui me donna l'impression de la trahir encore davantage.

— Je sais ce que c'est que d'être un enfant venu d'ailleurs, dit-elle. Et vous aviez d'autres problèmes. Vous deviez vous sentir exclu.

Je fis un geste de la main, comme si ce n'était rien.

— C'est du passé, tout ça.

— Et après le lycée ?

— Il y a eu le Vietnam.

— Vous êtes allé au Vietnam ? Vous me paraissez un peu jeune pour ça.

— J'étais adolescent quand je suis entré dans l'armée. Et la guerre était déjà bien engagée lorsque je suis arrivé là-bas.

Je lui confiais plus de détails personnels que je ne l'aurais souhaité. Mais je m'en moquais.

— Combien de temps y êtes-vous resté ?

— Trois ans.

— Je croyais que, à l'époque, quand on était tiré au sort, on restait un an.

— C'est vrai. Mais je n'ai pas été tiré au sort.

— Vous vous êtes engagé volontairement ? s'étonna-t-elle.

— Ça peut paraître étrange, avec le recul, mais, oui, j'étais volontaire. Je voulais prouver que j'étais américain à tous ceux qui en doutaient à cause de mes yeux bridés, de ma couleur de peau. Une fois là-bas, en faisant la guerre à des Asiatiques, j'ai dû le prouver encore davantage, alors je suis resté. J'ai accepté des missions dangereuses. De véritables folies.

Nous nous tûmes un moment, puis Midori reprit :

— Je peux vous demander si ce sont ces choses qui vous hantent, comme vous le disiez ?

— Certaines, oui, répondis-je d'un ton neutre.

La discussion n'irait pas plus loin. Midori avait peut-être pour principe de ne pas inviter d'inconnus à ses concerts, mais mes règles de survie étaient encore plus strictes. Nous approchions d'une zone que moi-même je ne puis regarder que de biais.

Ses doigts reposaient sur le bord de son verre. Sans réfléchir, je les pris dans ma main et les levai à hauteur de mes yeux.

— Vous avez des mains de pianiste. Des doigts fins et puissants.

Elle retourna les mains, de sorte qu'elle tenait les miennes.

— Les mains en disent long sur une personne, répondit-elle. Sur les miennes, vous voyez le piano. Sur les vôtres, je vois le *bushido*. Mais sur les articulations, pas le dessus des doigts… Que pratiquez-vous, le judo, l'aïkido ?

Bushido signifie la « voie des guerriers ». Midori faisait référence aux callosités des premières et deuxièmes articulations de chacun de mes doigts, le fruit d'années passées à agripper et tordre l'épais coton des *judogi*. Elle tenait mes mains de façon professionnelle, comme pour les examiner. Mais son contact était doux et je sentis un courant électrique remonter le long de mes bras.

Je retirai mes mains, redoutant ce qu'elle risquait d'y lire.

— Ces temps-ci, du judo seulement. Prises, projections, étranglements. C'est le plus pratique des arts martiaux. Et le Kodokan est le meilleur endroit du monde pour s'y adonner.

— Je connais le Kodokan. J'ai pratiqué l'aïkido.

— Pourquoi une pianiste de jazz pratique-t-elle l'aïkido ?

— C'était avant que je me mette sérieusement au piano. Et je ne pratique plus. C'est trop dur pour les mains. J'ai commencé parce que je subissais des brutalités, à l'école. Mon père se trouvait en voyage, aux États-Unis. Quand je vous disais que je savais ce que c'était que de rentrer au pays…

— L'aïkido vous a aidée ?

— Pas tout de suite. J'ai mis un certain temps à devenir bonne. Mais ces brutes m'ont donné la motivation nécessaire pour continuer. Un jour, quelqu'un m'a agrippée par le bras. Je l'ai projeté à terre. Ensuite, ils m'ont laissée tranquille. Tant mieux, parce que le *san-kyo* était en fait la seule prise que je sache faire.

Elle leva son verre en le tenant à deux mains. Je remarquai dans ce geste simple une économie de mouvement. C'était gracieux, agréable à regarder.

— Vous pratiquez le *sado*, déclarai-je, réfléchissant presque à voix haute.

Au Japon, le *sado* est la cérémonie du thé. Ses adeptes se livrent à un rituel raffiné. Ils cherchent à atteindre le *wabi* et le *sabi*, une forme d'esthétique dans la pensée et le geste, un dépouillement qui représente un concept plus vaste.

— Pas depuis mon adolescence, répondit-elle. Et, même à l'époque, je ne m'y prenais pas très bien. Cela m'étonne que vous l'ayez remarqué. Peut-être les signes disparaîtront-ils si je bois un autre verre.

— Non, ce serait dommage, dis-je en luttant pour ne pas me noyer dans ses yeux sombres. J'aime le *sado*.

— Et à part cela, qu'aimez-vous ?

Où veut-elle en venir ?

— Je ne sais pas. Un tas de choses. J'aime vous regarder jouer.

— Continuez.

Je bus une gorgée d'Ardberg. La tourbe et la fumée flottèrent sur ma langue et dans ma gorge.

— J'aime votre façon de commencer doucement, de monter peu à peu. Et ensuite, quand vous êtes partie, c'est comme si la musique jouait de vous. Vous êtes prise dedans. Quand je sens que ce moment arrive, je me laisse entraîner, moi aussi. Je me détache de moi-même. Je vois combien vous vous sentez vivante, et je ressens la même chose.

— Quoi d'autre ?

Je ris.

— Cela ne vous suffit pas ?

— Pas s'il reste autre chose.

Je fis rouler mon verre entre mes mains, d'avant en arrière, observant les reflets de la lumière à l'intérieur.

— J'ai toujours l'impression que, lorsque vous jouez, vous cherchez quelque chose, mais en vain. Vous cherchez encore mais cette chose vous échappe toujours. La mélodie se fait plus nerveuse. Alors vous semblez comprendre que vous n'allez pas le trouver, que c'est impossible, et la tension disparaît, la musique devient triste, mais d'une tristesse magnifique, sage, résignée.

Une fois de plus, quelque chose en elle me poussait à trop me dévoiler, à trop en révéler. Il fallait que je me maîtrise.

— Cela compte beaucoup pour moi que vous ressentiez ainsi ma musique, dit-elle au bout d'un moment. Parce que c'est ce que je cherche à exprimer. *Mono no aware*. Vous connaissez ?

— Je crois. La mélancolie des choses, c'est ça ?

— C'est la traduction habituelle. Je préfère la tristesse de l'être humain.

À mon grand étonnement, je fus touché par cette idée. Elle poursuivit :

— Je me souviens de m'être promenée, un soir d'hiver, quand je vivais à Chiba. Il faisait doux pour la saison. J'ai ôté ma veste et je me suis assise, toute seule, dans la cour de l'école où j'allais, étant petite. J'ai observé les branchages contre le ciel. Ce jour-là, j'ai eu conscience que j'allais partir, mais que les arbres seraient encore là, sous la lune. J'en ai pleuré, mais c'étaient des larmes douces, je savais qu'il fallait qu'il en soit ainsi. Je devais l'accepter. Tout a une fin. C'est ça, *mono no aware*. *Tout a une fin.*

— C'est vrai, dis-je en pensant à son père.

Nous restâmes un instant silencieux, puis je repris :

— Que voulait dire Ken en vous traitant de révolutionnaire ?

— C'est un romantique. Je n'étais pas révolutionnaire. Rebelle, tout au plus.

— Comment cela, rebelle ?

— Regardez autour de vous, John. Le Japon est incroyablement coincé. Le PLD et les bureaucrates sont en train de saigner le pays à blanc.

— Il y a des problèmes, admis-je.

— Des problèmes ? L'économie va à vau-l'eau, les familles ne parviennent plus à payer leurs taxes foncières, les gens n'ont plus confiance dans le système bancaire, et tout ce que le gouvernement trouve à faire pour résoudre la crise, c'est la limitation des déficits et les travaux publics. Et vous savez pourquoi ? À cause des dessous-de-table versés à l'industrie du bâtiment. Le pays tout entier est couvert de béton. Il n'y a plus de place, alors les politiciens votent la construction d'ensembles de bureaux que nul n'utilise, de ponts et de routes qui restent déserts. Vous connaissez ces horribles tétrapodes en béton qui ourlent le littoral japonais et qui sont supposés protéger de l'érosion ? Toutes les études démontrent que ces monstruosités accélèrent le processus au lieu de le ralentir. Alors nous sommes en train de détruire notre propre écosystème pour que les politiciens continuent à s'engraisser et que le bâtiment soit prospère. Vous appelez ça des problèmes ?

— Peut-être que Ken avait raison, dis-je en souriant. Vous êtes plutôt révolutionnaire.

— Ce n'est que du bon sens. Dites-moi la vérité. Vous n'avez pas l'impression d'être victime de ce *statu quo* et de ceux qui en profitent ? Cela ne vous énerve pas ?

— Parfois, oui, admis-je prudemment.

— Eh bien moi, ça m'énerve beaucoup. Voilà ce que Ken voulait dire.

— Excusez-moi, mais votre père ne faisait-il pas partie de ce *statu quo* ?

Il y eut un long silence.

— Nous avions nos différences.

— Cela devait être difficile.

— Pendant longtemps, nous avons été brouillés.

Je hochai la tête.

— Vous avez réussi à renouer, tout de même ?

Elle rit doucement, mais sans joie.

— Quelques mois avant sa mort, mon père a appris qu'il avait un cancer du poumon. Ce diagnostic lui a permis de réfléchir à son parcours. Nous n'avons pas eu beaucoup de temps pour régler nos différends.

Cette information me surprit.

— Un cancer du poumon ? Mama a parlé d'une crise cardiaque.

— Il était cardiaque, mais il fumait quand même. Comme tous ses copains du gouvernement. Il se sentait obligé de les imiter. Il faisait tellement partie du système, à sa façon, qu'il lui a sacrifié sa vie.

Je bus une gorgée de liquide au goût de fumée.

— Un cancer du poumon, quelle fin terrible ! déclarai-je. Au moins, il n'a pas souffert.

Étrangement, j'étais sincère.

— C'est vrai, et je m'en réjouis.

— Excusez mon indiscrétion, mais que voulez-vous dire en estimant que le diagnostic lui a permis de réfléchir à son parcours ?

Elle regardait au loin, les yeux dans le vague.

— Il a fini par comprendre qu'il avait passé sa vie à faire partie du problème, comme dirait Ken. Et il a décidé de faire enfin partie de la solution.

— En a-t-il eu le temps ?

— Je ne crois pas. Mais il m'a dit qu'il voulait faire quelque chose, quelque chose de bien, avant de mourir. Le principal, c'est qu'il ait eu cette volonté.

— Comment savez-vous qu'il n'a pas eu le temps ?

— Que voulez-vous dire ? demanda-t-elle, en posant les yeux sur moi.

— Votre père. Il se retrouve soudain face à un diagnostic, à sa propre mortalité. Il veut faire quelque chose pour racheter son passé. A-t-il réussi, en si peu de temps ?

— Je ne suis pas certaine de vous comprendre, répondit-elle.

Je venais de heurter une fois de plus sa carapace.

— Je pense à ce que nous disions l'autre jour. Aux regrets. Si vous avez un regret, mais peu de temps pour vous racheter, que faites-vous ?

— J'imagine que la réponse est différente pour chacun de nous, selon la nature de nos regrets.

Allez, Midori, aidez-moi un peu.

— Que comptait-il faire ?

— Je l'ignore.

Mais si, vous le savez. Un journaliste qu'il voyait vous a contactée. Vous le savez mais vous me le cachez. J'insistai :

— Il essayait peut-être de faire partie de la solution, même si vous ne le voyiez pas. Il a peut-être parlé à ses collègues, leur a dit qu'il avait changé d'avis, il a essayé de les convaincre. Qui sait ?

Elle se tut. *Ça y est. Impossible d'aller plus loin. Elle va se refermer comme une huître.*

Pourtant, au bout d'un moment, elle reprit :

— Vous me posez cette question parce que vous avez un regret, vous aussi ?

Je la regardai, troublé par la justesse de sa question et soulagé d'y trouver une couverture.

— Je ne sais pas très bien, avouai-je.

— Pourquoi ne pas simplement me le dire ?

J'eus l'impression qu'elle venait de me faire une prise d'aïkido.

— Non, fis-je à voix basse.

— Est-ce difficile de parler avec moi ? s'enquit-elle avec douceur.

— Non, admis-je en souriant. C'est facile. C'est précisément le problème.

Elle soupira.

— Vous êtes un homme étrange, John. Vous êtes mal à l'aise quand il s'agit de parler de vous.

— Je trouve plus intéressant de parler de vous.

— Et de mon père.

— Je croyais pouvoir en tirer une leçon. C'est tout.

— Certaines leçons doivent être apprises par nous-mêmes.

— Vous avez sans doute raison. Mais j'essaie d'apprendre des autres quand c'est possible. Quoi qu'il en soit, je regrette de m'être montré insistant.

Elle m'adressa l'esquisse d'un sourire.

— Ce n'est rien. Tout cela est encore un peu récent.

— Bien sûr.

Je consultai ma montre.

— Je devrais vous raccompagner.

Cela risquait d'être délicat. D'un côté, nous étions indéniablement attirés l'un par l'autre et il n'était pas impossible qu'elle m'invite à boire un dernier verre. Dans ce cas, j'aurais l'occasion de m'assurer que son appartement était sûr, mais je devrais me montrer prudent une fois à l'intérieur.

D'un autre côté, si elle voulait rentrer seule, il me serait difficile de l'escorter sans avoir l'air de vouloir me glisser dans son lit. Ce serait délicat. Mais je ne pouvais pas la laisser partir comme ça. Ils savaient où elle habitait.

Nous remerciâmes Satoh-san pour son accueil et pour ce délicieux Ardberg si rare. Je réglai l'addition et nous descendîmes dans l'air frais d'Omotesando. Les rues étaient tranquilles.

— Vous partez de quel côté ? me demanda Midori. Je suis assez proche pour rentrer à pied.

— Je vous suis. J'aimerais vous raccompagner.

— Ce n'est pas nécessaire.

Je baissai les yeux puis la regardai à nouveau.

— Cela me ferait plaisir, dis-je en songeant au message de Benny.

— D'accord, fit-elle en souriant.

Le trajet dura un quart d'heure. Personne ne nous suivit. Ce n'était pas étonnant. L'homme insignifiant avait quitté la scène.

En atteignant l'entrée de l'immeuble, elle secoua ses clés et se tourna vers moi.

— *Jaa*… Bon, eh bien…

C'était une façon polie de me souhaiter bonne nuit. Mais il fallait que j'entre.

— Vous êtes sûre que je peux vous laisser ?

Elle m'adressa un regard entendu, même si elle se méprenait.

— J'habite ici. Je suis sûre que ça ira.

— D'accord. Vous avez un numéro de téléphone ?

Naturellement, je le connaissais déjà, mais je devais sauver les apparences.

— Non, je n'ai pas le téléphone.

Aïe.

— Eh bien, s'il vous arrive quoi que ce soit, envoyez-moi un message de fumée, d'accord ?

Elle gloussa.

— 52 75 64 56. Je vous taquinais.

— Bon. Je peux vous appeler ?

Dans cinq minutes, par exemple, pour m'assurer que personne ne vous attendait chez vous.

— J'espère bien.

Je pris un stylo et notai le numéro sur ma main.

Elle me fixait, un sourire au coin des lèvres. Le baiser était à ma portée, si je le voulais.

Je me tournai et m'éloignai vers la rue.

— John ?

Je fis volte-face.

— Je crois qu'il y a en vous un révolutionnaire qui ne demande qu'à sortir.

— Bonne nuit, Midori, dis-je simplement.

Je m'arrêtai sur le trottoir pour regarder en arrière. Mais elle était déjà rentrée et les portes de verre se refermaient sur elle.

11

Je me glissai sur le parking, face à l'entrée, en dehors du faisceau de lumière provenant de l'immeuble. Midori attendait l'ascenseur. Quand il arriva enfin, elle disparut à l'intérieur.

Dehors, je ne vis personne. À moins que quelqu'un n'ait guetté Midori dans son appartement ou à proximité, elle était en sécurité pour ce soir.

À l'aide du dispositif de Harry, j'activai le téléphone de la jeune femme et écoutai mon portable. Silence.

Une minute plus tard, j'entendis la porte s'ouvrir et se refermer. Des pas étouffés. Puis ceux d'une autre personne.

Une voix masculine s'éleva :

— Écoutez. Écoutez-moi bien. N'ayez pas peur. Nous ne voulions pas vous effrayer. Nous enquêtons sur une affaire de sécurité nationale. Comprenez que nous devons agir avec beaucoup de prudence.

La voix de Midori, à peine audible, répondit :

— Montrez-moi… montrez-moi votre carte.

— Pas le temps. Nous avons des questions à vous poser. Ensuite, nous partirons.

— Montrez-moi vos papiers, répéta-t-elle plus fort. Sinon, je fais du bruit. Les murs de cet immeuble sont très fins. On nous entend déjà, sans doute.

Mon cœur fit un bond. Cette fille avait de l'instinct et des tripes.

— Pas un bruit, je vous prie, répondit-on.

J'entendis le claquement d'une gifle.

Ils étaient en train de la molester. J'allais devoir intervenir.

Je perçus le souffle court de la jeune femme.

— Qu'est-ce que vous me voulez, bon Dieu ?

— Votre père avait quelque chose sur lui au moment de sa mort. À présent, c'est vous qui l'avez. Nous en avons besoin.

— J'ignore de quoi vous voulez parler.

Encore une gifle. Merde.

Sans clé, je ne pouvais entrer dans l'immeuble. Même si un voisin se présentait à cet instant et me permettait de me glisser à l'intérieur, je ne parviendrais jamais à entrer chez Midori. En défonçant la porte d'un coup de pied, je risquais de me retrouver face à quatre hommes armés avant même d'avoir franchi le seuil.

J'éteignis l'appareil et composai son numéro sur mon portable. Au bout de trois sonneries, un répondeur s'enclencha.

Je raccrochai et appuyai sur la touche « rappel », puis je recommençai encore et encore.

Je voulais les déstabiliser. Si j'insistais assez longtemps, ils la laisseraient peut-être décrocher pour ne pas éveiller les soupçons.

À la cinquième tentative, elle décrocha.

— *Moshi moshi*, fit-elle d'une voix hésitante.

— Midori, c'est John. Je sais que vous ne pouvez pas parler. Je sais qu'il y a des hommes dans votre appartement. Répétez : Il n'y a aucun homme chez moi, grand-mère.

— Comment ?

— Répétez : Il n'y a aucun homme chez moi, grand-mère. Dites-le !

— Il n'y a... il n'y a aucun homme chez moi, grand-mère.

— C'est bien. À présent, dites : Non, je ne veux pas que tu viennes maintenant. Il n'y a personne.

— Non, je ne veux pas que tu viennes maintenant. Il n'y a personne.

Les hommes devaient être impatients de s'en aller, maintenant.

— Très bien, continuez à discuter avec votre grand-mère, d'accord ? Ces types ne sont pas de la police. Vous le savez. Je peux vous aider. Mais seulement si vous parvenez à les faire sortir de chez vous. Dites-leur que votre père avait des papiers sur lui au moment de sa mort mais qu'ils sont cachés dans son appartement. Dites-leur que vous allez les emmener là-bas pour leur montrer. Dites-leur que vous ne pouvez pas décrire la cachette. C'est une niche dans un mur que vous devez leur montrer. C'est compris ?

— Grand-mère, tu te fais trop de soucis.

— Je vous attendrai dehors, conclus-je avant de raccrocher.

Dans quelle direction partiront-ils ? me demandai-je, afin de savoir où me placer en embuscade. Au même moment, une vieille femme presque pliée en deux par l'arthrite émergea de l'ascenseur. Elle sortait sa poubelle. La porte automatique s'ouvrit et elle s'éloigna d'un pas traînant. J'en profitai pour me faufiler à l'intérieur.

Midori habitait au troisième. Je me précipitai dans l'escalier et m'arrêtai devant l'entrée de l'étage, dressant l'oreille. Après trente secondes de silence, j'entendis une porte s'ouvrir au bout du couloir.

Je m'accroupis et glissai le miroir de mon porte-clés au bas de la porte, de façon à avoir vue sur le couloir. Un Japonais sortit d'un appartement. Il regarda à droite et à gauche puis hocha la tête. Un instant plus tard, Midori apparut, talonnée par un autre Japonais. Ce dernier avait une main posée sur son épaule, et son geste n'avait rien de tendre.

Ils arrivaient dans ma direction. J'ôtai vite le miroir. Un extincteur était accroché au mur. Je m'en saisis et me plaçai à la droite de l'entrée, face au côté où elle s'ouvrait. Je dégoupillai l'extincteur et le brandis.

Plusieurs secondes s'écoulèrent. J'entendis les pas s'approcher. Ils étaient juste derrière la porte.

Respirant doucement par la bouche, je crispai les doigts sur la détente de l'appareil.

L'espace d'une seconde, dans ma tête, je vis la porte s'entrouvrir. Mais elle ne bougea pas. Ils avaient continué leur chemin en direction des ascenseurs.

Merde. J'étais certain qu'ils emprunteraient l'escalier. Je m'accroupis encore et glissai le miroir sous la porte. Ils la tenaient en sandwich, de très près. L'un des hommes plaquait quelque chose dans le dos de la jeune femme. Sans doute un pistolet. Ou un couteau.

De là où je me trouvais, pas moyen les suivre pour les prendre par surprise. Je ne parviendrais pas à les rejoindre sans qu'ils m'entendent. S'ils étaient armés, mes chances étaient quasi inexistantes.

Faisant volte-face, je me précipitai dans l'escalier. À la première porte, je traversai le hall, m'arrêtai derrière un pilier qu'ils devraient croiser en sortant de l'ascenseur. Je plaçai l'extincteur contre ma hanche et glissai le miroir derrière le pilier.

Le trio apparut trente secondes plus tard, en file indienne, formation que l'on apprend à éviter dès le premier jour, dans les forces spéciales : elle rend tout le groupe vulnérable en cas d'embuscade ou de mine. De toute évidence, ils craignaient que Midori ne cherche à s'enfuir.

Je rangeai mon porte-clés dans ma poche et écoutai leurs pas. Quand ils ne furent plus qu'à quelques centimètres, je poussai le *kiyai* du guerrier et bondis, actionnant l'extincteur à hauteur de visage.

Rien ne se produisit. L'extincteur eut un hoquet, puis émit un sifflement décevant. Et ce fut tout.

Bouche bée, l'homme de tête se mit à chercher dans son pardessus. Comme au ralenti, certain que j'aurais une seconde de retard, je levai l'extrémité de l'extincteur. Sa main ressortit, tenant un revolver à canon court. Je lui jetai l'extincteur au visage, pesant de tout mon poids. Il y eut un bruit sourd puis il s'écroula sur Midori et son complice. Son arme tomba à terre.

L'autre homme trébucha vers l'avant, s'écarta de Midori. Il brandissait une arme et cherchait à maintenir Midori vers l'avant.

Je lançai l'extincteur tel un missile, touchant mon adversaire en plein centre de gravité. Dès qu'il se retrouva à terre, je me jetai sur lui, saisissant son arme pour l'envoyer au loin. Avant qu'il puisse se protéger de ses bras, je le frappai d'un coup de crosse dans l'hypophyse mastoïde, derrière l'oreille. Après un craquement sonore, il s'affaissa.

Je fis volte-face et levai l'arme, mais son complice ne bougeait pas. À voir son visage, on aurait dit qu'il était entré dans un arbre.

Je me tournai vers Midori juste à temps pour voir un troisième gangster jaillir de l'ascenseur, où il devait être en position depuis le départ. Il attrapa Midori par le cou, par-derrière, de la main gauche, pour s'en servir de bouclier, tandis que sa main droite se dirigeait vers la poche de sa veste, en quête de son arme. Mais avant qu'il puisse dégainer, Midori pivota, agrippa son poignet gauche à deux mains et lui tordit le bras en arrière, pratiquant un *san-kyo*, clé classique en aïkido. Sa réaction prouva son entraînement : il projeta son corps dans le sens de la clé pour éviter de se casser le bras et tomba souplement à terre. Avant qu'il puisse se ressaisir, j'étais sur lui. Je lui infligeai un coup de pied dans la tête avec une telle violence que tout son corps se souleva.

Midori me dévisageait, les yeux écarquillés, le souffle court.

— *Daijobu ?* demandai-je en la prenant par le bras. Ça va ? Ils ne vous ont pas fait mal ?

Elle secoua la tête.

— Ils m'ont dit qu'ils étaient de la police, mais c'est faux. Ils ne m'ont pas montré de carte. D'ailleurs, pourquoi m'attendaient-ils dans mon appartement ? Qui sont-ils ? Comment avez-vous su qu'ils étaient là ?

Sans lui lâcher le bras, j'entraînai la jeune femme en direction des portes vitrées, balayant les lieux du regard pour repérer un danger éventuel.

— Je les ai vus au Blue Note, affirmai-je tout en l'obligeant à accélérer le pas. Quand j'ai réalisé qu'ils ne nous avaient pas suivis jusqu'ici, je me suis dit qu'ils vous attendaient peut-être chez vous. C'est alors que je vous ai appelée.

— Vous les avez vus au Blue Note ? Qui sont-ils ? Et vous, qui diable êtes-vous ?

— Je suis quelqu'un qui vient de se cogner très fort sur quelque chose et qui veut vous en protéger. Je vous expliquerai plus tard. Pour l'instant, il faut vous mettre à l'abri.

— À l'abri ? Avec vous ?

Elle s'arrêta devant la porte vitrée et se tourna vers les trois hommes, dont le visage n'était plus qu'un masque sanguinolent. Puis elle revint à moi.

— Je vous expliquerai tout, mais pas maintenant. Pour l'instant, la seule chose qui compte, c'est que vous êtes en danger. Je ne peux pas vous aider si vous ne me croyez pas. Laissez-moi vous conduire en lieu sûr, d'accord ?

Les portes s'ouvrirent. Un œil à infrarouge avait détecté notre présence.

— Où ?

— Là où personne ne viendra vous chercher. Un hôtel, par exemple.

Le gangster que j'avais frappé se mit à grommeler et voulut se dresser à quatre pattes. Je le frappai à nouveau en plein visage. Il s'écroula.

— Midori, nous n'avons pas le temps de discuter ici. Vous allez devoir me croire. Je vous en supplie.

Les portes se refermèrent.

Je voulais fouiller les trois hommes pour les identifier, mais je ne pouvais entraîner Midori en même temps.

— Pourquoi devrais-je vous croire ? demanda la jeune femme, tout en avançant enfin.

Les portes s'ouvrirent.

— Faites confiance à votre instinct, c'est tout ce que je peux vous dire. Il vous indiquera ce qui est bon.

Nous franchîmes les portes. Ayant un champ de vision plus étendu, je distinguai un Japonais trapu et laid, à environ cinq mètres en retrait vers la gauche. Son nez était complètement tordu. Il avait dû se le casser si souvent qu'on avait renoncé à le redresser. Il observait la scène qui se déroulait dans le hall et semblait hésiter sur la conduite à tenir. Quelque chose dans sa posture, son apparence, me dit que ce n'était pas un civil. Sans doute était-il avec les trois autres.

J'entraînai Midori vers la droite, évitant l'homme au nez écrasé.

— Comment avez-vous su... comment avez-vous su qu'il y avait ces hommes chez moi ? Comment étiez-vous au courant de ce qui se passait ?

— Je le savais, c'est tout, répondis-je en tournant la tête, guettant le danger, tout en marchant. Midori, si j'étais avec ces types, qu'aurais-je à gagner à ce petit jeu ? Vous étiez à leur merci. Je vous en prie, laissez-moi vous aider. Je ne veux pas qu'il vous arrive du mal. C'est la seule raison de ma présence.

Je vis l'homme au nez tordu entrer dans l'immeuble tandis que nous quittions les lieux. Sans doute allait-il porter secours à ses camarades.

S'ils avaient prévu d'emmener Midori quelque part, ils devaient circuler en voiture. Je scrutai les alentours, mais il y avait trop de véhicules garés dans le coin pour que je puisse repérer le leur.

— Vous ont-ils dit où ils comptaient vous emmener ? demandai-je. Avec qui ils étaient ?

— Non. Je vous le répète, ils ont simplement affirmé être de la police.

— Très bien, je comprends.

Où diable se trouvait leur voiture ? Ils étaient peut-être encore plus nombreux. *Bon, continue à marcher, ils devront bien se montrer s'ils veulent l'avoir.*

Nous traversâmes le parking sombre de l'immeuble d'en face, débouchant dans Omotesando-dori, où nous montâmes dans un taxi. Je dis au chauffeur de nous emmener au grand magasin

Seibu à Shibuya. Pendant le trajet, je pris soin de surveiller les côtés de la voiture. Aucun véhicule ne semblait nous filer.

Je pensais à un *love hotel*, un hôtel d'amour, institution japonaise née de la pénurie de logement. Quand des familles entières s'entassent dans de petits appartements, papa et maman ont besoin d'aller trouver un peu d'intimité ailleurs. D'où les *rabu hoteru*, avec leurs tarifs sieste ou séjour, leur réception d'une discrétion légendaire. Il n'est pas nécessaire de donner sa carte de crédit, et le recours à de fausses identités est courant. Les plus sophistiqués proposent des chambres à thème : thermes romains ou décors américains. Un genre de Disneyworld transformé en bordel.

En plus de la pénurie de logements au Japon, ces hôtels sont apparus parce que inviter un étranger chez soi est un geste bien plus intime au Japon qu'aux États-Unis. Bien des Japonaises laisseront un homme pénétrer leur corps avant leur appartement. Ces hôtels répondent également à ce besoin.

Nos adversaires n'étant pas stupides, ils devaient se douter que nous trouverions refuge dans un *love hotel*. Mais ils mettraient un moment à nous débusquer parmi les quelque dix mille *rabu hoteru* de Tokyo.

Quittant le taxi, nous marchâmes sur Shibuya 2-chome, qui regorge de petits *love hotels*. J'en choisis un au hasard. Nous annonçâmes à la vieille femme de la réception que nous voulions une chambre avec bain pour un *yasumi*, un séjour, et non une sieste. Je posai des espèces sur le comptoir, en échange de quoi elle nous remit une clé.

Nous prîmes l'ascenseur jusqu'au cinquième étage. Notre chambre se trouvait au bout d'un petit couloir. J'ouvris la porte et laissai Midori entrer la première, refermant à clé derrière moi. Nous abandonnâmes nos chaussures dans le couloir. Il n'y avait qu'un lit. La présence de lits jumeaux dans un *love hotel* serait aussi incongrue que celle d'une bible. Cependant, j'avisai un canapé de taille correcte où je pourrais dormir.

Midori s'assit au bord du lit et me regarda.

— Voilà, dit-elle d'un ton neutre. Ce soir, trois hommes m'attendaient chez moi, affirmant être de la police, mais manifestement, c'était faux. En tout cas, s'ils l'étaient, ils étaient en mission privée. J'aurais pu croire que vous étiez avec eux, mais j'ai vu ce que vous leur avez fait. Vous m'avez demandé de vous suivre en lieu sûr avant de tout m'expliquer. À présent, je vous écoute.

Je hochai la tête, cherchant mes mots.

— Vous savez que cela a un rapport avec votre père.

— Ces hommes m'ont affirmé qu'il possédait quelque chose qu'ils voulaient récupérer.

— Oui, et ils pensent que c'est vous qui l'avez maintenant.

— J'ignore ce qui leur fait croire une chose pareille.

— À mon avis, vous le savez, répliquai-je en la fixant. Vous savez ce qui cloche, dans cette histoire, Midori ? Trois hommes vous attendent chez vous, ils vous malmènent un peu. Je surgis de nulle part et je les frappe. On ne peut pas dire que ce soit une journée banale pour une pianiste de jazz. Pourtant, pas une fois vous n'avez suggéré d'aller trouver la police.

Elle ne répondit pas.

— Vous voulez y aller ? Vous le pouvez.

Elle était assise en face de moi, les narines légèrement dilatées, tapotant le bord du lit de ses doigts. *Nom de Dieu, que me cache-t-elle ?*

— Parlez-moi de votre père, Midori. Je vous en prie. Sinon, je ne pourrai pas vous aider.

Elle se leva d'un bond et me regarda droit dans les yeux.

— Vous parler ? cracha-t-elle. Non, c'est vous qui allez parler ! Dites-moi qui diable vous êtes, sinon je vous jure que je vais à la police !

C'était un progrès.

— Que voulez-vous savoir ?

— Tout !

— D'accord.

— D'abord, qui étaient ces hommes, chez moi ?

— D'accord.

— Qui sont-ils ?

— Je l'ignore.

— Mais vous saviez qu'ils étaient là ?

— Oui.

— Comment ?

— Parce que votre appartement est sur écoute.

— Mon appartement est sur écoute… Vous êtes de mèche avec ces hommes ?

— Non.

— Arrêtez de me répondre par monosyllabes ! D'accord, mon appartement est sur écoute. À cause de qui ? De vous ?

On y était.

— Oui.

Elle m'observa un long moment.

— Pour qui travaillez-vous ? demanda-t-elle d'une voix morne.

— Cela n'a pas d'importance.

Encore un silence, puis le même ton :

— Alors dites-moi ce que vous voulez.

Je m'efforçai de croiser son regard.

— Je veux m'assurer qu'il ne vous arrivera rien de mal.

Son expression était neutre. Je repris :

— Ces hommes sont à vos trousses parce qu'ils se figurent que vous possédez quelque chose qui peut leur causer du tort. J'ignore quoi. Mais tant qu'ils auront cette certitude, vous ne serez pas en sécurité.

— Mais si je vous remettais cette chose…

— J'ignore de quoi il s'agit, je ne sais même pas si cela pourrait être utile que vous me la remettiez. Je vous l'ai dit, je ne suis pas là pour ça. Je veux simplement qu'il ne vous arrive rien.

— Mettez-vous à ma place. Et s'il s'agissait d'une manipulation du style : Donnez-moi ce truc pour que je puisse vous aider ?

— Je comprends.

— Je n'en suis pas certaine.

— Peu importe. Parlez-moi de votre père.

Il y eut un long silence. Je savais ce qu'elle allait dire, et je ne fus pas déçu :

— Voilà donc pourquoi vous me posiez toutes ces questions. Vous êtes venu chez Alfie et, mon Dieu, tout ça… Vous me menez en bateau depuis le départ.

— Vous avez en partie raison. Mais pas complètement. À présent, parlez-moi de votre père.

— Non.

Je sentis la colère me monter à la gorge. *Doucement, John.*

— Bulfinch, le journaliste, vous posait des questions, lui aussi, non ? Que lui avez-vous raconté ?

— J'ignore de quoi vous parlez.

Je regardai la porte en songeant : *Va-t'en. Va-t'en, bon sang !*

Mais je lui répondis :

— Écoutez, Midori, je n'ai qu'à franchir cette porte. C'est vous qui ne pouvez plus dormir dans votre appartement, qui avez peur d'aller trouver la police. Alors, soit vous trouvez un moyen de coopérer sur cette affaire, soit vous vous débrouillez toute seule.

Un long moment s'écoula, une minute entière, peut-être. Puis elle déclara :

— Bulfinch m'a dit que mon père devait lui livrer quelque chose le matin de sa mort, mais qu'il ne l'a jamais récupéré. Il voulait savoir si je l'avais ou si je savais où elle était.

— De quoi s'agissait-il ?

— D'une disquette. C'est tout ce qu'il a bien voulu révéler. Il a affirmé que s'il m'en dévoilait davantage, je serais en danger.

— Il vous avait déjà compromise en vous parlant. Il était suivi, devant chez Alfie.

Je posai les mains sur mes yeux.

— Avez-vous des détails sur cette disquette ?

— Non.

Je m'efforçai de la jauger.

— Inutile de vous dire, je suppose, que les gens qui la veulent ne sont pas très regardants sur les méthodes qu'ils utiliseront pour l'obtenir.

— J'en suis bien consciente.

— Très bien, alors voyons ce que nous avons. Tout le monde croit que votre père vous a dit ou remis quelque chose. Est-ce le cas ? Vous a-t-il dit quelque chose ou confié des documents, peut-être ?

— Non. Pas que je me souvienne.

— Faites un effort. La clé d'un coffre ? D'une consigne ? Vous a-t-il dit qu'il avait caché quelque chose ou qu'il gardait des papiers importants quelque part ?

— Non, répondit-elle au bout d'un moment. Rien.

Je sentais qu'elle ne m'avouait pas tout. En tout cas, elle n'avait aucune raison de me faire confiance.

— Vous savez quelque chose, affirmai-je. Sinon, vous iriez voir la police.

Elle croisa les bras et me dévisagea.

Il y eut un long silence. Puis elle déclara :

— Je vous ai dit que mon père et moi avons été… brouillés pendant un certain temps. Tout a commencé quand j'étais adolescente, quand je me suis mise à comprendre les rouages du système politique japonais et le rôle qu'y jouait mon père.

Elle se leva et se mit à arpenter la pièce.

— Il était membre du Parti libéral démocrate et gravissait les échelons de la hiérarchie de l'ancien Kensetsusho, le ministère du Bâtiment. Quand le Kensetsusho a fait place au Kokudokotsusho, il est devenu vice-ministre du Territoire et de l'Infrastructure. Il était responsable des travaux publics. Vous voyez ce que ça signifie, au Japon ?

— Un peu. Le programme de travaux publics transmet l'argent des politiciens et entreprises du bâtiment aux *yakuzas*.

— Et les *yakuzas* fournissent protection, paix sociale, et font pression. Les entreprises du bâtiment et les *yakuzas* sont comme des jumeaux que l'on aurait séparés à la naissance. Saviez-vous qu'au Japon les entreprises de bâtiment sont appelées *gumi* ?

Gumi signifie bande ou organisation, terme employé par les *yakuzas* pour se qualifier eux-mêmes. À l'origine, c'étaient des groupes qui travaillaient pour un chef de bande, effectuant de sales besognes pour survivre. Ces bandes ont fini par constituer ce qu'on appelle aujourd'hui les *yakuzas* et les entreprises de bâtiment.

— Après la guerre, enchaîna-t-elle, il s'est produit des luttes si acharnées entre les entreprises du bâtiment que la police avait peur d'intervenir. Un système devait gérer ces rivalités. Il existe toujours. C'était mon père qui le dirigeait.

Elle rit.

— Vous vous souvenez, en 1944, quand l'aéroport international de Kansai a été construit à Osaka ? L'aéroport avait coûté quatorze milliards de dollars et tout le monde voulait une part du gâteau. Vous vous rappelez comment Takumi Masaru, le patron *yakuza* du *gumi* de Yamaguchi, a été assassiné la même année ? C'était parce qu'il n'avait pas assez partagé ses bénéfices de la construction de l'aéroport. Mon père a ordonné sa mort pour apaiser les autres chefs de bande.

— Votre père vous a raconté tout ça ?

— En apprenant qu'il était condamné par la maladie, il a éprouvé le besoin de se confesser.

J'attendis la suite.

— Les *yakuzas* tatoués, avec leurs lunettes de soleil, ceux qu'on voit dans les quartiers louches de Shinjuku, ne sont que des pions pour des hommes tels que mon père. Ils appartiennent à un système. Les hommes politiques votent des chantiers inutiles qui font vivre les entreprises du bâtiment. Celles-ci permettent aux politiques d'utiliser le personnel de l'entreprise en tant que « volontaires » durant les campagnes électorales. Après la retraite, les fonctionnaires du ministère de l'Aménagement du territoire reçoivent des postes de conseillers dans des entreprises du bâtiment, une voiture, un chauffeur et autres avantages, mais pas de travail. Chaque année, à l'époque du budget, les officiels des ministères des Finances et de l'Aménagement du territoire rencontrent des hommes politiques fidèles à l'industrie pour décider comment sera partagé le gâteau.

Elle s'arrêta et me regarda.

— On dit qu'au cours des dix dernières années, reprit-elle, dix mille milliards de yens de fonds publics ont été versés aux *yakuzas* par l'intermédiaire des travaux publics.

Dix mille milliards ? Ça représente environ cent milliards de dollars. Ces salauds t'ont caché quelque chose.

— Je connaissais certains de ces détails, répondis-je. Votre père voulait tout révéler ?

— Oui. En entendant le diagnostic du médecin, il m'a appelée. C'était la première fois qu'on se parlait depuis plus d'un an. Il m'a dit qu'il avait quelque chose d'important à me confier et il est venu chez moi. Cela faisait si longtemps qu'on ne s'était pas vus que j'ai pensé à un problème de santé, un problème cardiaque. En le découvrant vieilli, j'ai su que j'avais raison, enfin presque. J'ai préparé du thé et nous nous sommes assis à la table de la cuisine. Je lui ai parlé de ma musique. Bien sûr, je ne pouvais jamais l'interroger sur son travail, alors il ne nous restait pas beaucoup de sujets de conversation. Enfin, je lui ai demandé ce qui se passait. « *Taishita koto nai*, m'a-t-il répondu. Rien de grave. » Puis il m'a regardée, les yeux tristes, et, l'espace d'une seconde, il a eu le même regard que quand j'étais petite. « Cette semaine, j'ai appris qu'il me restait peu de temps à vivre, m'a-t-il expliqué. Très peu de temps. Un mois, peut-être deux. Un peu plus si je supporte les rayons et les médicaments, ce que je refuse. Le plus étrange, c'est qu'en apprenant la nouvelle je n'ai pas été très troublé, ni même étonné. » Puis ses yeux se sont embués de larmes. Je ne l'avais jamais vu ainsi. Il a dit : « Ce qui m'ennuyait le plus, ce n'était pas de perdre la vie, c'était de savoir que j'avais déjà perdu ma fille. »

D'un geste sobre, elle leva la main droite et essuya le bord de son œil droit, puis l'autre.

— Il m'a raconté toutes les affaires dans lesquelles il avait trempé, il voulait se racheter. Il a ajouté qu'il avait peur pour moi, que les gens avec qui il était impliqué n'hésitaient pas à s'en prendre à la famille de quelqu'un pour faire passer un message. Il envisageait d'agir, m'a-t-il déclaré, mais cela risquait de me mettre en danger.

— Que voulait-il faire ?

— Je l'ignore. Je lui ai répondu que je ne pouvais accepter d'être l'otage d'un système corrompu, que, si nous devions nous réconcilier, il ne devait pas tenir compte de moi.

Je réfléchis.

— C'était courageux de votre part.

Elle me scruta, à nouveau maîtresse d'elle-même.

— Pas vraiment. Je suis une révolutionnaire, ne l'oubliez pas.

— Eh bien, nous savons qu'il voyait un journaliste, Bulfinch, et qu'il devait lui remettre une disquette. Il faut maintenant déterminer ce qu'elle contenait.

— Comment ?

— En contactant directement Bulfinch.

— Pour lui dire quoi ?

— Je n'ai pas encore examiné cette partie du plan.

Nous gardâmes le silence pendant une minute, puis je sentis la fatigue me gagner.

— Et si on essayait de dormir un peu ? proposai-je. Je prends le canapé, d'accord ? Nous en reparlerons demain, quand nous aurons les idées plus claires.

De toute façon, elles ne pouvaient être plus troubles.

12

Le lendemain matin, je me levai de bonne heure pour me rendre à la gare de Shibuya. J'avais promis à Midori de l'appeler plus tard, sur son portable, quand j'aurais récupéré quelques affaires. À Sengoku, j'avais préparé quelques effets, dont un faux passeport, au cas où je devrais quitter précipitamment le pays. Sachant que Midori aurait besoin de provisions et de vêtements de rechange, je lui recommandai de ne sortir qu'en cas de nécessité et de ne rien régler par carte bancaire. J'ajoutai que quelqu'un possédait peut-être son numéro de portable. Aussi faudrait-il s'en tenir à des conversations brèves, sachant que nos propos étaient écoutés.

J'empruntai la ligne de Yamanote vers Ikebukuro, un centre commercial très fréquenté, au nord-ouest de la ville. Devant la station, je hélai un taxi qui m'emmena à Hakusan, quartier résidentiel situé à environ dix minutes de marche de chez moi.

Là-bas, j'appelai la messagerie vocale reliée au téléphone de mon domicile.

Mon téléphone possédait quelques particularités. Je pouvais appeler à tout moment de l'extérieur et activer en silence le haut-parleur, le transformant ainsi en émetteur. Le dispositif s'enclenche également par le son. Il suffit d'un bruit, une voix humaine, par exemple, pour que le haut-parleur se mette discrètement en marche et compose le numéro de ma messagerie, aux États-Unis, où la concurrence rend le prix des télécommunications accessibles. Ainsi, avant de rentrer chez moi, je compose le numéro de la messagerie vocale. Si quelqu'un est entré dans l'appartement en mon absence, je le sais aussitôt.

En vérité, ce téléphone n'était sans doute pas nécessaire. Non seulement personne n'est jamais entré chez moi sans y être invité, mais nul ne sait où j'habite vraiment. Je paie le loyer d'un studio de dix mètres carrés à Ochanomizu, où je ne mets jamais les pieds. Mon logement de Sengoku est loué au nom d'une société n'ayant aucun lien avec moi.

J'écoutai la tonalité tandis que mon appel franchissait l'océan. Quand la communication fut établie, je composai mon code.

Chaque fois que j'avais effectué cette vérification, sauf quand je faisais un essai, de temps à autre, j'avais entendu la voix mécanique d'une femme m'annoncer : « Vous n'avez aucun message. »

Or la voix énonça : « Vous avez un message. »

Nom de Dieu. J'étais si étonné que j'en oubliai sur quelle touche il fallait appuyer pour écouter ledit message. Mais la voix mécanique me guida. Retenant mon souffle, j'appuyai sur la touche un.

Une voix masculine s'exprimait en japonais :

— C'est petit. Difficile de le prendre par surprise à son arrivée.

Un autre homme, également japonais :

— Attends ici, du côté du *yenkan*. Quand il entrera, utilise la bombe à poivre.

Je connaissais cette voix, mais je mis une minute à la situer. J'avais l'habitude de l'entendre parler anglais.

C'était Benny.

— Et s'il refuse de parler ?

— Il parlera.

Je crispai les doigts sur le combiné. *Cette ordure de Benny. Comment m'a-t-il débusqué ?*

Quand ce message avait-il été enregistré ? Quelle était la touche des fonctions spéciales... Nom de Dieu, j'aurais dû m'entraîner plusieurs fois avant de me retrouver dans une situation délicate ! J'étais trop sûr de moi. J'appuyai sur le six. Le message s'accéléra. Merde. Le cinq, alors. Une voix de femme m'informa que ce message avait été laissé par un appel extérieur reçu à quatorze heures, heure de Californie. Ces hommes étaient entrés chez moi vers sept heures du matin, voilà environ une heure.

Bon, alors, changement de programme. Je sauvegardai le message avant de raccrocher. Puis j'appelai Midori sur son portable. Je lui dis que j'avais fait une découverte importante dont je lui parlerais à mon retour. Je lui demandai de m'attendre même si je rentrais tard. Ensuite, je revins vers Sugamo, où se dressait autrefois une prison des forces d'occupation au Japon pour les criminels de guerre japonais. Désormais, Sugamo était surtout connu comme un quartier chaud regorgeant de *love hotels*.

Je choisis l'hôtel le plus proche de Sengoku. La chambre était humide. Qu'importait ! Je voulais seulement un point de chute pour ne pas avoir à me soucier du chargement de la batterie de mon portable.

Je composai le numéro de mon appartement. Il n'y eut pas de sonnerie mais la communication s'établit. Je m'assis et patientai. Au bout d'une demi-heure, je n'avais toujours pas perçu le moindre son. Je commençais à me demander s'ils n'étaient pas partis quand j'entendis une chaise racler le plancher, puis des pas et le bruit reconnaissable d'un homme en train d'uriner dans les toilettes. Ils étaient encore là.

Je restai ainsi toute la journée, à écouter dans le vide. Ma seule consolation était qu'ils devaient s'ennuyer autant que moi. J'espérais aussi qu'ils avaient faim.

Vers dix-huit heures trente, alors que j'effectuais des étirements de judo pour ne pas m'engourdir, une sonnerie de téléphone retentit à l'autre bout de la ligne. Probablement un portable. Benny répondit, grommela puis annonça :

— J'ai quelque chose à faire à Shibakoen. Ça ne devrait pas me prendre plus de quelques heures.

J'entendis son interlocuteur répondre :

— *Hai*.

Je n'écoutais plus vraiment. Pour atteindre à Shibakoen, Benny emprunterait la ligne de métro de

Mita, au sud de la station Sengoku. Il ne s'y rendrait pas à pied. Les transports en commun sont plus discrets. D'ailleurs, à Sengoku, les visiteurs n'ont nulle part où se garer. De mon appartement à la station de métro, il avait le choix entre une demi-douzaine de rues parallèles et perpendiculaires. C'est d'ailleurs l'une des raisons pour lesquelles j'avais opté pour ce quartier, au départ. La station était bondée. Je ne pouvais l'intercepter là-bas. De plus, j'ignorais à quoi il ressemblait. Je devais le repérer au moment où il sortirait de mon appartement, sinon il m'échapperait.

Quittant précipitamment ma chambre, je descendis les marches quatre à quatre. Sur le trottoir, je traversai Hakusan-dori et tournai à gauche. Je courus aussi vite que possible tout en m'efforçant de raser les immeubles. Si je me trompais et si Benny sortait au mauvais moment, il me verrait arriver. Il savait où je vivais et je ne pouvais avoir la certitude qu'il ne connaissait pas mon visage.

À une quinzaine de mètres de chez moi, je ralentis le pas, marchant le plus près possible d'un mur, contrôlant ma respiration. Au coin de la rue, je m'accroupis et penchai la tête pour regarder à droite. Aucun signe de Benny. Quatre minutes à peine s'étaient écoulées depuis que j'avais raccroché. J'étais presque sûr de ne pas l'avoir manqué.

J'ignorais si Benny allait tourner à gauche ou à droite en quittant l'immeuble. Il fallait que je le voie sortir. Dès que je lui aurais mis le grappin dessus, je pourrais l'entraîner dans l'ombre.

Ma respiration avait retrouvé son rythme normal quand j'entendis la porte d'entrée se refermer d'un coup sec. Les résidents savent que cette porte a tendance à claquer et s'efforcent de la refermer doucement.

Je jetai un coup d'œil. Un Japonais potelé marchait d'un pas vif dans ma direction. C'était le type que j'avais vu avec un attaché-case à la station de métro de Jinbocho. Benny. J'aurais dû m'en douter.

J'écoutai le bruit de ses pas s'amplifier. Quand je le sentis à un mètre de moi, je surgis devant lui.

Il s'arrêta net, les yeux exorbités. Manifestement, il connaissait mon visage. Avant qu'il puisse prononcer un mot, je lui assenai deux uppercuts dans le ventre. Il tomba à terre en grognant de douleur. Je saisis sa main droite et lui tordis le poignet dans le dos pour l'immobiliser. Puis je donnai un coup sec qui le fit crier.

— Debout, Benny. Et vite, ou je te casse le bras.

Un autre coup sec souligna mon propos. Il émit un sifflement et se leva en respirant bruyamment, comme asphyxié.

Je lui fis tourner le coin de la rue et le plaçai face au mur pour le fouiller. Dans la poche de son pardessus, je trouvai un portable, que je gardai, mais ce fut tout.

Je tirai une dernière fois sur son bras et le fis pivoter pour le plaquer contre le mur. Il grogna jusqu'à ce que l'air vienne à lui manquer. Je lui pinçai la trachée avec les doigts tout en lui empoignant les testicules de l'autre main.

— Benny, écoute-moi bien.

Il voulut se débattre. Je serrai plus fort sa trachée. Il comprit.

— Je veux savoir ce qui se passe. Je veux des noms, et des noms que je connais, de préférence.

Je relâchai légèrement mes mains. Il prit une profonde inspiration.

— Je ne peux pas te dire ça, gémit-il.

Je repris ma pression sur sa gorge.

— Benny, je ne te ferai pas de mal si tu me dis ce que je veux savoir. Mais si tu ne me dis rien, je t'en voudrai beaucoup, tu comprends ? Allez, parle vite et personne n'en saura rien.

Une fois de plus, j'accentuai ma pression sur sa trachée, le privant d'oxygène durant quelques secondes. Je lui dis de hocher la tête s'il avait compris. Au bout d'une seconde ou deux, il opina du chef. J'attendis quand même une seconde de plus. Quand il se mit à s'agiter plus vigoureusement, j'atténuai ma pression.

— Holtzer, Holtzer, fit-il d'une voix rauque. Bill Holtzer.

J'eus toutes les peines du monde à ne pas trahir ma surprise en entendant ce nom.

— Qui est ce Holtzer ?

Il me regarda, les yeux écarquillés.

— Mais tu le connais ! Vous étiez ensemble au Vietnam. C'est ce qu'il m'a raconté.

— Qu'est-ce qu'il fabrique à Tokyo ?

— Il est de la CIA. Chef de réseau à Tokyo.

Chef de réseau ? Incroyable. De toute évidence, il savait encore quelles bottes il fallait lécher.

— Tu es une enfoirée de balance de la CIA, Benny ? Toi ?

— Ils me paient, répondit-il, le souffle court. J'ai besoin de cet argent.

— Qu'est-ce qu'il me veut ? demandai-je en fouillant son regard.

Holtzer et moi avions eu maille à partir au Vietnam, mais il avait fini par avoir le dessus. Je ne voyais pas comment il pouvait encore m'en vouloir, même si moi, je lui en voulais.

— Il a dit que tu savais où trouver une disquette. Je dois la récupérer.

— Quelle disquette ?

— Aucune idée. Tout ce que je sais, c'est que, si elle se retrouve entre de mauvaises mains, la sécurité nationale des États-Unis sera compromise.

— Essaie de ne pas parler comme un bureaucrate, Benny. Dis-moi ce qu'il y a sur cette disquette.

— Je n'en sais rien. Holtzer ne me l'a pas dit. Je n'avais pas à le savoir. Je ne suis qu'un informateur. On ne me confie pas ces détails-là.

— Qui est ce type qui était chez moi avec toi ?

— Ce type…

Je lui bloquai la trachée. Il voulut respirer, tenta de me repousser, mais en vain. Au bout de quelques secondes, je relâchai la pression.

— Si je dois répéter une question, ou si tu essaies encore de me mentir, Benny, tu vas le regretter. Qui est ce type ?

— Je ne le connais pas, affirma-t-il en fermant les yeux avant de déglutir. Il est du Boeicho Boeikyoku. C'est Holtzer qui s'occupe de la liaison. Il m'a juste dit d'emmener ce type chez toi pour qu'on t'interroge.

Le Boeicho Boeikyoku, l'Agence de défense nationale, est la CIA japonaise.

— Pourquoi me suivais-tu à Jinbocho ? demandai-je.

— Simple filature. Je cherchais à localiser la disquette.

— Comment as-tu découvert où j'habitais ?

— C'est Holtzer qui m'a donné ton adresse.

— Comment l'a-t-il obtenue ?

— Je n'en sais rien. Il me l'a donnée, c'est tout.

— Quel est ton rôle ?

— T'interroger. Simplement t'interroger. Trouver la disquette.

— Que devais-tu faire de moi après m'avoir interrogé ?

— Rien. Ils voulaient seulement la disquette.

Je lui comprimai à nouveau la trachée.

— Foutaises, Benny ! Même toi, tu n'es pas si stupide ! Tu savais ce qui allait arriver ensuite, même si tu n'avais pas les couilles pour t'en charger toi-même.

Tout cela commençait à s'éclaircir. Holtzer dit à Benny d'emmener ce type du Boeikyoku chez moi pour m'interroger. Benny devine ce qui va se passer. Le petit bureaucrate a peur, mais il est coincé. Peut-être se dit-il que ça ne le regarde pas vraiment. De plus, l'homme du Boeikyoku s'occupera du sale boulot. Benny n'aura même pas à y assister.

Quel salaud ! Je lui écrasai les testicules avec force. Il aurait hurlé si je ne lui avais comprimé la gorge. Lorsque je relâchai enfin la double pression, il tomba à terre, en proie à une nausée.

— Très bien, Benny. Voici ce que tu vas faire. Tu vas appeler ton copain, chez moi. Je sais qu'il a un portable. Dis-lui que tu l'appelles de la station. Tu m'as repéré et il faut qu'il te rejoigne immédiatement à la station de métro. Tu emploieras ces mots-là. Si tu changes une parole ou si je t'entends dire quelque chose qui ne colle pas, je te tue. Sinon, tu pourras partir.

Bien sûr, il était toujours possible que ces types utilisent un code de fin d'alerte dont l'absence indiquerait un problème, mais je doutais qu'ils soient aussi intelligents. De plus, je n'avais rien entendu qui ressemble à un message de fin d'alerte lors de l'appel que Benny avait reçu chez moi.

Il leva vers moi un regard implorant.

— C'est vrai, tu me laisseras partir ?

— Si tu fais ce que je te demande.

Je lui tendis son portable.

Il suivit mes instructions d'une voix plutôt assurée. Quand il eut terminé, je lui repris le téléphone. Il me regardait toujours, à genoux.

— Je peux partir, maintenant ?

Puis il lut mon regard.

— Tu m'avais promis ! Tu m'avais promis ! haleta-t-il. Je t'en prie ! Je ne faisais qu'obéir aux ordres.

Il ne manquait pas de culot.

— Les ordres, c'est dégueulasse, répondis-je en baissant les yeux vers lui.

— Ne me tue pas ! J'ai une femme et des enfants !

Mes hanches se mettaient déjà en position.

— Je leur ferai envoyer des fleurs, murmurai-je avant de lui assener le tranchant de ma main sur la nuque.

Je sentis ses vertèbres se briser. Après un dernier spasme, il s'écroula à terre.

Je devais le laisser là. Pas le choix.

J'enjambai le cadavre et revins sur mes pas vers le parking. J'entendis claquer la porte de mon immeuble.

L'avant du parking était fermé par une clôture dont les câbles étaient fixés à des pylônes plantés dans le sable. Je saisis une poignée de sable et regagnai mon poste d'observation, avant de jeter un coup d'œil derrière le mur. Je ne vis pas le complice de Benny. Il avait pris la ruelle qui relie ma rue à une autre, à quinze mètres de mon appartement. J'avais espéré qu'il resterait dans les rues principales.

C'était un problème. Il était en avance sur moi et je n'avais nulle part où le guetter. De plus, j'ignorais à quoi il ressemblait. S'il atteignait l'artère principale, près de la station de métro, je serais incapable de le distinguer. Il fallait agir tout de suite.

Je descendis la rue en courant, m'arrêtant net à la hauteur de la ruelle. En penchant la tête, je vis s'éloigner une silhouette solitaire.

Je scrutai le sol, en quête d'une arme de fortune. Rien n'était assez gros pour servir de matraque. Dommage.

Je m'engageai dans la ruelle, à environ sept mètres de ma cible. Vêtu d'une veste en cuir, il était trapu, puissant. Même de dos, je devinais son cou massif. Il portait un objet, une canne, apparemment. Ce n'était pas bon. Mieux valait compter sur le sable.

Je réduisis l'écart à environ trois mètres et m'apprêtais à l'interpeller lorsqu'il regarda par-dessus son épaule. Je n'avais pas fait de bruit et n'avais que furtivement posé les yeux sur lui. Cet homme possédait des antennes.

Il se retourna vers moi. Je déchiffrai la stupeur sur son visage. Benny lui avait affirmé m'avoir repéré à la station de métro. Or j'arrivais dans l'autre sens. Il cherchait à résoudre cette contradiction à l'aide de son ordinateur central.

Je remarquai ses oreilles bouffies comme des choux-fleurs, déformées par les coups répétés. Les judokas et les kendokas refusent toute protection. Certains adeptes arborent comme des médailles d'honneur leurs lobes meurtris par les coups de tête au judo et les coups de bambou au kendo. Je sentis tout au fond de mon esprit qu'il possédait peut-être certaines compétences.

Je m'efforçai donc de lui faire croire que j'étais un simple passant qui voulait le doubler, histoire de gagner une seconde supplémentaire. Malgré deux pas vers la gauche, je lus sur son visage qu'il me reconnaissait. La canne se leva comme au ralenti. Il avança le pied gauche pour intensifier l'impact.

Je lui jetai le sable au visage et bondis de côté. Sa tête recula, mais la canne montait toujours. Une fraction de seconde plus tard, elle retomba dans le vide. Malgré la violence du coup, il releva la canne juste après avoir raté sa cible. Puis, avec la même vitesse fluide, il fendit l'air horizontalement. Je le voyais grimacer, les yeux plissés. Le sable l'avait atteint de plein fouet. Il faut beaucoup d'entraînement pour ne pas se frotter les yeux. En tout cas, il n'y voyait rien.

Il fit un pas prudent en avant, brandissant la canne. Des larmes coulaient de ses yeux meurtris. Il savait que je me trouvais devant lui mais ignorait à quel endroit exact.

Je dus attendre qu'il m'ait dépassé pour agir. J'avais vu combien il était rapide à manier la canne.

Il garda sa position, soufflant par les narines comme s'il cherchait à capter mon odeur. *Seigneur, comment fait-il pour ne pas s'essuyer les yeux ? Il doit souffrir le martyre.*

Poussant un puissant *kiyai*, il bondit en avant, frappant à l'horizontale, à hauteur de la taille. Mais il avait mal deviné. J'étais bien plus en retrait. Alors, tout aussi soudainement, il fit deux longues enjambées en arrière et lâcha sa canne pour s'essuyer désespérément les yeux.

C'était le moment que j'attendais. Brandissant le poing droit, je lui frappai la clavicule. Au moment de l'impact, il se déplaça légèrement, de sorte que le coup heurta les trapèzes. Je poursuivis par un coup de coude, cherchant le sphénoïde, mais trouvant surtout son oreille.

Avant que je puisse frapper à nouveau, il avait glissé la canne dans mon dos pour la saisir à deux mains. Puis il m'attira vers lui. La canne me meurtrissait le dos. Dès qu'il se cambra en arrière, mes pieds quittèrent le sol. Le souffle coupé, je ressentis une douleur foudroyante dans les reins.

Je résistai à l'envie de me dégager, sachant que je n'en avais pas la force, et j'enroulai les bras autour de son cou, croisant les jambes dans son dos. J'avais l'impression que la canne allait me scier la colonne vertébrale.

Pris au dépourvu, il perdit l'équilibre, recula d'un pas, lâcha la canne et fit tournoyer son bras gauche. Les jambes croisées dans son dos, je pesai soudain de tout mon poids, le forçant à tenter de se rétablir. Il tomba en avant. Nous heurtâmes violemment le sol. Étant en dessous, je subis le plus gros de la chute. Mais j'avais gagné du terrain.

Je le saisis par les pans de sa veste et lui assenai un *gyaku-jujime*, un des premiers étranglements qu'apprennent les judokas. Il réagit aussitôt, abandonnant la canne pour s'en prendre à mes yeux. Je balançai la tête d'avant en arrière, cherchant à éviter ses doigts, contrôlant son torse avec mes jambes. Enfin, je parvins à lui saisir une oreille mais il se dégagea.

Mon étranglement n'était pas parfait. Je tenais plus de trachée que de carotide. Il se débattit longtemps, de plus en plus désespéré dans ses tâtonnements. Mais il demeurait impuissant. Quand il s'immobilisa enfin, je ne le lâchai pas tout de suite et vérifiai si quelqu'un approchait. Personne.

Lorsque je fus certain qu'il ne pouvait simuler la mort, je le relâchai et me dégageai de sous son poids. Seigneur, il était lourd ! Je me relevai, le dos meurtri par la canne, le souffle court et saccadé.

Je savais d'expérience qu'il n'était pas mort. Au dojo, il arrive que quelqu'un perde connaissance à la suite d'un étranglement, mais ce n'est pas grave.

Si la victime est inconsciente, comme dans ce cas, il suffit de l'asseoir, de lui taper dans le dos et de pratiquer la respiration artificielle.

Ce type-là allait devoir trouver quelqu'un d'autre pour faire redémarrer la machine. J'aurais aimé l'interroger, mais ce n'était pas Benny.

Je me redressai, souffrant toujours du dos, et me dirigeai vers mon appartement. Deux écolières en uniforme bleu marine passèrent au moment où je débouchais de la ruelle. En me voyant, elles restèrent bouche bée, mais je les ignorai. Pourquoi me regardaient-elles ainsi ? Je levai la main vers ma joue humide. Merde. Je saignais. Mon adversaire m'avait griffé jusqu'au sang.

Je pénétrai dans mon immeuble aussi vite que possible, gravis les marches en grimaçant. Chez moi, je me rendis dans la salle de bains pour nettoyer la plaie à l'aide d'un linge humide. Dans le miroir, j'aperçus un visage en piteux état. Je mettrais un certain temps à cicatriser.

L'appartement me semblait étrange. Il avait toujours constitué un refuge, une maison anonyme et sûre. Mais Holtzer et l'Agence, deux fantômes du passé que je croyais oubliés, l'avaient découvert. Il fallait que je sache pourquoi ils s'en prenaient à moi. Était-ce professionnel ? Personnel ? Connaissant Holtzer, sans doute les deux.

Je glissai les affaires dont j'avais besoin dans un sac et gagnai la porte, jetant un dernier regard à la ronde avant de partir. Tout semblait normal. Rien n'indiquait que quelqu'un était entré. Reviendrais-je un jour ?

Une fois dehors, je me dirigeai vers Sugamo. De là, je pouvais prendre la ligne de Yamanote vers Shibuya, pour rejoindre Midori. Les portables que j'avais récupérés me fourniraient peut-être des indices.

13

En arrivant à l'hôtel, je ne ressentais plus dans le dos qu'un élancement diffus. Mon œil gauche était enflé : ce type avait trouvé le moyen d'y enfoncer le doigt. Il avait essayé de m'arracher une oreille. Pas étonnant que j'aie aussi mal à la tête.

Je passai en coup de vent devant la vieille dame de la réception en brandissant ma clé. Je m'efforçai de ne lui présenter que mon profil droit, en bien meilleur état que le gauche. Elle leva les yeux puis se replongea dans sa lecture sans rien remarquer sur mon visage.

Avant d'entrer dans la chambre, je frappai à la porte pour prévenir Midori de mon retour.

Elle était assise sur le lit. En découvrant mon œil au beurre noir et mon visage lacéré, elle sursauta.

— Que s'est-il passé ? souffla-t-elle.

Son inquiétude me mit du baume au cœur.

— Quelqu'un m'attendait chez moi, expliquai-je en refermant à clé.

J'ôtai mon manteau et m'installai sur le divan.

— Nous sommes très demandés, tous les deux, ces derniers temps.

Elle vint s'agenouiller près de moi afin d'examiner mon visage.

— Votre œil est amoché. Je vais chercher de la glace dans le réfrigérateur.

Je la regardai s'éloigner. Elle portait un jean et un sweat-shirt bleu marine qu'elle était sans doute allée chercher pendant mon absence. Ses cheveux noués en queue de cheval soulignaient agréablement ses épaules et sa taille ainsi que la courbe de ses hanches. Soudain, je ressentis pour elle un désir si intense que j'en oubliai presque ma douleur. Je n'y pouvais rien. Les soldats connaissent bien ce phénomène. Après s'être battu pour sauver sa peau, on a souvent une érection spectaculaire, j'ignore pourquoi.

Midori revint avec des glaçons enveloppés dans une serviette. Gêné, je gigotai sur le divan. Une douleur fulgurante me parcourut le dos mais ne résolut en rien mon problème. La jeune femme s'agenouilla et appliqua la poche de glace sur mon œil en lissant mes cheveux en arrière. Elle aurait mieux fait de la laisser tomber sur mes genoux.

Elle m'aida à m'allonger sur le divan. Troublé par sa proximité, je ne pus réprimer une grimace.

— Je vous fais mal ? s'enquit-elle, soudain hésitante.

— Non, non. Le type qui m'a blessé au visage m'a aussi donné un violent coup de canne dans le dos. Mais ça va aller.

Midori appuya sur la poche de glace tout en me maintenant la tête. Je n'osais broncher, de peur qu'elle ne se rende compte de mon état.

Elle déplaça la poche de glace. En voulant la prendre, je posai sans le vouloir la main sur la sienne. Sa peau chaude contre ma paume contrastait avec le froid de la glace sur le bout de mes doigts.

— Ça fait du bien, lui dis-je.

Elle ne me demanda pas si je pensais à la glace ou au contact de sa main. Je n'en étais pas certain moi-même, d'ailleurs.

— Vous vous êtes absenté longtemps, reprit-elle au bout d'un moment. Je ne savais pas quoi décider. J'ai failli vous appeler, mais, à la réflexion, j'ai songé que vous étiez peut-être de mèche avec les hommes qui sont venus chez moi. Que vous me faisiez le coup du bon flic, par opposition au méchant flic, pour gagner ma confiance.

— À votre place, j'aurais cru la même chose. J'imagine ce que vous devez ressentir.

— Toute cette histoire me semblait plutôt irréelle. Jusqu'à votre retour.

Je regardai la serviette maculée de sang.

— Rien ne vaut un soupçon d'hémoglobine pour crédibiliser une embuscade.

— C'est vrai. Je revois encore la violence du coup de pied que vous avez assené à cet homme, dans mon immeuble. Le sang a giclé de son nez. Si je n'avais pas assisté à cette scène, j'aurais profité de votre absence pour filer.

— Alors je suis ravi de lui en avoir mis un sacré coup.

Elle rit doucement et appliqua de nouveau la serviette sur mon visage.

— Vous n'auriez pas quelque chose à manger ? demandai-je. Je meurs de faim.

Elle souleva un sac près du divan et me l'ouvrit :

— J'ai rapporté des *bento*, au cas où.

— Accordez-moi cinq minutes.

J'engloutis les boulettes de riz, les œufs et les légumes, le tout arrosé d'un cocktail de fruits en boîte. Délicieux.

Quand j'eus terminé, je me tournai pour mieux la voir.

— Ils étaient deux dans mon appartement, expliquai-je. Je connaissais l'un d'eux, un larbin du PLD qui se fait appeler Benny. Il se trouve qu'il est lié à la CIA. Ça vous dit quelque chose ? Y aurait-il un rapport avec votre père ?

Elle secoua la tête.

— Non. Mon père ne m'a jamais parlé d'un Benny ou de la CIA.

— Très bien. L'autre était un kendoka. Il avait une canne et s'en servait comme d'une épée. J'ignore où se trouve le lien. J'ai réussi à récupérer leurs portables. Ils nous fourniront peut-être des indices.

Tenant la poche de glace, je me penchai vers ma veste. Une douleur me transperça le dos. Je sortis de ma poche les téléphones, deux modèles DoCoMo standard, petits et élégants.

— D'après Benny, l'Agence veut récupérer la disquette. Mais j'ignore pourquoi ils s'en prennent à moi. Peut-être pensent-ils… que je vais vous dire quelque chose, vous aider, ou que je peux exploiter vos informations, découvrir de quoi il s'agit, les empêcher d'obtenir ce qu'ils veulent.

Je soulevai le rabat du téléphone du kendoka et appuyai sur la touche *bis*. Un numéro apparut sur l'écran.

— C'est déjà un début. Il faudra faire une recherche dans l'annuaire inversé. D'autres numéros sont peut-être programmés dans le répertoire. J'ai un ami digne de confiance qui pourra nous être utile.

Je me levai en grimaçant.

— Il va falloir changer d'hôtel. Et nous comporter exactement comme des clients ordinaires.

Nous nous rendîmes dans un hôtel des alentours, le Morocco, dont le thème était manifestement les Mille et Une Nuits : tapis persans, narguilés, bijoux et autres accessoires de harem étaient à la disposition des clientes. L'image même du luxe oriental. Mais il n'y avait qu'un seul lit. Une nuit sur le canapé serait un supplice.

— Et si vous preniez le lit, ce soir ? proposa Midori comme si elle devinait mes pensées. Dans votre état, vous ne pouvez pas dormir sur le canapé.

— Non, ça ira, assurai-je, un peu gêné. Le divan conviendra très bien.

— Pas question, je prends le canapé, insista-t-elle avec un sourire qui s'attarda sur ses lèvres.

Je finis par accepter, mais mon sommeil fut agité. Dans mon rêve, je progressais dans la jungle, près de Tchepone, dans le sud du Laos, pourchassé par un bataillon de l'armée nord-vietnamienne. Séparé de mon équipe, j'étais perdu. Je pouvais effectuer un détour puis revenir sur mes pas, mais pas moyen de me débarrasser des Nord-Vietnamiens qui m'encerclaient. Ils allaient me capturer et me torturer. Midori apparut et me tendit un pistolet.

— Je ne veux pas me faire prendre, me disait-elle. Aidez-moi. Prenez cette arme. Ne vous inquiétez pas pour moi. Sauvez mes Montagnards.

Je me redressai d'un bond, le corps tendu comme un ressort. *Doucement, John. Ce n'est qu'un cauchemar.* Je contractai les abdominaux et soufflai longuement par le nez. Crazy Jake était là, avec moi, dans la chambre.

Je crus que mon visage saignait tant il était trempé. Mais, en portant les doigts à mes joues, je me rendis compte qu'il s'agissait de larmes. *Qu'est-ce qui m'arrive ?*

La lune brillait dans le ciel, inondant la chambre de sa lumière. Midori se tenait assise sur le canapé, les genoux repliés contre sa poitrine.

— Un cauchemar ? demanda-t-elle.

Je passai vivement une main sur mon visage.

— Ça fait longtemps que vous êtes réveillée ?

— Un moment. Vous ne cessiez de vous agiter.

— J'ai dit quelque chose ?

— Non. Vous redoutez ce que vous pourriez raconter dans votre sommeil ?

Je l'observai. Une moitié de son corps était illuminée par la lune, l'autre demeurait dans l'ombre.

— Oui, avouai-je.

— De quoi rêviez-vous ?

— Je ne sais pas, mentis-je. C'étaient surtout des images.

Son regard restait rivé sur moi.

— Vous me demandez de vous faire confiance, reprit-elle, alors que vous ne voulez même pas me raconter un cauchemar.

Je tentai de répondre, mais, tout à coup, sa présence m'irrita. Je quittai le lit et me dirigeai vers la salle de bains.

Je n'ai pas besoin de ses questions. Je n'ai pas besoin de m'occuper d'elle. Putain de CIA. Holtzer sait que je suis à Tokyo, il sait où j'habite. J'ai assez de problèmes comme ça.

Midori était la clé. Son père lui avait forcément fait des confidences, à moins qu'elle ne possède ce pour quoi l'appartement avait été fouillé le jour des funérailles. Pourquoi était-elle incapable de déterminer de quoi il s'agissait ?

Je la rejoignis dans la chambre.

— Midori, un effort, essayez de vous souvenir. Votre père a dû vous parler, vous remettre quelque chose.

— Je vous le répète : il n'a rien fait de tel.

— Après sa mort, son appartement a été cambriolé.

— Je sais. La police m'a appelée.

— Le problème, c'est qu'ils n'ont pas trouvé ce qu'ils cherchaient, et ils sont persuadés que c'est vous qui le détenez.

— Écoutez, si vous voulez jeter un coup d'œil dans l'appartement de mon père, pas de problème. Je n'ai pas encore débarrassé ses affaires et j'ai toujours la clé.

Les cambrioleurs avaient fait chou blanc et mon vieil ami Tatsu, le plus consciencieux des hommes, s'y était ensuite rendu avec les ressources du Keisatsucho. La suggestion de Midori ne fit qu'attiser ma déception.

— Ça ne n'avancera à rien. D'après vous, que recherchent ces gens ? La disquette ? Une boîte, un dossier dans lequel elle serait cachée ? Une clé ? Vous êtes bien certaine de ne rien avoir ?

— Oui, je vous l'ai dit, répondit-elle en s'empourprant. Pourquoi ne me croyez-vous pas ?

— Parce que tout ça ne rime à rien ! Et parce que je n'aime pas qu'on cherche à me tuer sans que je sache pour quelle raison !

Elle se leva.

— Il n'y en a que pour vous ! Vous croyez que ça m'enchante, cette histoire ? Je n'ai rien fait, moi ! Et je n'en sais pas plus que vous !

Je respirai profondément, cherchant à maîtriser ma colère.

— C'est parce qu'ils pensent que vous détenez cette disquette. Ou que vous savez où elle se trouve.

— Eh bien, je n'en sais rien ! Je n'ai rien ! Je vous l'ai répété mille fois !

Nous nous regardâmes en chiens de faïence, au pied du lit, le souffle court, puis elle lâcha :

— Vous vous moquez éperdument de moi. Vous ne vous intéressez qu'à la même chose que ces types.

— Ce n'est pas vrai.

— Mais si ! J'en ai assez ! Et je ne vous connais même pas !

Elle alla prendre un sac près de la porte et se mit à y fourrer ses affaires.

— Midori, écoutez-moi ! Écoutez-moi, nom de Dieu ! Bien sûr que je m'intéresse à vous ! Vous ne le voyez donc pas ?

— Pourquoi vous croirais-je, alors que vous ne me croyez pas ?

Je lui pris le sac.

— D'accord, je vous crois.

— Mon œil ! Rendez-moi mon sac. Rendez-le-moi !

Elle voulut me l'ôter des mains mais je le glissai dans mon dos.

Incrédule, elle me dévisagea puis elle se mit à me marteler la poitrine de ses poings. Je lâchai le sac et enlaçai Midori pour la faire cesser.

J'ignore comment c'est arrivé. Elle me résistait, j'essayais de lui retenir les bras, son corps contre le mien, et nous nous sommes embrassés. Puis ce fut comme si elle continuait à me frapper mais, en réalité, chacun arrachait les vêtements de l'autre.

Nous avons fait l'amour par terre, au pied du lit. Un corps-à-corps passionné et fébrile. Mon dos me faisait mal, et cette douleur m'était presque douce.

Ensuite, j'ai tiré les couvertures sur nous et nous sommes restés assis, appuyés contre le bord du lit.

— C'était bon, dit-elle d'un ton langoureux. Bien meilleur que tu ne le méritais.

Je me sentais un peu étourdi. Cela faisait si longtemps que je n'avais pas connu une telle fusion que c'en était presque troublant.

— Mais tu ne me fais pas confiance, reprit-elle. Ça fait mal.

— Ce n'est pas une question de confiance, Midori. C'est… je m'interrompis. Je te crois. Je suis désolé d'avoir autant insisté.

— Je parlais de ton rêve.

Je posai le bout des doigts sur mes paupières.

— Midori, je ne peux pas. Je ne…

Je ne savais vraiment pas quoi dire.

— Je ne parle jamais de ces choses-là. Il faut avoir été là-bas pour comprendre.

Elle me saisit doucement les mains pour les poser sans vergogne sur sa taille. Au clair de lune, sa peau, ses seins étaient superbes. Des ombres soulignaient le creux de ses clavicules.

— Tu as besoin de parler, je le sens, dit-elle. Je veux que tu me racontes.

Je baissai les yeux vers les draps froissés, qui formaient des vallées et des collines, tel un paysage lunaire.

— Ma mère… était catholique. Quand j'étais petit, elle m'emmenait à la messe. Mon père avait horreur de ça. J'allais me confesser. Je confiais au prêtre mes pensées lubriques, mes bagarres, les enfants que je détestais et mon désir de leur faire mal. Au début, j'y allais à reculons. Ensuite, je suis devenu accro. Mais c'était avant la guerre. Pendant la guerre, j'ai fait des choses… qui vont au-delà de toute confession.

— Si tu les gardes enfermées en toi, elles vont te ronger comme un poison.

J'avais envie de lui parler, de me libérer.

Ressaisis-toi, John. Qu'est-ce qui te prend ? Tu veux la faire fuir ?

Oui, c'était peut-être ça. Peut-être valait-il mieux. Je ne pouvais lui parler de son père, mais je pouvais lui avouer encore pire.

— Midori, ce sont des atrocités, dis-je d'un ton sec.

Charmant début pour une conversation. Pourtant, elle ne broncha pas.

— J'ignore ce que tu as fait, répondit-elle, mais c'était il y a longtemps, dans un autre monde.

— Peu importe. Tu ne peux pas comprendre. Tu n'y étais pas.

Je posai les doigts sur mes paupières, réflexe inutile contre les images qui dansaient dans ma tête.

— Une partie de moi aimait ça et s'en nourrissait. Il n'était pas donné à tout le monde d'opérer sur le terrain de l'armée nord-vietnamienne. La plupart des gars étaient pris de panique en entendant les hélicoptères décoller au loin, avant que la jungle devienne silencieuse. Pas moi. J'avais effectué plus de vingt missions en territoire ennemi. Aux yeux de certains, j'avais épuisé mon capital chance, mais je continuais quand même. Les missions devenaient de plus en plus folles. J'étais l'un des plus jeunes chefs d'équipe du SOG. Mes hommes et moi étions soudés. On pouvait se retrouver à douze contre une division nord-vietnamienne, je savais qu'aucun d'eux ne déserterait. Et moi non plus. Tu imagines ce que c'est pour un gosse qui a été rejeté toute sa vie parce qu'il était eurasien ?

Mon débit s'emballa :

— Quand on se vautre dans le sang et la boue, on n'en sort pas intact. Certains sont plus vulnérables que d'autres mais tout le monde finit par basculer de l'autre côté. Imagine ça : deux de tes hommes ont les jambes arrachées par une mine. Ils se retrouvent coupés en deux. Tu accompagnes ce qui reste d'eux durant leurs derniers instants en disant : « Tenez le coup, les gars. Vous allez vous en tirer. » Ils pleurent, tu pleures, et puis ils meurent. Toi, tu t'éloignes, maculé de sang et de boyaux.

« Ton boulot, c'est de poser des pièges destinés à l'ennemi. C'est même ta spécialité. Mais vous n'êtes que douze et tu ne peux pas gagner cette guerre d'usure. À mesure que tu subis d'autres pertes, la colère, la rage montent en toi. Puis, un jour, tu traverses un village. Tu portes le droit de vie et de mort en bandoulière, le canon en avant. Tu te trouves dans une zone de tir libre, ce qui signifie que quiconque n'a pas montré patte blanche est considéré comme appartenant au Viêt-cong et traité en conséquence. Les services de renseignement t'ont informé que ce village est un repaire de communistes qui dessert la moitié du secteur, qu'ils envoient des armes vers le sud par la piste Hô Chi Minh. Les villageois te font la gueule. Les vieilles femmes te provoquent, te traitent de tous les noms. Et toi, tu penses à cette info. Deux heures plus tôt, tu as encore perdu un camarade dans une embuscade. Crois-moi, tu as envie de leur faire payer.

Je respirai profondément.

— Dis-moi de me taire, sinon je vais continuer.

Midori demeura silencieuse.

— Ce village s'appelle Cu Lai. On rassemble tout le monde, quarante ou cinquante villageois, peut-être, dont des femmes et des enfants. Sous leurs yeux, on met le feu à leurs maisons. On massacre leurs bêtes. La catharsis, tu connais ? Mais ce saccage ne suffit pas. Que faire des habitants ? On n'est pas supposés se servir de la radio car l'ennemi risque de repérer notre position. Mais j'appelle quand même. Que faire de ces gens dont on vient de détruire le village ?

« À la radio, un type, j'ignore encore qui, me répond : "Liquidez-les." C'est comme ça qu'on dit, à l'époque. "Untel a été liquidé. On a liquidé dix Viêt-congs."

« Comme je ne dis rien, le type de la radio répète : "Liquidez-les." C'est bizarre. Commettre un meurtre sous le coup de la colère est une chose. En recevoir l'ordre en est une autre. Je réponds :

« — Liquider qui ?

« — Tous. Liquidez tout le monde.

« — Il s'agit de quarante, cinquante personnes, dont des femmes et des enfants. Vous comprenez ?

« — Liquidez-les, point final.

« — Je peux avoir votre nom et votre grade ?

« Je ne vais quand même pas tuer tous ces gens uniquement parce qu'une voix me l'a ordonné par radio.

« — Fiston, je t'assure que si je t'indiquais mon grade, tu ferais dans ton froc. Tu te trouves dans une zone de tir libre, alors tu obéis.

« Je lui réponds que je ne ferai rien sans une confirmation de son autorité. Deux autres hommes, qui se disent ses supérieurs hiérarchiques, prennent le micro. L'un d'eux déclare :

« — Vous avez reçu un ordre direct d'un officier sous l'autorité du commandant en chef des forces armées des États-Unis. Exécutez cet ordre ou vous en subirez les conséquences.

« Je retourne auprès de mes hommes pour en discuter. Ils tiennent les villageois en joue. Je leur répète ce que je viens d'entendre. La plupart réagissent comme moi. Tout à coup, ils sont calmés. Ils prennent peur. D'autres s'énervent. Pas question, disent-ils. Ils veulent qu'on les liquide ? Pas question. Pourtant, tout le monde hésite. Mon ami Jimmy Calhoun, que tout le monde appelle Crazy Jake, n'a pas prononcé un mot. Soudain, il s'écrie :

« — Bande de mauviettes ! Si on vous ordonne de les liquider, il faut les liquider !

« Il se met à crier en vietnamien, en direction des villageois :

« — Tout le monde à terre !

« Les villageois obéissent. Fascinés, on se demande ce qu'il va faire. Jimmy se contente de reculer, puis il épaule, et pan ! il ouvre le feu. Étrangement, personne ne cherche à s'enfuir. Puis un des gars s'exclame :

« — Sacré Crazy Jake !

« Et il épaule à son tour. La seule chose que je me rappelle, c'est qu'on a vidé nos chargeurs sur les villageois. On les a déchiquetés. Dès que le chargeur était vide, on insérait un nouveau clip et on recommençait à tirer.

Je regardai droit devant moi.

— Si je pouvais revenir en arrière, j'essaierais d'arrêter le massacre. Je refuserais d'y participer. Ces souvenirs me hantent. Ça fait vingt-cinq ans que je fuis, mais autant chercher à échapper à son ombre.

Il y eut un silence prolongé. J'imaginai les pensées de Midori. *J'ai couché avec un monstre.*

— Je regrette que tu m'aies raconté ça, déclara-t-elle enfin, confirmant mes soupçons.

Je haussai les épaules, je me sentais vide.

— Peut-être vaut-il mieux que tu le saches.

— Ce n'est pas ce que je voulais dire. C'est une histoire bouleversante. Quand je songe à ce que tu as traversé... Je n'avais jamais pensé que la guerre pouvait être aussi... personnelle.

— Oh, elle l'était des deux côtés. Tout soldat nord-vietnamien qui tuait un Américain recevait une médaille spéciale. Sa tête coupée lui servait de trophée. S'il descendait un membre des SOG, il touchait une prime de dix mille piastres. Sept mois de solde.

Midori me caressa à nouveau le visage. Je lus une profonde compassion dans son regard.

— Tu avais raison. Tu as vécu des atrocités. Je l'ignorais.

Je lui pris les mains et les écartai doucement.

— Je ne t'ai pas raconté le meilleur. Tu sais, cette info selon laquelle le village était à la solde du Viêt-cong ? C'était bidon. Pas de passage souterrain, ni de cachettes de riz ou d'armes.

— Tu veux dire... John, tu ne savais pas.

— Pas même une trace de pneu révélatrice. On aurait pu prendre le temps de vérifier avant de commencer le carnage.

— Vous étiez très jeunes. Vous deviez être fous de peur, de colère.

Son regard restait posé sur moi. Elle réagissait bien. Après tout ce temps, ces paroles me semblaient mortes, comme des sons vides de contenu.

Elle hocha lentement la têtc et reprit :

— J'ai une amie, Mika, qui vient de Chiba. Pendant que j'étais à New York, elle a eu un accident de voiture. Elle a fauché une petite fille qui jouait dans la rue. Mika roulait à quarante-cinq kilomètres à l'heure, la vitesse maximale autorisée, et la fillette a surgi à vélo juste devant la voiture. Elle n'a rien pu faire. Un coup de malchance. Ce serait arrivé à n'importe qui se trouvant là à ce moment précis.

D'un certain point de vue, je voyais où elle voulait en venir. Je le savais depuis le départ, avant même l'expertise psychiatrique que l'on m'avait imposée pour voir comment je gérais le stress particulier du SOG.

— Comment vous reprocher des circonstances indépendantes de votre volonté ? avait demandé le psy.

Je me souviens de cette conversation. J'ai écouté ses foutaises, à la fois amusé et agacé par ses efforts pour m'aider. Finalement, je lui ai lancé :

— Avez-vous déjà tué quelqu'un, docteur ?

Comme il ne répondait pas, je suis sorti. J'ignore quel fut son diagnostic, mais je n'ai pas été libéré du SOG. C'est venu plus tard.

— Tu travailles encore avec ces gens-là ? demanda Midori.

— Disons que j'ai gardé des contacts.

— Pourquoi ? Pourquoi rester lié à une chose qui te donne des cauchemars ?

Je détournai les yeux vers la fenêtre. La lune diffusait un peu moins de lumière dans la chambre.

— Difficile à expliquer, dis-je doucement.

Ses cheveux luisaient dans la lumière pâle, telles les eaux d'un lac. J'y glissai une main et laissai retomber librement les mèches entre mes doigts.

— Quand je suis retourné aux États-Unis, une partie de ce j'avais fait au Vietnam m'a posé problème. Certains actes relèvent uniquement de la guerre mais te poursuivent encore par la suite. Après la guerre, j'ai découvert que je ne pouvais pas retourner à ma vie d'avant. Je voulais revenir en Asie parce que mes fantômes y étaient moins vivaces. C'était plus qu'une simple question géographique. En temps de guerre, mes actes avaient un sens. Ils étaient justifiés par la guerre. En temps de paix, j'étais incapable de vivre avec. J'en ai conclu que je devais rester en guerre.

Les yeux de Midori formaient deux étangs sombres.

— Tu ne peux pas rester éternellement en guerre, John.

— Un requin ne peut arrêter de nager, sinon il meurt, fis-je avec un sourire désabusé.

— Tu n'es pas un requin.

— J'ignore ce que je suis, répondis-je, cherchant à maîtriser les images passées et présentes qui se bousculaient dans ma tête.

Le silence s'installa. Je sentis une délicieuse torpeur m'envahir. J'allais regretter cette conversation, c'était évident. Mais dormir me semblait plus urgent. D'ailleurs, ce qui était fait était fait.

Ma douleur au dos vint troubler mon sommeil. Lors de mes brefs réveils, j'aurais douté de ce qui s'était passé si Midori n'avait été allongée près de moi. Puis je sombrais à nouveau dans le sommeil, pour lutter contre des fantômes plus personnels, plus terribles que ceux dont je pouvais lui parler.

DEUXIÈME PARTIE

Quand l'épée rencontre celle de l'ennemi, il ne faut pas hésiter, il faut attaquer avec toute la volonté dont le corps est capable.

Miyamoto MUSASHI

14

Le lendemain matin, au Las Chicas, je guettai l'arrivée de Franklin Bulfinch, installé dos au mur, mon poste d'observation favori.

C'était une journée fraîche et ensoleillée. Grâce à la lumière qui entrait par les fenêtres et à l'atmosphère très tendance dont se targuait l'établissement, j'étais à l'aise, caché derrière mes lunettes noires.

Midori était en sécurité au rayon musique du Spiral Building voisin, sur Aoyama-dori. Elle restait assez proche pour retrouver rapidement Bulfinch, au besoin, mais ne risquait rien si les choses tournaient mal. C'était elle qui avait appelé Bulfinch moins d'une heure auparavant pour fixer ce rendez-vous. Étant sans doute un vrai journaliste, il viendrait seul, mais autant ne pas lui accorder le temps de déployer des renforts, dans le cas contraire.

Lorsqu'il s'approcha du restaurant, je n'eus aucun mal à l'identifier. C'était l'homme élancé aux lunettes à monture métallique que j'avais aperçu dans le métro. Il marchait à longues enjambées, l'air assuré. Là encore, je fus frappé par la classe naturelle qu'il dégageait. Il portait un jean et des chaussures de sport, le tout rehaussé d'un blazer bleu. Il traversa le patio et entra dans la salle, s'arrêtant pour regarder de part et d'autre, en quête de Midori. Il me vit sans me reconnaître.

Bulfinch repartit en direction des toilettes, probablement pour inspecter la salle du fond. Je mis cette brève absence à profit pour observer la rue un peu plus longtemps. Quelqu'un avait suivi Bulfinch chez Alfie. Le journaliste était peut-être encore sous surveillance.

Une minute plus tard, quand il réapparut, la rue était toujours déserte.

— Monsieur Bulfinch…, dis-je tranquillement lorsque son regard se posa sur moi.

Il me dévisagea un instant avant de me répondre :

— Je vous connais ?

— Je suis un ami de Midori Kawamura. Elle m'a chargé de venir à sa place.

— Où est-elle ?

— Elle est actuellement en danger et doit se montrer prudente dans ses déplacements.

— Va-t-elle venir ?

— Cela dépend.

— De quoi ?

— De moi. Si j'estime qu'elle ne risque rien.

— Qui êtes-vous ?

— Je vous l'ai dit, un ami. Je m'intéresse à la même chose que vous.

— À savoir ?

— La disquette, répondis-je en le regardant dans les yeux.

— Quelle disquette ? fit-il après un silence.

Bien.

— Le jour de sa mort, dans le métro, il y a trois semaines, le père de Midori devait vous remettre une disquette. Comme il ne l'avait pas sur lui, vous avez suivi Midori après son concert chez Alfie, le vendredi suivant. Vous l'avez rencontrée chez Starbucks, sur Gaienhigashi-dori, près de l'Almond Café, à Roppongi. C'est là que vous lui avez parlé de la disquette car vous espériez qu'elle l'avait en sa possession. Vous n'avez pas voulu révéler à Midori ce qu'elle contenait, de peur de la compromettre. Mais vous l'aviez déjà compromise en venant chez Alfie, car vous étiez suivi. J'espère que ces précisions suffiront à vous prouver ma bonne foi.

Le journaliste ne semblait pas décidé à s'asseoir.

— Vous auriez pu apprendre tout ça sans que Midori vous le dise et combler les lacunes grâce à vos propres déductions, surtout si c'était vous qui me filiez.

— Et j'aurais imité sa voix au téléphone, il y a une heure ?

Il hésita puis vint enfin s'asseoir, le dos bien droit, les mains sur la table.

— Très bien. Que pouvez-vous me révéler ?

— J'allais vous poser la même question.

— Écoutez, je suis journaliste, j'écris des articles. Avez-vous des informations à me fournir ?

— J'ai besoin de savoir ce qu'il y a sur cette disquette.

— Vous ne cessez de parler d'une disquette…

— Monsieur Bulfinch, dis-je en me concentrant sur la rue, toujours déserte, les gens qui veulent cette disquette pensent que c'est Midori qui la détient et ils sont prêts à la tuer pour la récupérer. C'est sans doute en la rencontrant chez Alfie, alors que vous étiez vous-même surveillé, que vous l'avez mise dans ce pétrin. Alors cessons de tourner autour du pot.

Il ôta ses lunettes et soupira.

— Supposons qu'il y ait une disquette. Je ne vois pas en quoi cela aiderait Midori de savoir ce qu'elle contient.

— Vous êtes journaliste. Je suppose que vous aimeriez bien publier le contenu de cette hypothétique disquette.

— Vous supposez bien.

— Je suppose aussi que certaines personnes souhaitent éviter à tout prix cette publication.

— C'est une théorie valable.

— Très bien. C'est la menace d'une publication qui pousse ces gens à viser Midori. Une fois le contenu de la disquette publié, Midori ne risquera plus rien, si je ne me trompe ?

— Vos propos se tiennent.

— Alors il me semble que nous poursuivons le même but : nous voulons que le contenu de la disquette soit publié.

— Je comprends. Mais je ne parlerai de ceci en toute confiance que si je vois Midori.

Je réfléchis un instant.

— Vous avez un portable ? m'enquis-je.

— Oui.

— Faites voir.

Il prit un petit fliptop dans la poche gauche de son blazer.

— C'est bien. Rangez-le.

Je sortis un stylo et un bout de papier et me mis à rédiger mes instructions. Mon instinct me disait que le journaliste ne cachait pas de micro, mais nul n'est infaillible.

« Jusqu'à ce que je vous dise le contraire, je ne veux vous voir toucher à ce téléphone sous aucun prétexte, expliquais-je par écrit. Nous allons quitter le restaurant ensemble. En sortant, arrêtez-vous pour que je puisse vous palper, au cas où vous seriez armé. Ensuite, suivez mes instructions. À un moment donné, je vous demanderai de marcher devant moi. Puis je vous révélerai où nous allons. Si vous avez des questions à me poser, faites-le tout de suite par écrit. Sinon, contentez-vous de me rendre ce message. À partir de maintenant, ne prononcez plus un mot, à moins que je ne parle le premier. »

Je lui tendis le bout de papier. Il le prit d'une main tout en chaussant ses lunettes de l'autre. Sa lecture terminée, il repoussa le message vers moi en hochant la tête.

Je pliai la feuille et l'empochai avec le stylo. Puis je posai un billet de 1 000 yens sur la table pour régler mon café et fis signe au journaliste de partir.

Au moment de sortir, une brève palpation me confirma qu'il n'était pas armé. Dans la rue, je restai un peu en retrait, de biais. Au besoin, Bulfinch me servirait de bouclier humain. Je connaissais tous les bons emplacements du secteur pour une filature ou une embuscade. Je scrutai les alentours, en quête d'une personne incongrue, quelqu'un qui aurait suivi Bulfinch au restaurant avant de guetter sa sortie.

En marchant, je lui indiquais de tourner « à gauche » ou « à droite ». Nous gagnâmes ainsi le Spiral Building, où Midori nous attendait.

— Kawamura-san, dit le journaliste en s'inclinant. Merci de m'avoir appelé.

— Merci d'être venu à mon rendez-vous, répondit-elle. Je crains de n'avoir pas été tout à fait honnête avec vous le jour où nous avons pris un café ensemble. Je ne suis pas aussi ignorante des relations de mon père que je vous l'ai dit. Mais je ne sais rien de la disquette dont vous m'avez parlé, pas plus que ce que vous m'avez appris, en tout cas.

— Alors que puis-je faire pour vous ?

— Nous expliquer ce que contient cette disquette, intervins-je.

— Je ne vois pas en quoi cela vous serait utile.

— Je ne vois pas en quoi cela nous nuirait, répliquai-je. Actuellement, nous avançons à l'aveuglette. En joignant nos efforts, nous aurons davantage de chances de récupérer la disquette qu'en travaillant chacun de notre côté.

— Je vous en prie, monsieur Bulfinch, implora Midori. Il y a quelques jours, j'ai échappé de peu à une tentative de meurtre perpétrée par celui qui cherche cette disquette. J'ai besoin de votre aide.

Bulfinch fit la grimace. Son regard passa à plusieurs reprises de Midori à moi-même.

— Très bien, concéda-t-il enfin. Il y a deux mois, votre père m'a contacté. Il lisait mes articles dans *Forbes*. Il m'a expliqué qui il était en affirmant qu'il voulait m'aider. Le cas classique : quelqu'un qui veut faire des révélations à la presse.

— Cela correspond à peu près à l'époque du diagnostic, commenta Midori en se tournant vers moi.

— Pardon ? fit Bulfinch.

— Il avait un cancer du poumon. Il venait d'apprendre qu'il lui restait peu de temps à vivre, expliqua la jeune femme.

— Je vois, dit Bulfinch en hochant la tête. Je l'ignorais. Je suis désolé.

Midori inclina brièvement la tête.

— Continuez, je vous en prie.

— Au cours du mois suivant, j'ai rencontré votre père à plusieurs reprises, clandestinement. Il m'a longuement renseigné sur la corruption au sein du ministère du Bâtiment et son rôle d'intermédiaire entre le PLD et les *yakuzas*. Ces explications m'ont fourni un panorama précieux sur la nature et l'étendue de la corruption dans la société japonaise. Mais j'avais besoin d'une confirmation.

— Quelle confirmation ? demandai-je. Vous ne pouvez pas vous contenter de publier ces informations en les attribuant à une source haut placée du ministère ?

— D'ordinaire, si. Néanmoins, dans ce cas précis, deux problèmes se posaient. D'abord, le poste de Kawamura au ministère lui donnait un accès exclusif aux renseignements qu'il m'avait fournis. Divulguer ces informations revenait à imprimer son nom en toutes lettres.

— Et le second problème ? s'enquit Midori.

— L'impact. Nous avions déjà publié une dizaine d'articles sur le genre de corruption dans lequel trempait Kawamura. La presse japonaise refuse en bloc de les reprendre. Pourquoi ? Parce que les hommes politiques et les bureaucrates font passer des lois qui leur donnent tous les pouvoirs sur les entreprises nationales. Et ces entreprises fournissent plus de la moitié des revenus publicitaires des médias. Donc, si un journal publie un article défavorable sur un homme politique, celui-ci appelle ses contacts dans les entreprises concernées, lesquels retirent aussitôt leur budget publicitaire audit journal pour le confier à un journal concurrent.

« Envoyer un journaliste enquêter sur un sujet en dehors des *kisha*, les clubs de presse officiels subventionnés par le gouvernement, suffit à causer la fermeture d'un journal. Mais, si on joue le jeu, l'argent licite ou illicite continue d'affluer. Dans ces conditions, personne ne prend de risques. Tout le monde considère la vérité comme une maladie contagieuse. La presse japonaise est la plus docile du monde.

— Mais avec une preuve… ? fis-je.

— Une preuve tangible changerait tout. Les journaux seraient obligés de couvrir l'article, de peur de révéler qu'ils ne sont que des outils du gouvernement. Exposer les pièces maîtresses corrompues au grand jour le fragiliserait et rendrait la presse plus audacieuse. Nous pourrions déclencher un grand nettoyage qui mènerait à un changement radical de la politique japonaise.

— Vous surestimez peut-être le zèle des médias, objecta Midori.

— Pas du tout. Je connais bien certains d'entre eux. Ce sont de bons journalistes. Ils veulent publier. Mais ils sont aussi réalistes.

— Et cette preuve, repris-je, de quoi s'agit-il ?

— Je ne sais pas, au juste. Je sais seulement que c'est une preuve solide. Indiscutable.

— J'ai l'impression que c'est au Keisatsucho que devrait aller cette disquette, pas à la presse, intervint Midori.

— Ton père n'aurait pas survécu une journée s'il avait remis ces informations à la police, répondis-je à la place de Bulfinch.

— C'est vrai, approuva le journaliste. Votre père n'était pas le premier à essayer de dénoncer la corruption. Vous avez entendu parler de Tadayo Honma ?

Ah, oui. Honma-san. Une triste histoire.

— En 1998, quand la Nippon Credit Bank a fait faillite, relata Bulfinch, au moins trente-six milliards de dollars, probablement bien davantage, de son portefeuille de cent trente-trois milliards étaient de mauvais placements. Ces prêts étaient liés à la pègre, voire à des paiements illégaux à la Corée du Nord. Pour réparer les dégâts, un consortium de repreneurs a engagé le très respecté Tadayo Honma, ancien gouverneur de la Banque du Japon. Nommé président de la NCB au début septembre, il s'est efforcé de mettre en lumière l'étendue réelle de ces dettes et de comprendre où et pourquoi elles s'étaient développées au départ.

« Honma a tenu deux semaines. On l'a retrouvé pendu dans une chambre d'hôtel à Osaka. Il avait laissé des messages adressés à sa famille, à sa société et à divers proches. Son corps fut vite incinéré, sans autopsie. La police d'Osaka a conclu au suicide sans mener la moindre enquête.

« La mort d'Honma n'était pas un événement isolé. C'est le septième "suicide" parmi les Japonais de haut rang qui enquêtaient sur des irrégularités financières ou qui devaient témoigner sur ces malversations depuis 1997, quand ces dettes affectant les banques comme la Nippon Credit ont commencé à être dénoncées. Il y a eu aussi, entre autres, un député sur le point de parler de collectes de fonds, un autre gouverneur de la Banque du Japon qui supervisait des établissements financiers, un enquêteur de la commission de contrôle bancaire et le responsable du service des petites et moyennes institutions financières au ministère des Finances. Aucun de ces sept décès n'a donné lieu à une enquête pour homicide. Ceux qui détiennent le pouvoir dans ce pays ne le permettent pas.

Impassible, je songeai à Tatsu et à sa théorie de la conspiration.

— Des rumeurs circulent sur une organisation au sein des *yakuzas*, expliqua Bulfinch en ôtant ses lunettes pour en essuyer les verres sur sa chemise. Des spécialistes des "causes naturelles", qui rendent visite aux victimes, la nuit, dans leur chambre d'hôtel, les forcent à rédiger un testament sous la menace d'une arme, leur injectent des sédatifs, puis les étranglent de façon à maquiller le tout en suicide.

— Avez-vous trouvé des fondements à ces rumeurs ? m'enquis-je.

— Pas encore. Mais il n'y a pas de fumée sans feu. Et je vais vous dire une chose. Les problèmes des banques ont beau être graves, la situation est encore pire au ministère du Bâtiment. Le secteur du bâtiment est le premier employeur au Japon. Il nourrit un foyer japonais sur six. C'est de loin le plus important soutien du PLD. Si on veut prendre la corruption de ce pays à la racine, c'est par le bâtiment qu'il faut commencer. Votre père était un homme courageux, Midori.

— Je sais, répondit-elle.

Croyait-elle toujours que sa crise cardiaque était naturelle ? Soudain, j'eus un peu chaud.

— Je vous ai dit ce que je savais, conclut Bulfinch. À votre tour, maintenant.

Je l'observai à travers mes lunettes noires.

— D'après vous, pourquoi Kawamura serait-il venu à votre rendez-vous les mains vides ?

— Je ne vois aucune raison, répondit le journaliste après un silence.

— Ce matin-là, la remise de la disquette devait bien s'effectuer, n'est-ce pas ?

— Oui. Comme je l'ai dit, nous avions eu un certain nombre d'entretiens préalables. Ce jour-là, il devait en effet me remettre l'objet.

— Peut-être n'a-t-il pas eu accès à la disquette ? À moins qu'il n'ait pas pu télécharger les informations, que sais-je ?

— Non. La veille, il m'a dit au téléphone qu'il l'avait. Il n'avait plus qu'à me la remettre.

Une idée me vint. Je me tournai vers Midori :

— Où vivait ton père ?

Naturellement, je le savais, mais je ne pouvais le montrer.

— À Shibuya.

— Dans quel *chome* ?

On appelle ainsi les petites subdivisions des quartiers de Tokyo.

— San-chome.

— En haut de Dogenzaka, donc ? Au-dessus de la gare ?

— Oui.

Je m'adressai à Bulfinch :

— Où Kawamura a-t-il pris le métro, ce matin-là ?

— À la station du JR de Shibuya.

— J'ai une intuition, je vais la suivre. Si elle donne quelque chose, je vous appellerai.

— Attendez une minute..., commença-t-il.

— Je sais que ce n'est pas très rassurant, pour vous, admis-je, mais vous allez devoir me faire confiance. Je crois être en mesure de trouver cette disquette.

— Comment ?

— Je vous l'ai dit, j'ai une intuition, répondis-je en me dirigeant vers la porte.

— Attendez ! répéta-t-il. Je vous accompagne.

— Je travaille seul.

Il me prit par le bras et insista :

— Je vous accompagne.

Je baissai les yeux vers sa main. Au bout d'un moment, il me lâcha.

— Vous allez sortir, lui dis-je. Vous partirez en direction d'Omotesando-dori. Moi, je vais mettre Midori à l'abri et suivre mon idée. Je vous contacterai.

— Ne vous inquiétez pas, lui dit Midoni. Nous voulons la même chose que vous.

— Je n'ai guère le choix, concéda-t-il en posant sur moi un regard qui se voulait réprobateur.

Mais je vis ce qu'il pensait vraiment.

— Monsieur Bulfinch, repris-je à voix basse, ne cherchez pas à me suivre, je vous repérerais aussitôt. Et ma réaction risque de ne pas être très agréable.

— Je peux peut-être vous aider…

— Rappelez-vous, fis-je en désignant la rue : la direction d'Omotesando-dori. Je vous contacterai bientôt.

— Vous avez intérêt !

Je devais l'admettre, ce type avait des tripes.

Enfin, il adressa un signe de tête à Midori et franchit les portes vitrées du Spiral Building.

— Quelle est cette intuition ? me demanda Midori.

— Je te le dirai plus tard, répondis-je en suivant des yeux le journaliste. Il faut agir maintenant, avant qu'il puisse revenir sur ses pas pour filer l'un de nous. Allons-y.

Nous hélâmes aussitôt un taxi en direction de Shibuya. Bulfinch marchait toujours dans l'autre sens.

À la station du JR de Shibuya, nous descendîmes. Midori retourna à l'hôtel. Je remontai Dogenzaka, là où Harry et moi avions suivi Kawamura, le jour de sa mort, qui me semblait si loin. Si mon idée était juste, Kawamura avait jeté la disquette quelque part. Je pensai à lui, à son comportement, à ce qui avait dû se passer dans sa tête.

Plus que tout, il a peur. C'est le grand jour. Il a la preuve qui va mettre le feu aux poudres. Elle est là, dans sa poche. Petite, légère comme une plume, certes, et il ressent intensément sa présence. Il sait que cet objet lui coûtera les quelques jours de vie qui lui restent s'il se fait surprendre en sa possession. Dans moins d'une heure, il va retrouver Bulfinch et se débarrasser du maudit objet.

Et si j'étais suivi, en ce moment ? doit-il se demander. Il regarde par-dessus son épaule. Il s'arrête pour allumer une cigarette, se retourne, scrute la rue.

Derrière lui, une personne lui semble suspecte. Pourquoi pas ? Quand on a peur, le monde entier devient menaçant. Un arbre ressemble à un soldat de l'armée nord-vietnamienne, un passant en costume ressemble à un tueur du gouvernement qui va glisser la main dans sa poche, prendre la disquette, lever un pistolet vers lui, un sourire aux lèvres.

Débarrasse-toi de cette maudite disquette. Laisse Bulfinch la récupérer tout seul. N'importe où... Tiens, Higashimura, le magasin de primeurs, fera l'affaire.

Devant la petite porte du magasin, j'examinai l'enseigne. C'était là que Kawamura était entré, ce matin-là. Si la disquette n'y était pas, elle pouvait se trouver n'importe où. Mais si Kawamura s'en était débarrassé en se rendant à son rendez-vous avec Bulfinch, c'était ici.

J'entrai. Le patron, un petit homme au regard abattu et au teint cireux de gros fumeur, me gratifia d'un *irrashaimase* las, avant de se replonger dans la lecture de son manga. La boutique était exiguë, rectangulaire. Pas un recoin n'échappait à la vue du patron. Kawamura n'avait pu glisser la disquette que dans un endroit où les clients avaient accès. Il avait dû agir vite. De toute façon, la disquette n'y resterait cachée qu'environ une heure. Il n'était pas nécessaire de trouver un lieu extrêmement sûr.

Ce qui signifiait que la disquette avait sans doute déjà disparu. Mais je n'avais pas d'autre piste. Cela valait la peine d'essayer.

Des pommes. J'avais vu une pomme rouler au moment où les portières du métro se refermaient.

Dans un coin, au fond du magasin, des superbes pommes Fuji bien astiquées étaient disposées dans leur écrin de Polystyrène. Kawamura avait pu s'y rendre d'un pas nonchalant, tâtonner la marchandise et glisser la disquette au milieu des fruits.

La corbeille était peu profonde. Il me fut facile de chercher en déplaçant les fruits, comme si je sélectionnais la pomme idéale.

Pas de disquette. Merde.

Je répétai l'exercice avec les poires voisines, puis les mandarines. Rien.

Nom de Dieu. C'était pourtant une bonne idée. J'étais sûr de mon coup.

J'allais devoir acheter quelque chose pour donner le change. De toute évidence, j'étais un client exigeant et je cherchais un produit particulier.

— Pourriez-vous me confectionner une corbeille de fruits ? demandai-je au commerçant. Avec cinq ou six pièces, dont un petit melon cantaloup.

— Tout de suite, répondit-il avec un vague sourire.

Tandis qu'il s'affairait avec soin, je repris mes recherches. Durant les cinq minutes qu'il mit à me donner satisfaction, je passai au crible les moindres recoins du magasin, en vain.

Ayant terminé, il sortit un ruban moiré vert qu'il enroula autour de la boîte avant de former un nœud simple, du plus bel effet. Midori l'apprécierait peut-être.

Je lui tendis plusieurs billets. *À quoi t'attendais-tu ? Kawamura n'a pas eu le temps de bien la cacher. Même s'il l'avait laissée ici, quelqu'un l'aurait trouvée.*

Quelqu'un l'aurait trouvée.

Le commerçant comptait mon argent avec la même méticulosité qu'il avait composé ma corbeille de fruits. C'était un homme soigneux, méthodique.

— Excusez-moi, lui dis-je, je sais qu'il y a peu de chances que vous puissiez me répondre, mais un ami a perdu une disquette ici, il y a un peu plus d'une semaine. Il m'a demandé de passer voir si quelqu'un l'avait trouvée. J'hésite à vous en parler, c'est tellement improbable, mais…

— Attendez, grommela-t-il en s'agenouillant derrière son comptoir.

Il se redressa en brandissant le précieux objet.

— Je me demandais si quelqu'un viendrait me réclamer ça, déclara-t-il en essuyant lentement la disquette sur son tablier avant de me la tendre.

— Merci, dis-je, pas étonné le moins du monde. Mon ami sera ravi.

— Tant mieux, conclut-il.

Puis ses yeux se voilèrent de nouveau.

15

Aux premières lueurs du jour, Shibuya ressemble à un géant endormi après une soirée bien arrosée. On y sent encore la gaieté ambiante, les rires insouciants de la veille, qui résonnent dans les silences et les recoins des ruelles sinueuses. Les voix avinées des adeptes du karaoké, le boniment des rabatteurs de boîtes de nuit, les murmures des amants bras dessus bras dessous, tous se sont tus. Bizarrement, l'espace de quelques heures évanescentes dans l'aube paisible, leurs ombres s'attardent toutefois, tels des fantômes refusant de croire que le jour se lève, que la fête est finie.

En compagnie de ces fantômes, je parcourus une suite de ruelles plus ou moins parallèles à Meijidori, l'artère principale qui relie Shibuya à Aoyama. Je m'étais levé tôt, me glissant hors du lit aussi discrètement que possible pour ne pas déranger Midori. Elle s'était réveillée quand même.

Muni de la disquette, je m'étais rendu à Akihabara, la Mecque de l'électronique à Tokyo. Dans l'un des énormes centres d'informatique du quartier, j'avais essayé de l'ouvrir sur un PC. Pas moyen : elle était cryptée.

J'avais donc besoin de l'aide de Harry. Cette perspective me dérangeait un peu. Bulfinch m'avait révélé que la disquette renfermait des preuves contre un ou plusieurs tueurs spécialisés dans les morts apparemment naturelles. Je risquais d'être impliqué.

J'appelai Harry d'une cabine de Nogizaka. À sa voix, je compris que je le réveillais, mais en m'entendant parler de travaux à Kokaigijidomae, notre code indiquant l'urgence d'une rencontre immédiate, il se mit en alerte. Toujours au moyen de notre code habituel, je lui donnai rendez-vous au café Doutor, sur Imoaraizaka, à Roppongi, près de chez lui. Il y serait rapidement.

À mon arrivée, vingt minutes plus tard, il était déjà installé à une table du fond, en train de lire un journal. Il avait les cheveux plaqués d'un seul côté, la mine pâle.

— Désolé de t'avoir tiré du lit, dis-je en m'asseyant en face de lui.

— Qu'est-ce que tu as au visage ?

— Et encore, tu n'as pas vu l'autre type… Commandons un petit déjeuner.

— Je me contenterai d'un café.

— Tu ne veux pas des œufs ?

— Non. Un café, ça ira.

— On dirait que la nuit a été dure, commentai-je, imaginant ce que cela pouvait signifier pour Harry.

Il me dévisagea.

— Tu m'inquiètes, avec tes banalités. Je sais que tu n'aurais pas utilisé le code d'urgence si ce n'était pas grave.

— Sinon, tu ne me pardonnerais pas de t'avoir réveillé.

Nous commandâmes du café et un petit déjeuner. Je relatai à Harry les événements survenus depuis notre dernière entrevue, de ma rencontre avec Midori jusqu'à l'agression devant chez elle, puis chez moi, ma conversation avec Bulfinch et la disquette. Je me gardai d'évoquer la nuit précédente. Je précisai simplement que nous avions trouvé refuge dans un *love hotel*.

Face à son air affolé, je me rendis compte que je lui faisais confiance, et pas seulement parce que, sur le plan opérationnel, il n'avait aucun moyen de me nuire.

— J'aurais besoin de ton aide pour résoudre un petit problème, commençai-je. Mais… D'abord, il faut que je t'explique les circonstances de manière assez approfondie. Si ça te gêne, tu n'as qu'à me le dire.

Il rougit légèrement. Cela signifiait beaucoup pour lui que je lui demande un service, que j'aie besoin de son aide.

Je lui parlai de Holtzer et Benny, du lien avec la CIA.

— Dommage que tu ne m'en aies pas parlé plus tôt, déclara-t-il quand j'eus terminé. J'aurais pu t'être utile.

— Oui. Bon, travaillons sur la question. D'abord, Holtzer.

— Dis-moi comment tu l'as rencontré.

— Je l'ai connu au Vietnam. Il était avec l'Agence, à l'époque, attaché au SOG, un groupe d'opérations spéciales conjoint à l'Agence et à l'armée. Il a des couilles, je dois l'admettre. Il n'avait pas peur d'aller sur le terrain, au contraire de certains planqués à qui j'ai eu affaire là-bas. C'est cette qualité qui m'a plu lors de notre rencontre. Mais même à l'époque, il ne songeait qu'à sa carrière. La première fois qu'on s'est frittés, c'était après une opération de l'ARVN, l'Armée républicaine du Vietnam du Sud, dans la zone militaire trois. L'ARVN avait attaqué au mortier une supposée base viêt-cong à Tay Ninh, sur un renseignement provenant d'une source de Holtzer. Nous devions dénombrer les victimes. C'était une façon de vérifier le bien-fondé du renseignement. L'ARVN avait vraiment pilonné les lieux. Les corps étaient difficiles à identifier. Il y en avait des morceaux un peu partout. Mais on n'a découvert aucune arme. J'ai indiqué à Holtzer qu'il ne semblait pas y avoir eu d'activité viêt-cong. Je lui ai dit : "Allons, il n'y a pas une arme, ta source a raconté des conneries." Il a répondu que non, qu'il devait y avoir environ vingt-cinq ennemis de tués.

« De retour à la base, il a rédigé un rapport et m'a demandé de le contresigner. Je l'ai envoyé balader. La discussion s'est envenimée et j'ai fini par lui en coller une. Sous les yeux des officiers présents, comme l'espérait Holtzer. À mon avis, il n'avait pas prévu la rhinoplastie dont il a eu besoin ensuite. À l'époque, on était pointilleux sur les relations entre les forces spéciales et la CIA. Holtzer savait faire fonctionner la bureaucratie. Il a prétendu que j'avais refusé de contresigner son rapport à cause d'une animosité personnelle contre lui. Je me demande combien d'autres opérations de destruction ont eu lieu sur un renseignement de sa pseudo-source.

Je bus une gorgée de café.

— Ensuite, il m'a causé un tas d'ennuis. C'est le genre de type qui sait glisser deux mots à l'oreille de la bonne personne. Moi, je n'ai jamais été très doué pour ce petit jeu-là. Quand je suis revenu de la guerre, je me suis retrouvé sous une sorte de nuage noir, et j'ai toujours su que Holtzer était derrière, même si je ne l'ai jamais pris en flagrant délit.

— Tu ne m'as jamais parlé de ce qui s'était passé aux États-Unis après la guerre, remarqua Harry au bout d'un moment. C'est pour cette raison que tu es parti ?

— Entre autres.

La sécheresse de mon ton devait lui indiquer que je ne souhaitais pas développer. Il comprit.

— Et Benny ? s'enquit-il.

— Tout ce que je sais de lui, c'est qu'il est lié au PLD. Un larbin, mais à qui on confiait des courses importantes. Apparemment, c'était aussi une taupe de la CIA.

Ce terme de taupe me laissait un goût amer dans la bouche. C'est l'un des mots les plus répugnants que je connaisse.

Pendant six ans, les opérations du SOG au Laos, au Cambodge et dans le Nord-Vietnam ont été compromises par une taupe. De temps à autre, une équipe était introduite avec succès, mais elle se faisait ramasser en quelques minutes par les patrouilles nord-vietnamiennes. Certaines de ces missions étaient des pièges mortels. Des sections entières du SOG étaient anéanties. D'autres fonctionnaient. La taupe avait donc un accès limité aux informations. Si un enquêteur avait pu comparer les dates et l'accès aux informations, il aurait vite pu réduire la liste de suspects.

Cependant, le MACV, le commandement d'assistance militaire américain au Vietnam, a refusé de mener une enquête, pour ne pas heurter les sensibilités. On avait peur d'insulter le gouvernement sud-vietnamien en suggérant qu'un de ses ressortissants attaché au MACV se montrait indélicat. Pire, le SOG a reçu l'ordre de continuer à partager les informations avec l'ARVN. On a essayé de contourner les ordres en fournissant à nos correspondants vietnamiens de fausses coordonnées d'insertion, mais le MACV l'a appris et nous l'a fait payer.

En 1972, un caporal-chef de l'ARVN a été démasqué comme traître, mais ce sous-fifre ne pouvait être à lui seul à l'origine des dégâts commis pendant toutes ces années. La vraie taupe n'a jamais été démasquée.

Je sortis les téléphones portables de Benny et du kendoka et les tendis à Harry.

— J'ai deux choses à te demander : d'abord, vérifier les numéros appelés. Ils doivent être sauvegardés.

Je lui précisai quel appareil avait appartenu à chacun des deux hommes.

— Vois si des numéros sont programmés et essaie de les identifier. Je veux savoir à qui parlaient ces types, en quoi ils étaient liés l'un avec l'autre et avec l'Agence.

— Tu auras les résultats d'ici ce soir.

— Bien. À présent, la suite. (Je posai la disquette sur la table.) Tout le monde recherche cette disquette. Selon Bulfinch, elle contient des détails sur la corruption au PLD et au ministère du Bâtiment, de quoi faire tomber le gouvernement.

Il s'empara de la disquette et l'observa à la lumière.

— Pourquoi une disquette ?

— J'allais te poser la même question.

— Aucune idée. Il aurait été plus facile de diffuser ces renseignements sur le Net. C'est peut-être une histoire de protection contre les copies. Je vérifierai.

Il glissa l'objet dans sa veste.

— Tu crois que c'est comme ça qu'ils ont su qu'on était sur Kawamura ? demandai-je.

— Que veux-tu dire ?

— C'est peut-être comme ça qu'ils ont appris qu'il possédait cette disquette.

— Peut-être. Il existe des moyens de savoir si une copie a été effectuée.

— En plus, elle est cryptée. J'ai essayé de la lire, en pure perte. Pourquoi Kawamura l'aurait-il cryptée ?

— Je doute qu'il l'ait fait. Il n'était probablement pas censé y avoir accès. Quelqu'un d'autre l'aura cryptée, celui qui la lui a remise.

C'était logique, mais je ne comprenais toujours pas pourquoi Benny m'avait confié la mission d'éliminer Kawamura quelques semaines plus tôt.

Ils devaient avoir un autre moyen de savoir qu'il avait parlé à Bulfinch. Une écoute téléphonique, peut-être.

— D'accord, dis-je. Envoie-moi un message quand tu auras terminé. On se verra ici. Indique-moi simplement l'heure qui te convient. Utilise le code habituel.

Il se leva.

— Harry, ne joue pas les fanfarons. Il y en a qui sont prêts à tuer pour récupérer cette disquette.

— Je serai prudent, assura-t-il.

— La prudence ne suffit pas. Sois parano. Ne fais confiance à personne.

— Presque personne, répondit-il avec un pincement de lèvres un peu exaspéré qui aurait pu être un sourire.

— Personne, insistai-je en songeant à Crazy Jake.

Après son départ, j'appelai Midori d'une cabine. Ce matin-là, nous avions changé d'hôtel. Elle décrocha dès la première sonnerie.

— Je voulais juste vérifier que tout allait bien, lui dis-je.

— Ton ami peut nous aider ?

Je lui avais conseillé de surveiller ses propos au téléphone, aussi choisissait-elle ses mots.

— Il va essayer.

— Quand reviens-tu ?

— Je suis en route.

— Apporte-moi de la lecture. Un roman, des revues. J'aurais dû y penser quand je suis sortie acheter des provisions. Il n'y a rien à faire dans cette chambre et je m'ennuie à mourir.

— Je m'arrêterai en chemin. À tout de suite.

Midori semblait moins tendue que lorsque je lui avais annoncé que j'avais la disquette. Elle avait voulu savoir comment, mais je ne tenais pas à le lui révéler. Et pour cause.

— J'ai été engagé par des gens qui la veulent, lui avouai-je enfin. J'ignorais ce qu'il y avait dessus, à l'époque. Et j'ignorais jusqu'où ils iraient pour la récupérer.

— Qui est-ce ? avait-elle insisté.

— Peu importe. Tout ce que tu as à savoir, c'est que je m'efforce de faire partie de la solution, maintenant, d'accord ? Écoute, si je voulais donner la disquette à ces gens qui m'ont payé pour la retrouver, je ne serais pas en train d'en discuter avec toi en ce moment. C'est tout ce que j'ai à dire.

Ne connaissant pas mon univers, elle n'avait aucune raison de douter de l'origine de la crise cardiaque de son père. S'il s'était agi d'autre chose, une balle, voire une mauvaise chute, elle m'aurait soupçonné.

Je me dirigeai vers Suidobashi, où j'effectuai une vérification en prenant le JR vers Shinjuku. Je changeai à Yoyogi et observai les voyageurs qui descendaient en même temps que moi puis j'attendis sur le quai après le départ de la rame. Je laissai passer deux trains avant de remonter. Je descendis à l'arrêt suivant et sortis à l'extrémité est de la gare de Shinjuku, vétuste et grouillante, au contraire de la partie ouest, aseptisée et occupée par le gouvernement. Je portais toujours mes lunettes de soleil pour dissimuler mon œil au beurre noir. Mes verres teintés conféraient à la foule un air un peu fantomatique. Je me laissai entraîner par le flot humain dans le labyrinthe d'une galerie commerciale souterraine jusqu'au Virgin Megastore, après quoi je me frayai un chemin jusqu'au grand magasin Isetan, où j'achetai pour Midori une écharpe de cachemire bleu marine et des lunettes de soleil circulaires qui modifieraient la forme de son visage. Je réglai les deux articles à deux caisses différentes pour ne pas avoir l'air de faire l'acquisition d'une tenue de camouflage.

Enfin, je m'arrêtai à Kinokuniya, à une cinquantaine de mètres, choisis quelques revues et un roman dans le rayon best-sellers.

Je patientais à la caisse, en regardant qui arrivait de l'escalier et de l'escalier roulant, quand mon pager se mit à vibrer. Je m'attendais à reconnaître le code de Harry. L'écran affichait un numéro à huit chiffres avec l'indicatif de Tokyo.

Je réglai mes achats et montai au premier étage pour me rendre dans une cabine téléphonique, près de Shinjuku-dori. Je glissai une pièce de cent yens et composai le numéro.

Quelqu'un décrocha.

— John Rain, fit une voix.

Je ne répondis pas tout de suite. La voix répéta mon nom.

— Vous devez vous tromper de numéro, dis-je.

Il y eut un silence.

— Je m'appelle Lincoln.

— Charmant…

— Le chef veut vous rencontrer.

Je compris alors que mon interlocuteur travaillait pour l'Agence et que le chef n'était autre que

Holtzer. J'attendis pour voir si Lincoln allait ajouter quelque chose, mais il n'en fit rien.

— Vous plaisantez, déclarai-je.

— Non. Il y a eu erreur et il tient à s'expliquer. À vous de choisir l'heure et le lieu.

— Non.

— Il faut que vous écoutiez ce qu'il a à vous dire. Les choses ne sont pas telles que vous le croyez.

— Alors il va devoir me rencontrer tout de suite.

— Impossible. Il ne sera pas disponible avant ce soir au plus tôt.

— Il pourrait être en pleine opération à cœur ouvert, je m'en moque. Vous allez lui dire ceci, Abraham : s'il veut me voir, je l'attendrai à Shinjuku dans vingt minutes. Une seule minute de retard et je serai parti.

Un long silence s'installa, puis il reprit :

— Où, à Shinjuku ?

— Dites-lui d'emprunter la sortie est de la station du JR, vers l'enseigne Studio Alta. Et s'il porte autre chose qu'un pantalon, des chaussures et une chemise à manches courtes, il ne me verra pas, d'accord ?

Je voulais autant que possible éviter que Holtzer cache une arme sur lui.

— Je comprends.

— Vingt minutes, pas plus, répétai-je en raccrochant.

Il y avait deux solutions : soit Holtzer avait quelque chose de légitime à me dire, ce qui était peu probable, soit il me cherchait pour finir le travail.

Je devais m'attendre à être pris en photo. Même si nous nous déplacions, le risque demeurait présent. *Qu'importe ! Ils savent où tu habites. Ces salauds ont sans doute tout un album de portraits de toi. Tu n'as plus d'anonymat à protéger, désormais.*

Je traversai vers Shinjuku-dori et gagnai le bâtiment de Studio Alta, devant lequel attendaient plusieurs taxis. Je me dirigeai vers l'un des chauffeurs, un jeune type susceptible d'accepter une course un peu spéciale moyennant un prix raisonnable. Je lui expliquai qu'il devrait prendre un passager qui allait arriver par la sortie est dans un quart d'heure ou vingt minutes, un *gaijin* vêtu d'un tee-shirt.

— Demandez-lui s'il est le chef, ajoutai-je en lui tendant un billet de 10 000 yens. S'il répond oui, vous le conduirez sur Shinjuku-dori, vous tournerez à gauche sur Meiji-dori, puis encore à gauche vers Yasukuni-dori. Attendez-moi du côté nord de Yasukuni-dori devant la banque Daiwa. J'arriverai juste après vous.

Je sortis un autre billet de 10 000 yens et le déchirai en deux. J'en remis une moitié au chauffeur en lui promettant l'autre quand il me récupérerait. Il s'inclina en signe d'acceptation.

— Vous avez une carte ? lui demandai-je.

— Oui, répondit-il en m'en tendant une.

Je le remerciai et gagnai l'arrière du bâtiment de Studio Alta. Je montai au cinquième étage par l'escalier. L'endroit m'offrait une bonne vue sur la sortie est. Je consultai ma montre : encore quatorze minutes. Je notai une adresse à Ikebukuro au dos de la carte et la glissai dans ma poche de poitrine.

Holtzer arriva avec une minute d'avance. Je le vis déboucher de la sortie est puis se diriger lentement vers l'enseigne Studio Alta. Même de loin, je reconnus ses lèvres charnues, son nez proéminent que, l'espace d'un instant délicieux, je me rappelai avoir brisé. Il avait toujours des cheveux, même s'ils étaient maintenant d'un gris acier au lieu du blond filasse que j'avais connu. À sa carrure, je devinai qu'il se maintenait dans une bonne condition physique. Avec sa chemise à manches courtes, il semblait avoir froid. Tant pis pour lui.

Je vis le chauffeur de taxi s'approcher et lui parler. Holtzer hocha la tête et le suivit jusqu'au taxi, en regardant dans tous les sens. Avant de monter, il scruta le véhicule d'un air soupçonneux, puis ils démarrèrent sur Shinjuku-dori.

Je n'avais pas accordé aux hommes de Holtzer le temps d'envoyer dans le secteur une voiture ou tout autre moyen de filature motorisé. Pour l'instant, tout allait bien.

Je descendis les marches quatre à quatre puis traversai Yasukuni-dori vers la banque Daiwa, où j'arrivai en même temps que le taxi. Je gagnai le côté passager, observant les mains de Holtzer. La portière s'ouvrit. Holtzer se pencha vers moi.

— John…, commença-t-il de sa voix rassurante.

— Tes mains, Holtzer, coupai-je. Fais voir tes mains ! Mains en l'air, paumes en avant.

Je ne pensais pas vraiment qu'il tenterait de me tirer dessus, mais je ne voulais pas lui en laisser l'occasion non plus.

— Je devrais te demander la même chose.

— Exécution !

Il hésita, se redressa et leva les mains.

— À présent, les mains croisées derrière la tête. Retourne-toi et regarde par la fenêtre.

— Écoute, Rain..., dit-il.

— Obéis. Sinon je pars.

Il me fusilla du regard puis s'exécuta.

Je me glissai près de lui et remis la carte de visite au chauffeur avec l'adresse, en lui ordonnant de nous conduire à l'endroit indiqué. Notre destination n'avait aucune importance. Je voulais simplement ne rien dire à voix haute. J'immobilisai les doigts croisés de Holtzer de ma main gauche, le temps de le palper de la main droite. Au bout d'une minute, je m'écartai, satisfait. Il ne portait pas d'arme. Mais ce n'était pas mon seul souci.

— Tu es content, maintenant ? interrogea-t-il. Je peux savoir où nous allons ?

— Tu as un micro ? questionnai-je en le regardant droit dans les yeux.

Il ne répondit pas. Où se trouvait le micro ? Je n'avais rien senti sous sa chemise.

— Enlève ta ceinture.

— Pas question, Rain. Tu vas trop loin.

— Enlève-la. Je ne plaisante pas. Je ne vais pas tarder à me demander si le meilleur moyen de résoudre tous mes problèmes ne serait pas de te rompre le cou tout de suite.

— Essaie donc.

— *Sayonara*, enfoiré. (Je me penchai vers le chauffeur :) Arrêtez-vous ici.

— D'accord, d'accord, tu as gagné, concéda-t-il, levant les mains en signe de reddition. Il y a un émetteur dans ma ceinture. Simple précaution, après le regrettable accident de Benny.

Était-il en train de me dire de ne pas m'inquiéter, que Benny n'avait aucune importance ?

— Désolé, continuez, dis-je au chauffeur. Tu as toujours autant de considération pour tes hommes, Holtzer. Ça fait plaisir à voir. Donne-moi ta ceinture.

— Benny n'était pas un de mes hommes. Il nous a entubés tout comme il a cherché à t'entuber.

Holtzer ôta sa ceinture et me la tendit. Je découvris effectivement un micro minuscule sous la boucle.

— Où est la batterie ?

— C'est la boucle. Du nickel-hybride.

Je hochai la tête, impressionné.

— Tes hommes font du bon boulot.

J'abaissai la vitre et jetai la ceinture dans la rue. Holtzer bondit par la rattraper, une seconde trop tard.

— Nom de Dieu, Rain, tu n'avais pas à faire ça ! Il te suffisait de l'éteindre.

— Fais voir tes chaussures.

— Pas question si tu as l'intention de les balancer par la fenêtre.

— Uniquement si elles renferment un micro. Enlève-les.

Il obéit. C'étaient des mocassins noirs en cuir souple, à semelle en caoutchouc. Pas de place pour un micro. L'intérieur était chaud et humide de transpiration, ce qui indiquait qu'il les portait depuis un certain temps. Je sentis l'empreinte de ses orteils. De toute évidence, les types du labo n'avaient pas pu les bricoler. Je les lui rendis.

— Dis-moi ce que tu as à me dire, repris-je. Je n'ai pas beaucoup de temps.

Il soupira.

— L'incident qui s'est déroulé devant chez toi était une regrettable erreur. Cela n'aurait jamais dû se produire et je tiens à m'en excuser personnellement.

C'était écœurant comme il pouvait sembler sincère.

— Je t'écoute.

— Je suis dans une situation délicate, Rain, fit-il à voix basse. Ce que je vais te révéler est classé…

— Il vaut mieux. Si tu voulais m'apprendre ce que je peux lire dans les journaux, tu me ferais perdre mon temps.

— Depuis cinq ans, nous travaillons avec un informateur au sein du gouvernement japonais. Un homme de l'intérieur qui a ses entrées partout. Quelqu'un qui sait où sont enterrés tous les cadavres. Et je ne parle pas uniquement au sens figuré.

Il espérait une réaction de ma part ; je restai de marbre. Alors il poursuivit :

— Au fil du temps, nous en avons obtenu de plus en plus de lui, mais jamais rien qui aille au-delà des limites. Jamais rien qui puisse nous servir de moyen d'influence. Tu me suis ?

J'opinai du chef. Dans ce milieu, influence signifie chantage.

— Il fait sa sainte nitouche. Il dit toujours non. On l'a travaillé au corps en allant toujours un peu plus loin. Enfin, il y a six mois, la nature de ses refus a changé. Au lieu de "non, je ne ferai pas ça", il a commencé à dire : "Non, c'est trop risqué, je serais en danger." Tu vois le genre. Des objections d'ordre concret.

Je voyais le genre. Tout bon vendeur, négociateur ou agent de renseignement adore les objections pratiques. Elles dénotent un glissement du refus de principe à un refus concret.

— On a mis cinq mois supplémentaires à l'avoir. On allait lui verser une somme en espèces assez conséquente pour qu'il n'ait plus à s'inquiéter de l'avenir, sans oublier une indemnité annuelle. De faux papiers, une installation dans un paradis tropical où il se fondrait dans le paysage : l'équivalent d'une protection de témoin, mais version grand luxe. En échange, il devait nous fournir des renseignements sur le PLD : dessous-de-table, pots-de-vin, liens avec les *yakuzas*, assassinat des dénonciateurs. Et je te parle de preuves solides : écoutes téléphoniques, conversations enregistrées, photos.

— Que comptiez-vous faire de tout ça ?

— D'après toi ? Avec ce type de renseignement, le gouvernement américain tenait le PLD par les couilles. On aurait eu toute la politique japonaise dans la poche. Plus jamais de reproches sur les bases militaires d'Okinawa ou Atsugi. On aurait pu exporter autant de riz, de semi-conducteurs ou de voitures qu'on voulait ! Ici, c'est le PLD qui a le pouvoir. Nous aurions été le pouvoir derrière le pouvoir. Le Japon aurait été la pute de l'oncle Sam pendant le siècle à venir.

— J'en conclus au ton de ta voix que l'oncle Sam a subi une déception amoureuse.

Il esquissa un sourire plein de sarcasme.

— Pas une déception. Un simple contretemps. Nous obtiendrons quand même satisfaction.

— Quel était ton lien avec Benny ?

— Pauvre Benny ! C'était un excellent informateur sur les magouilles du PLD. Il connaissait les protagonistes mais n'avait pas accès à toutes les données, tu vois ce que je veux dire ? C'est notre agent qui y avait accès.

— Pourtant tu as envoyé Benny chez moi.

— Oui. Seul, pour t'interroger.

— Comment as-tu appris ce qui lui était arrivé ?

— Allons, Rain, ce type a eu le cou brisé net devant chez toi. Qui d'autre aurait pu faire ça ? Une de tes voisines retraitées ? De plus, il avait un micro. C'est la procédure normale dans ces cas-là. Alors on a tout entendu. Il m'a critiqué, ce petit salaud.

— Et l'autre type ?

— On ne sait rien de lui, à part qu'on l'a retrouvé mort à cent mètres de la dépouille de Benny.

— Benny m'a dit qu'il était du Boeicho Boeikyoku et que tu avais assuré la liaison.

— C'est vrai que j'assurais la liaison avec le Boeicho Boeikyoku. Mais il a dit des conneries en affirmant que je connaissais son ami. De toute façon, tu dois te douter qu'on a effectué des recherches. Le copain de Benny ne faisait pas partie des renseignements japonais. Quand Benny l'a emmené chez toi, il était en mission privée. Payé par quelqu'un d'autre. Tu sais bien qu'on ne peut pas faire confiance à ces taupes. Souviens-toi des problèmes qu'on avait avec nos homologues de l'ARVN au Vietnam.

Dans le rétroviseur, le chauffeur nous observait d'un air soupçonneux. Les chances qu'il comprenne notre conversation en anglais étaient quasiment nulles, mais il sentait que quelque chose clochait et ce malaise le troublait.

— S'ils prennent ton argent, ils prennent celui de n'importe qui, reprit-il. Je vais te dire : Benny ne me manquera pas. Quand on se fait arroser des deux côtés et que quelqu'un s'en rend compte, on ne récolte que ce qu'on mérite.

— C'est vrai, admis-je.

— Mais laisse-moi finir à propos de cette source. Il y a trois semaines, il est en route pour livrer des renseignements contenus dans une disquette. Il transporte les bijoux de la Couronne. Eh bien, tu ne vas pas le croire, figure-toi qu'il meurt d'une crise cardiaque dans le métro. On a envoyé des hommes à l'hôpital, mais la disquette avait disparu.

— Comment peux-tu avoir la certitude qu'il avait la disquette au moment de sa mort ?

— Oh, on en est sûrs, Rain ! On a nos méthodes, tu le sais bien. Mais la disparition de la disquette n'est pas le plus beau. Tu veux entendre le meilleur de l'histoire ?

— Je brûle d'impatience.

Il se pencha vers moi, affichant son rictus grotesque.

— Le plus beau, c'est qu'il n'a pas vraiment eu de crise cardiaque… Il s'est fait descendre, ce salaud. Par quelqu'un qui sait se débrouiller pour qu'une mort semble naturelle.

— Tout cela me paraît un peu tiré par les cheveux, Holtzer.

— N'est-ce pas ? Surtout que très peu de gens au monde, encore moins au Japon, en sont capables. Le seul que je connaisse, c'est toi.

— C'est pour ça que tu voulais me voir ? Pour sous-entendre que je suis mêlé à ces conneries ?

— Allons, assez tourné autour du pot. Je sais parfaitement ce que tu fabriques.

— Je ne te suis pas.

— Ah bon ? Alors j'ai une nouvelle à t'annoncer : depuis dix ans, tu as exécuté la moitié de tes contrats pour nous.

Comment ?

Il se pencha encore et murmura les noms de divers politiciens, banquiers, fonctionnaires en vue ayant connu une fin précoce mais naturelle. Tous à cause de moi.

— Tu as pu lire ces noms dans les journaux, répondis-je, mais je savais que ce n'était pas tout.

Il précisa les détails du système de messagerie que j'utilisais avec Benny et les numéros de compte en Suisse.

Bon sang ! me dis-je, écœuré. *Ils te prennent pour un imbécile depuis le départ. Nom de Dieu…*

— Je sais que c'est un grand choc pour toi, Rain, dit-il en s'adossant contre le siège. Pendant toutes ces années, tu croyais travailler en indépendant et c'était en réalité l'Agence qui te payait. Mais considère plutôt le bon côté de la situation. Tu es excellent dans ton domaine ! Bordel, tu es un vrai magicien ! Tu fais disparaître ces malheureux sans une trace, sans le moindre signe suspect. J'aimerais bien savoir comment tu t'y prends. Vraiment.

Je posai sur lui un regard vide d'expression.

— J'aurai peut-être l'occasion de te montrer, un jour.

— Tu peux rêver, mon pote. On a eu accès au rapport d'autopsie. Kawamura avait un stimulateur cardiaque qui a réussi à s'éteindre comme par enchantement. Le légiste a conclu à une défaillance. Mais tu sais quoi ? On a effectué quelques recherches. Une telle défaillance est tout bonnement impossible. Quelqu'un a éteint le stimulateur, Rain. Exactement ton genre de boulot. Je veux savoir qui t'a engagé.

— Ça ne rime à rien.

— Quoi ?

— Pourquoi aller aussi loin uniquement pour prendre une disquette ?

— J'espérais que tu me l'expliquerais, répliqua-t-il, les yeux plissés.

— Je ne sais pas. Tout ce que je peux te dire, c'est que si j'avais voulu cette disquette, j'aurais trouvé un tas de moyens plus faciles.

— Ça ne dépendait peut-être pas de toi, objecta-t-il. Celui qui t'a engagé t'a peut-être dit de la récupérer. Je sais que tu n'as pas l'habitude de poser des questions lors de ces missions.

— Ai-je l'habitude de servir de coursier lors de mes missions ? De ramasser des objets ?

Il croisa les bras et me regarda.

— Pas à ma connaissance.

— Alors tu te trompes d'adresse.

— Tu l'as tué, Rain. Tu es la dernière personne à l'avoir côtoyé. Tu comprends bien que ça la fout mal.

— Ma réputation va en prendre un coup.

Il se frotta le menton tout en m'observant.

— Tu sais que, parmi tous ceux qui tentent de récupérer la disquette, l'Agence n'est pas la pire.

— Qui, alors ?

— D'après toi ? Ceux qu'elle incrimine. Hommes politiques, *yakuzas*, bref, tous ceux qui font fonctionner la structure japonaise du pouvoir.

Je réfléchis un instant puis l'interrogeai :

— Comment as-tu su, pour moi ? Pour mon retour au Japon ?

— Désolé. On en revient aux sources et aux méthodes et je ne peux pas t'en parler. Mais je vais te dire une chose... (Il se pencha vers moi.) Viens chez nous et on discutera de tout ce que tu voudras.

Cette offre était si inattendue que je crus avoir mal compris.

— Tu as bien dit : Viens chez nous ?

— Oui. Si tu réfléchis à ta situation, tu verras que tu as besoin de notre aide.

— Je ne te savais pas aussi altruiste, Holtzer.

— Arrête tes conneries. On ne fait pas dans l'humanitaire. Nous voulons ta coopération. Soit tu as cette disquette, soit tu détiens des informations qui peuvent nous être utiles puisque tu traquais

Kawamura. En échange, nous t'aiderons. C'est aussi simple que ça.

Je connaissais ces gens et je connaissais Holtzer. Avec eux, rien n'était jamais simple. Plus cela semblait simple, plus ils frappaient fort.

— Je me trouve dans une situation délicate, avouai-je. Inutile de le nier. Je devrai peut-être accorder ma confiance à quelqu'un mais ce ne sera pas à toi.

— Écoute, si c'est à cause de la guerre, c'est ridicule. C'est du passé. D'autres temps, d'autres lieux.

— Les hommes ne changent pas.

Il fit un geste négligent comme pour chasser une mauvaise odeur.

— Peu importe ce que tu penses de moi, Rain. Parce qu'il n'est pas question de nous. C'est la situation qui compte. Et la voici : la police veut ta peau. Le PLD veut ta peau, les *yakuzas* veulent ta peau. Et ils vont te trouver parce que ta couverture est foutue. Laisse-nous t'aider.

Que faire ? Le tuer tout de suite ? Ils savaient où j'habitais, ce qui me rendait vulnérable.

La voiture qui se trouvait derrière nous tourna à droite. Je jetai un coup d'œil pour voir qui la suivait : une conduite intérieure noire transportant trois ou quatre Japonais ralentit au lieu de combler l'espace libre. Ce n'était pas une conduite très efficace en plein Tokyo.

Juste avant le feu rouge, j'ordonnai au chauffeur de bifurquer à gauche. Il eut tout juste le temps de freiner et de tourner. La voiture noire changea de file avec nous.

Je dis alors au chauffeur que je m'étais trompé et qu'il devait retourner sur Meiji-dori. Il me regarda, agacé, en se demandant où je voulais en venir.

La voiture noire nous filait le train.

Merde.

— Tu es accompagné, Holtzer ? Je croyais avoir recommandé de venir seul.

— Ils sont là pour te mettre à l'abri, dans ton propre intérêt.

— Très bien, ils n'auront qu'à nous suivre jusqu'à l'ambassade, répondis-je, soudain effrayé.

— Je ne laisserai pas un taxi entrer avec nous deux dans l'enceinte de l'ambassade. J'ai déjà enfreint les règles de sécurité en te rencontrant. Mes hommes vont t'emmener. C'est plus sûr.

Comment avaient-ils réussi à nous suivre ? Même si Holtzer portait un émetteur que je n'avais pas su détecter, ils ne pouvaient avoir repéré sa position dans cette circulation.

Et je compris. Ils m'avaient eu en beauté. Ils prévoyaient, au moment de l'appel de Lincoln, que j'allais exiger un rendez-vous immédiat. Ils ignoraient où mais ils avaient des hommes prêts à agir dès qu'ils connaîtraient l'endroit. Ils avaient eu vingt minutes pour atteindre Shinjuku. Holtzer avait dû leur donner le nom de la compagnie de taxis, la description du véhicule, le numéro de la plaque et son itinéraire avant que je le rejoigne. Ses hommes étaient déjà en position. Et moi qui me félicitais d'avoir pensé à tout, de contrôler la situation…

J'espérais survivre pour pouvoir profiter de cette leçon.

— Qui sont-ils ? demandai-je.

— Des hommes de confiance. Ils travaillent avec l'ambassade.

Le feu de la passerelle de Kanda passa au rouge. Le taxi ralentit.

Je tournai la tête à droite et à gauche, en quête d'une issue.

L'autre voiture s'approcha et s'arrêta à une longueur de distance.

Holtzer me scruta, jaugeant mes intentions. Nos regards s'affrontèrent un instant. Puis il se jeta sur moi.

— C'est pour ton bien ! cria-t-il en tentant de me ceinturer.

Je vis les portières arrière de la voiture noire s'ouvrir. Deux Japonais trapus, avec des lunettes noires, descendirent.

J'essayai de repousser Holtzer, mais il avait les mains croisées dans mon dos. Le chauffeur se retourna et se mit à crier.

Les deux Japonais avaient refermé leur portière et s'approchaient prudemment du taxi. Merde.

J'enroulai un bras autour du cou de Holtzer, tenant sa tête en place contre ma poitrine, cherchant sa carotide du tranchant de la main.

— C'est la secte Aum ! hurlai-je au chauffeur. Attention au sarin !

Je parlais de la secte qui avait déversé du gaz sarin dans le métro de Tokyo en 1995. Le souvenir de cet attentat provoquait encore la panique.

Holtzer cria. Je me penchai en avant, utilisant mon torse et mes jambes comme un casse-noisette. Je le sentis s'affaisser.

— Qu'est-ce que ça veut dire ? demanda le chauffeur, les yeux écarquillés.

L'un des Japonais tapota sur la vitre du passager.

— Ces hommes sont de la secte Aum ! Ils ont du sarin ! Mon ami a perdu connaissance ! Roulez ! Roulez !

Je n'eus aucun mal à donner à ma voix une note de terreur.

Le chauffeur crut peut-être que je disais n'importe quoi ou que j'étais fou, mais mieux valait ne pas prendre de risque avec le gaz sarin. Il passa la première et braqua vers la droite pour effectuer un demi-tour sur Meiji-dori, faisant crisser les pneus, coupant la circulation. Je vis les deux Japonais regagner précipitamment leur véhicule.

— Vite ! Il faut l'emmener à l'hôpital ! m'exclamai-je.

Au croisement de Meiji-dori et Waseda-dori, le chauffeur grilla un feu qui venait de passer au rouge et dérapa vers la gauche en direction du Centre médical national. Holtzer fut projeté loin de moi. Le flot de la circulation de Waseda-dori nous suivit une seconde plus tard. La voiture noire resterait coincée une minute, peut-être plus.

La gare de Tozai Waseda se dressait devant nous. Il était temps que je prenne congé. Je dis au chauffeur de s'arrêter. Holtzer était avachi contre la portière du côté conducteur, inconscient, mais il respirait encore. J'aurais voulu pratiquer un étranglement, histoire d'éliminer un adversaire de plus, mais je n'avais pas le temps.

Le chauffeur protesta, objectant qu'il fallait emmener mon ami à l'hôpital, appeler la police, mais j'insistai pour qu'il s'arrête. Il obéit. Je lui tendis l'autre moitié du billet de 10 000 yens et en ajoutai un autre.

Je saisis les affaires que j'avais achetées pour Midori et descendis pour me lancer dans l'escalier de la station. Si j'avais dû attendre une rame, j'aurais emprunté une autre sortie pour continuer à pied, mais j'eus de la chance. Le train de Tozai entrait en gare. À Nihonbashi, je pris la ligne de Ginza, avant de changer à Shinbashi pour prendre le Yamanote. En chemin, j'effectuai une vérification minutieuse. Arrivé dans les couloirs de la station de Shibuya, je compris que j'étais momentanément en sécurité. Mais désormais exposé au grand jour.

16

Une heure plus tard, je reçus le message de Harry. Nous nous retrouvâmes au café Doutor, comme convenu lors de notre dernière entrevue. Il m'attendait.

— Dis-moi ce que tu as, fis-je.

— Eh bien, c'est bizarre. D'abord, la disquette est équipée d'un système de verrouillage des copies.

— Tu peux le contourner ?

— Ce n'est pas de ça que je te parle. Ce système est différent du cryptage. La disquette ne peut être copiée, son contenu ne peut être transmis électroniquement ou diffusé sur Internet.

— Tu veux dire qu'on ne peut effectuer qu'une seule copie de celle d'origine ?

— Une ou plusieurs, je n'en suis pas certain, mais on ne peut pas copier la copie. Une famille sans descendance, en quelque sorte.

— Et pas moyen d'envoyer le contenu de la disquette sur Internet, de le télécharger sur une messagerie, ce genre de truc ?

— Non. Si on essaie, les données sont endommagées. On ne peut plus la lire.

— Voilà qui explique bien des choses, commentai-je.

— Lesquelles ?

— Pourquoi ils s'embêtent avec des disquettes et pourquoi ils ont tellement envie de récupérer celle-ci. Ils savent qu'elle n'a été ni copiée ni téléchargée. Leurs problèmes éventuels se limitent toujours à cette seule disquette.

— Tu as raison.

— J'aimerais bien savoir une chose : pourquoi le responsable des données contenues dans cette disquette a-t-il permis qu'une copie, une seule, soit effectuée ? Pourquoi pas aucune copie ? Ç'aurait été plus sûr, non ?

— Sans doute, mais aussi plus risqué. S'il arrive quelque chose à l'original, toutes les données sont perdues. Une sauvegarde est indispensable.

— Quoi d'autre ?

— Eh bien, comme tu le sais, elle est cryptée.

— Oui.

— C'est un cryptage bizarre. La réduction de réseaux, ça te dit quelque chose ?

— Je ne crois pas.

— C'est une sorte de code. Le cryptographe code le message selon un certain motif, comme les motifs fleuris symétriques des papiers peints. Mais les motifs des papiers peints sont simples : une seule image en deux dimensions. Un code plus complexe utilise un motif qui se répète selon divers niveaux, selon des dimensions mathématiques multiples. Pour le décoder, il faut trouver l'élément de base.

— Je vois. Tu peux le décoder ?

— Je n'en suis pas sûr. J'ai un peu travaillé là-dessus à Fort Meade, mais celui-ci est bizarre.

— Harry, si tu répètes ce mot encore une fois…

— Désolé, désolé ! Toujours est-il que le dessin ressemble à un thème musical.

— Là, je ne te suis plus.

— On dirait des notes de musique. En fait, ma tête optique a cru reconnaître un disque de musique. Le schéma est étrange mais très symétrique.

— Tu peux le décomposer ?

— J'ai essayé sans grand succès. Je ne suis pas dans mon élément.

— Pas dans ton élément ? Après toutes ces années passées à la NSA ?

— Je ne parlais pas du cryptage, mais de la musique. J'ai besoin d'un musicien.

— Un musicien, fis-je.

— J'aurais vraiment besoin de son aide.

— Je vais y réfléchir, répondis-je, mal à l'aise.

— D'accord.

— Et les portables ? Ils ont donné quelque chose ?

— J'espérais que tu me poserais la question, déclara-t-il avec un sourire. Tu as entendu parler du Shinnento ?

— Je ne suis pas sûr, avouai-je. Ça a un rapport avec le Nouvel An ?

— Non, pas le Nouvel An. *Shinnen*, la foi, la conviction, précisa-t-il en traçant du doigt l'idéogramme approprié pour distinguer l'un des nombreux homonymes de la langue. Conviction est un parti politique. Le dernier appel du kendoka s'adressait à leur quartier général. Et le numéro était en mémoire dans les deux appareils.

Il sourit, manifestement ravi de ce qu'il allait m'annoncer.

— Au cas où ça ne te suffirait pas pour établir le lien, c'est Conviction qui réglait la facture de téléphone du kendoka.

— Harry, tu m'étonneras toujours. Dis-m'en davantage.

— D'accord. Conviction a été fondé en 1978 par un dénommé Toshi Yamaoto, qui est toujours à la tête du parti. Yamaoto est né en 1949, fils unique issu d'une grande famille remontant aux samouraïs. Son père était officier de l'armée impériale, dans les communications spéciales. Après la guerre, il a monté une société d'appareils de communication portatifs. Le père a débuté dans les affaires en faisant appel aux relations de sa famille avec les derniers *zaibatsu*, puis il s'est enrichi pendant la guerre de Corée, quand l'armée américaine achetait les équipements de sa société.

Les *zaibatsu*, conglomérats industriels de l'avant-guerre, étaient dirigés par les plus puissantes familles japonaises.

— Yamaoto a débuté dans les arts. Adolescent, il a passé plusieurs années en Europe pour apprendre le piano classique. Sur l'insistance de sa mère, je crois. Apparemment, c'était une sorte d'enfant prodige. Mais son père l'a arraché à tout cela quand il a eu vingt ans et l'a envoyé aux États-Unis pour parfaire son éducation en vue de reprendre l'affaire familiale. Yamaoto a passé une maîtrise de gestion à Harvard. Quand son père est mort, il s'est occupé des transactions de l'entreprise avec les États-Unis. Yamaoto est retourné au Japon, a vendu l'affaire et a utilisé l'argent pour fonder Conviction et se présenter aux élections du Parlement.

— Cette formation de piano… aurait-elle un rapport avec le codage de la disquette ?

— Je n'en suis pas certain. C'est possible.

— Désolé de t'avoir interrompu. Continue.

— Apparemment, le poste du père dans l'armée impériale et la lignée de samouraïs ont influencé la politique du fils. Conviction a servi de base pour les idées d'extrême droite de Yamaoto. En 1985, il a été élu au Nagano-ken, mais il a perdu son siège aux élections suivantes.

— C'est vrai qu'au Japon on n'est pas élu pour ses idées, dis-je. Tout est histoire de subventions.

— C'est exactement ce que Yamaoto a conclu de sa défaite. Après son élection, il a consacré tout son temps et tout son capital à lutter pour l'abolition de l'article 9 de la Constitution, afin que le Japon puisse reconstruire son armée et jeter les États-Unis dehors et qu'on enseigne le shinto à l'école… Après sa défaite, il s'est représenté en insistant cette fois sur les routes, les ponts qu'il ferait construire pour ses électeurs, les subventions et les tarifs qu'il imposerait sur le riz. Un homme politique très différent. Ses idées nationalistes avaient fait long feu. Il a retrouvé son siège en 1987 et il l'occupe depuis. Mais Conviction est un parti marginal. À ma connaissance, le PLD n'a jamais conclu d'accord avec ces gens-là. En dehors du Nagano-ken, je doute que quelqu'un ait entendu parler d'eux. Toutefois, Yamaoto possède plusieurs atouts. D'abord, Conviction détient des fonds importants. L'héritage du père. Ensuite, il sait distribuer son argent. Enfin, il a le soutien de la communauté shintoïste.

— Les shintos, murmurai-je, pensif.

Le shinto est une religion vouée à la nature que les nationalistes japonais ont transformée en une idéologie de la « nipponité » avant la guerre. Au contraire du christianisme et du bouddhisme, le shinto est né au Japon et n'est pratiqué nulle part ailleurs. Dans cette histoire, un détail me dérangeait, quelque chose que j'aurais dû savoir. Puis cela me revint.

— Voilà comment ils ont su où j'habitais ! Pas étonnant que j'aie vu des prêtres en train de faire l'aumône devant les stations de la ligne de Mita. Ils m'avaient placé sous surveillance fixe. Ils m'ont localisé étape par étape. Nom de Dieu, comment ont-ils pu m'échapper ? J'ai même failli leur donner 100 yens l'autre jour.

— Comment ont-ils deviné qu'il fallait se concentrer sur la ligne de Mita ?

— Ils n'en étaient sans doute pas certains. Il suffit d'un peu de chance, d'une coïncidence, que Holtzer leur donne un dossier, peut-être même des clichés de ma période militaire, et c'était faisable. S'ils m'ont repéré au Kodokan, ils ont dû en conclure que je n'habitais pas trop loin. Et seules trois lignes de métro ont un arrêt à distance raisonnable du bâtiment. Il ne leur restait plus qu'à poster suffisamment d'hommes aux bons endroits pendant assez longtemps. Merde, ils m'ont eu.

Je devais l'admettre, c'était du bon travail. Une surveillance statique est pratiquement indécelable, au contraire des filatures.

— En quoi consistent ces relations avec les shintos ? demandai-je.

— C'est une vaste organisation. Des prêtres dirigent des sanctuaires à l'échelon national, local et même au niveau des quartiers. Par conséquent, les sanctuaires reçoivent de nombreux dons. Ils sont en mesure de parrainer les candidats qui ont leur faveur. Or Yamaoto veut que les shintos jouent un rôle bien plus important au Japon, ce qui signifie davantage de pouvoir pour les prêtres.

— Ainsi, une partie de son argent provient des temples ?

— Oui, mais il y a plus. Le shinto fait partie intégrante du programme de Conviction. Le parti veut le faire enseigner à l'école. Il souhaite encourager une alliance entre la police et les temples locaux contre le crime. N'oublie pas que le shinto représentait le cœur du nationalisme avant la guerre. Et il est en pleine ascension aujourd'hui, même si peu de gens s'en rendent compte à l'étranger.

— Où se trouve le quartier général de Conviction ?

— À Shibakoen.

— Très bien. Pendant que tu t'occupes de la disquette, je vais avoir besoin de matériel de surveillance, infrarouge et laser. Et de matériel vidéo. Et aussi d'un émetteur, au cas où j'arriverais à entrer. Je veux écouter ce que racontent nos amis de Conviction.

— Pourquoi ?

— J'ai besoin de plus d'informations. À qui appartenait cette disquette ? Qui cherchait à la récupérer ? Pourquoi ? Sans ces renseignements, je ne peux pas grand-chose pour me protéger. Ou protéger Midori.

— Pour utiliser ce matériel, il faut s'approcher du bâtiment, sans parler d'y placer un émetteur. Ce sera dangereux. Si tu m'accordais du temps pour déchiffrer la disquette ? Ce dont tu as besoin y est peut-être inscrit en toutes lettres.

— Je n'ai pas le temps, justement. Tu mettras peut-être une semaine à décrypter le code, si tu y arrives. Et moi, je me retrouve coincé entre l'Agence, les *yakuzas* et une armée de prêtres shintos. Ils savent où j'habite et ma couverture est grillée. Je dois agir très vite.

— Tu n'as qu'à quitter le pays, au moins pendant que je m'occupe de la disquette. Qu'est-ce qui te retient ici ?

— D'abord, je dois veiller sur Midori, et elle ne peut pas s'en aller. Je n'aime pas l'idée qu'elle voyage avec son vrai passeport. Et je doute qu'elle ait des faux papiers sous la main.

Il hocha la tête, comme s'il comprenait, puis m'observa de près.

— Il y a quelque chose entre vous ?

Je ne répondis pas.

— Je m'en doutais, dit-il en rougissant.

— J'aurais dû savoir que je ne pouvais pas te tromper.

— C'est pour ça que tu ne veux pas qu'elle m'aide à décoder la disquette ?

— Cela se voit tant que ça ?

— Pour une fois, oui.

— Très bien, je vais lui demander, promis-je, faute de meilleure solution. Je n'espérais pas que tu décrypterais tout seul une disquette aussi complexe.

Pendant une fraction de seconde, il demeura bouche bée d'indignation. Puis il vit mon sourire.

— Je t'ai eu, lui dis-je.

17

Pendant que Harry me louait une camionnette à Roppongi sous un faux nom, au cas où, j'attendis chez lui, pour ne pas trop me montrer. Son appartement était original, bondé d'obscurs appareils électroniques tout en étant dénué de ce qui pourrait rendre la vic confortable. Quelques années auparavant, il avait lu dans un article que la police avait localisé des cultivateurs de marijuana grâce à leur facture d'électricité. Apparemment, le matériel hydroponique consomme bien plus d'électricité que la moyenne des foyers. Depuis lors, Harry redoute que sa facture n'attire l'attention des autorités. Aussi n'utilise-t-il aucun appareil électrique en dehors du strict nécessaire, ce qui, selon ses critères, exclut le réfrigérateur, le chauffage et la climatisation.

À son retour, nous chargeâmes le matériel à l'arrière du véhicule. Le laser détecte les vibrations provoquées sur les fenêtres par les conversations, puis il entre les données dans un ordinateur qui transforme les schémas en mots. L'infrarouge peut lire les moindres variations de température sur les vitres : la chaleur humaine dans une pièce froide, par exemple.

Je garai la camionnette et retournai à Shibuya, non sans effectuer une vérification en route.

J'arrivai à l'hôtel peu après treize heures. J'avais acheté des sandwiches dans une des innombrables rues qui serpentent depuis Dogenzaka. Midori et moi mangeâmes assis par terre, tandis que je la mettais au courant des derniers développements. Je lui offris le paquet en lui recommandant de porter l'écharpe et les lunettes pour sortir, lui indiquai l'adresse de Harry, après quoi je lui dis de rassembler ses affaires et de me retrouver là-bas dans deux heures.

Lorsque j'arrivai chez lui, Harry travaillait déjà sur la disquette de Kawamura. Une demi-heure plus tard, l'interphone se mit à bourdonner.

— Oui ? fit Harry en appuyant sur le bouton.

— C'est moi.

Je hochai la tête et me levai pour guetter par la fenêtre. Harry actionna l'ouverture de la porte d'entrée. Puis il alla ouvrir celle de son appartement et jeta un coup d'œil à l'extérieur. Voir arriver les visiteurs laisse le temps de réagir.

Une minute plus tard, il fit entrer Midori.

— Voici Harry, lui dis-je. L'ami dont je t'ai parlé. Il est un peu timide car il passe le plus clair de son temps en compagnie des ordinateurs. Sois gentille avec lui et il finira par se dégeler.

— Bonjour, dit Midori en se tournant vers lui pour s'incliner.

— Ravi de vous rencontrer, répondit Harry, clignant les yeux en signe de nervosité. Ne l'écoutez pas. Le gouvernement a testé sur lui des substances expérimentales pendant la guerre. Il est frappé de sénilité précoce.

Je fus étonné par cette repartie soudaine. Midori afficha un air innocent :

— Elle est donc due à ces substances ?

Je fus enchanté de voir qu'elle réagissait bien. Harry m'adressa un sourire radieux, persuadé d'avoir enfin eu le dessus, et d'avoir peut-être trouvé une alliée.

— J'ai l'impression que vous allez bien vous entendre, remarquai-je avant que Harry profite de son audace pour aller trop loin. Nous n'avons pas beaucoup de temps. Voici le plan.

J'expliquai mes projets à Midori.

— Je n'aime pas ça, déclara-t-elle quand j'eus terminé. Ils pourraient te repérer. C'est dangereux.

— Personne ne se doutera de ma présence.

— Tu devrais nous accorder du temps pour déchiffrer ce code musical.

— J'en ai déjà parlé avec Harry. Vous deux, faites votre boulot. Je ferai le mien. Ce sera plus efficace. Je m'en sortirai très bien.

Je roulai vers les bureaux de Conviction à Shibakoen, au sud du quartier du gouvernement. Ils occupaient une partie du premier étage d'un bâtiment de Hibiya-dori, en face du parc de Shiba. Le laser me permettrait de localiser les conversations. Ensuite, en me fondant sur l'analyse des résultats, effectuée par Harry, je pourrais déterminer le meilleur emplacement pour un émetteur. Dès que les bureaux seraient vides, sans doute le soir, je pourrais m'introduire pour placer mon micro. La vidéo nous aiderait peut-être à identifier d'autres personnes impliquées avec l'Agence et Conviction, en nous fournissant des indices sur la nature de leurs relations.

Je me garai en face du bâtiment. Le stationnement n'était pas autorisé, mais cela valait la peine de risquer de voir une contractuelle me dresser une contravention.

Je venais de finir d'installer mon équipement, visant les bonnes fenêtres, quand on frappa à la vitre du côté passager. Un policier en uniforme tapotait la vitre de sa matraque.

Merde. Je lui fis signe que j'allais démarrer tout de suite, mais il secoua la tête et m'ordonna de descendre.

Le matériel n'était pas visible par le policier. Je devrais courir le risque. Je me glissai du côté passager et descendis.

Trois hommes attendaient dans l'angle mort du véhicule. Je ne remarquai leur présence qu'une fois dehors. Ils étaient tous armés de Beretta 92 compacts, et portaient des lunettes noires et de gros manteaux destinés à modifier la forme du visage et la silhouette. J'en conclus que, au premier signe de résistance, ils m'abattraient, comptant sur leur déguisement pour tromper d'éventuels témoins. Ils avaient tous des oreilles de kendokas. Je reconnus le plus proche de moi : le type au nez aplati qui était entré dans l'immeuble de Midori après que j'eus pris en embuscade ses ravisseurs potentiels. L'un de ses complices remercia le flic, qui tourna les talons et s'éloigna.

Ils m'obligèrent à traverser la rue. Je n'avais pas le choix. Voilà qui résolvait au moins le problème de mon entrée dans le bâtiment. J'avais dans la poche une oreillette ainsi qu'un micro-émetteur adhésif façonné par Harry. À la première occasion, je placerais l'émetteur.

Ils me firent franchir la porte d'entrée, gardant les mains dans les poches de leur manteau. Nous gravîmes l'escalier jusqu'au premier étage. Tous trois restaient groupés autour de moi, me privant de toute marge de manœuvre. Sur le palier, l'homme au nez aplati me poussa contre le mur, appuyant son arme dans mon cou. Un autre me palpa. En quête d'une arme, il ne remarqua pas le petit émetteur que j'avais dans la poche.

L'homme au nez aplati recula et m'assena soudain un coup de pied dans les parties génitales. Je me pliai en deux. Il me donna un coup de pied dans le ventre, puis deux dans les côtes. Je tombai à genoux, le souffle coupé. Une douleur me transperça le torse. Je voulus lever les bras pour parer une nouvelle attaque lorsqu'un autre s'interposa :

— Ça suffit.

Peut-être me faisaient-ils le coup du bon flic et du mauvais flic ?

Pendant quelques minutes, il retint l'homme au nez aplati tandis que je cherchais ma respiration. Quand je pus enfin me relever, ils m'emmenèrent dans un petit couloir. Nous nous arrêtâmes devant la dernière porte à droite. L'homme au nez aplati frappa. Une voix lui répondit d'entrer.

La pièce, à l'ameublement minimaliste et traditionnel, était vaste pour le goût japonais. Bois clair, céramiques de qualité sur les étagères. Les murs étaient ornés de *hanga*, des gravures sur bois, certainement des originaux. Un petit canapé et des fauteuils de cuir étaient disposés dans un coin, autour d'une table basse en verre immaculé. L'aspect général se voulait propre et riche. Les propriétaires des lieux devaient planquer l'homme au nez aplati et ses amis quand ils avaient des invités.

Je mis une seconde à reconnaître le type assis derrière un bureau de bois, à l'extrémité de la pièce. C'était la première fois que je le voyais en costume.

Le judoka du Kodokan, celui que j'avais affronté en *randori*.

— Bonjour, John Rain, dit-il avec l'esquisse d'un sourire. Quel plaisir de vous revoir !

— Bonjour, Yamaoto, répondis-je en soutenant son regard.

Il se leva et fit le tour du bureau. Ses mouvements étaient aussi puissants et gracieux qu'au Kodokan.

— Merci d'être venu aujourd'hui. Je vous attendais.

— Désolé de ne pas avoir annoncé ma visite, répliquai-je.

— Ce n'est rien. Je n'en demande pas tant. Mais je me doutais que vous prendriez l'initiative. Après tout, en tant que judoka, vous êtes plus à l'aise dans l'offensive. Pour vous, la défense n'est qu'une feinte.

Il ordonna à ses hommes d'attendre dehors. Ils s'éclipsèrent en silence, en file indienne. L'homme au nez aplati me lança un regard mauvais avant de refermer la porte.

— Aurais-je offensé cet homme, le plus laid ? questionnai-je en me massant les côtes. J'ai la facheuse impression qu'il ne m'aime pas.

— Il ne vous a pas brutalisé, au moins ? Je lui ai dit de s'abstenir mais il a du mal à maîtriser ses sautes d'humeur. Ishikawa, l'homme que vous avez tué devant chez vous, était son ami.

— Désolé.

Il secoua la tête comme s'il s'agissait d'un modeste malentendu.

— Je vous en prie, asseyez-vous. Puis-je vous offrir à boire ?

— Non, merci. Je n'ai pas soif. Et je préfère rester debout.

— Je sais à quoi vous pensez, Rain-san, reprit-il en hochant la tête. J'ai vu combien vous étiez rapide. C'est pourquoi j'ai posté trois hommes armés derrière la porte, au cas où vous arriveriez à m'échapper... Je vous en prie, mettez-vous à l'aise. Cherchons plutôt une solution à notre problème commun.

— Notre problème commun ?

— Oui. Il s'agit bien d'un problème commun. Vous détenez quelque chose que je veux également, ou du moins vous savez où se trouve cet objet. Lorsque je l'aurai récupéré, vous ne serez plus un obstacle pour moi. Chacun partira de son côté. Mais si je ne récupère pas l'objet, la situation deviendra plus délicate.

Je me tus, attendant la suite.

— J'aimerais vraiment discuter avec vous, insista-t-il. Veuillez vous asseoir.

Je me dirigeai vers un fauteuil, face au canapé. Les mains dans les poches, feignant la résignation, j'allumai l'émetteur. Quel que fût le résultat, au moins Harry entendrait tout.

— Merci, fit-il en s'installant en face de moi. À présent, expliquez-moi comment vous m'avez trouvé.

— Le dénommé Ishikawa s'est introduit chez moi pour essayer de me tuer. C'est grâce à son portable que j'ai découvert son lien avec vous. Pour le reste, je n'ai fait que prendre des initiatives. Comme vous dites, la meilleure défense, c'est l'attaque.

— Ishikawa n'est pas venu chez vous dans le but de vous tuer. Il devait vous interroger.

— Drôle de conception de l'interrogatoire...

— Qu'importe ! Ce n'est pas vous que nous poursuivons, mais la disquette.

— Quelle disquette ?

— Épargnez cet affront à mon intelligence, je vous prie. Vous protégez Midori Kawamura.

Les hommes qui le guettaient chez elle devaient travailler pour Yamaoto. Ils s'étaient concentrés sur elle, persuadés qu'elle détenait la disquette puisqu'elle avait hérité des affaires de son père. Après quoi j'étais entré en scène. Ils ne s'en étaient pris à moi qu'après l'embuscade, une fois Midori à l'abri.

— Que vient-elle faire dans cette histoire ?

— Son père était en possession de la disquette au moment de sa mort. Il est donc plausible qu'elle l'a maintenant. Et elle se cache.

— Bien sûr qu'elle se cache. Le comité d'accueil qui l'attendait chez elle était le même que chez moi. Elle se sait en danger mais ne comprend pas pourquoi.

— Normalement, une personne dans sa situation irait trouver la police. Or elle s'en est bien gardée.

— Ce n'est pas évident. Moi-même, je n'ai aucune confiance en la police.

— Où est cette jeune femme ?

— Je l'ignore. Elle a disparu après l'embuscade. Elle croyait que j'étais des vôtres.

— Vraiment ? Elle n'a pas refait surface.

— Elle est peut-être hébergée chez des amis, à la campagne, par exemple. Elle m'a paru très effrayée.

— Je vois, fit-il en joignant les mains. Comprenez-vous que cette disquette renferme des renseignements qui pourraient causer du tort au Japon, être utiles à ses ennemis, s'ils étaient révélés ? Ces ennemis veulent mettre le grappin dessus, eux aussi.

Je songeai à Holtzer, à son désir de faire du gouvernement japonais sa pute, selon son expression.

— Pourquoi avoir établi ce contact au Kodokan ? demandai-je.

— Simple curiosité, répondit-il, pensif. Je voulais vérifier ce qui animait un homme qui a votre histoire.

— Mon histoire ? Que voulez-vous dire ?

— Vous avez deux pays et deux cultures très opposés.

— Il y a une chose qui m'échappe. Outre le fait que je sois arrivé par hasard en même temps que vos hommes chez Midori, j'ignorais que nous nous connaissions.

— Ah, bien sûr, vous ne pouviez pas le deviner ! Il se trouve que j'ai plusieurs fois fait appel à vos services.

Par l'intermédiaire de Benny, donc. Seigneur, cette petite ordure mangeait vraiment à tous les râteliers. Il revendait sans doute mes services moyennant une commission. Enfin, c'était fini maintenant.

— Voyez-vous, jusqu'à une date récente, vos intérêts et les miens ont toujours été très proches. Si nous pouvions régler cette question simplement, nous pourrions en revenir à notre *statu quo*.

Pourvu que les algorithmes de Harry soient dans les temps.

— Je vous l'ai dit, le problème, c'est que j'ignore où se trouve la disquette. Sinon, je vous la donnerais, lui assurai-je.

Il fronça les sourcils.

— Je suis désolé de l'entendre. Et la fille de Kawamura, elle l'ignore, elle aussi ?

— Comment le saurais-je ?

— Voyez-vous, tant que je n'aurai pas ce que je cherche, la fille de Kawamura m'apparaît encombrante. Elle serait bien plus en sécurité si la disquette m'était remise.

À cet instant, je fus tenté de croire qu'il y avait du vrai dans ses propos.

Or d'autres la cherchaient aussi. Et ils n'avaient aucun moyen de savoir que Midori ne l'avait plus. De plus, c'était impossible sur le plan logistique. Yamaoto ne me laisserait jamais partir sur une promesse de revenir avec l'objet. Et je ne voulais pas lui révéler où se trouvaient Midori et Harry.

— Prenez-le pour ce que ça vaut, mais je ne crois pas qu'elle détienne ce que vous cherchez, affirmai-je. Pourquoi Kawamura lui aurait-il confié l'objet ? Jamais il n'aurait mis délibérément sa fille en danger.

— Il a pu la lui donner par inadvertance. Je le répète, le fait qu'elle n'ait pas contacté la police est révélateur.

Je ne dis rien.

— Assez plaisanté, déclara-t-il enfin.

Il se leva et alla prendre une veste sur un portemanteau.

— J'ai un rendez-vous. Je n'ai plus le temps de chercher à vous convaincre. Dites-moi où trouver la disquette ou Midori Kawamura.

— Je l'ignore.

— Malheureusement, il n'y a qu'un moyen de confirmer cette ignorance. Je crois que vous savez lequel.

Pendant une minute interminable, aucun de nous ne prononça un mot. Puis je l'entendis soupirer.

— Rain-san, vous êtes en position délicate et vous avez toute ma compassion. Toutefois vous devez comprendre que j'obtiendrai satisfaction. Si vous me parlez maintenant, en ami, je vous ferai confiance. Vous pourrez partir. Mais si mes hommes doivent vous soutirer ce renseignement par d'autres moyens, je ne pourrai peut-être pas vous laisser partir ensuite. Au demeurant, vous ne serez peut-être pas en état de vous en aller. Vous saisissez ?

Je croisai les bras et le dévisageai, impassible. Dans ma tête, je revoyais le couloir, l'escalier, cherchant une issue.

Il espérait sans doute que je craquerais car il patienta longtemps. Enfin, il appela ses hommes. La porte s'ouvrit. Je fus encerclé. Il leur ordonna de découvrir où se trouvaient la disquette et Midori, par tous les moyens.

Ils m'entraînèrent hors de la pièce.

— Je suis très déçu, déclara Yamaoto derrière moi.

Je l'entendis à peine, trop occupé à imaginer une solution.

18

Ils me firent longer le couloir. En franchissant la porte vitrée, je remarquai un pêne dormant entre les deux battants. Si je frappais en plein milieu, la serrure céderait peut-être. Sinon, et à condition d'avoir le temps de reculer pour réessayer, je pouvais tenter de traverser la vitre en espérant ne pas me blesser trop grièvement. Mes chances n'étaient pas énormes, mais c'était toujours mieux que d'être torturé à mort par l'homme au nez aplati et ses charmants acolytes.

Ils me poussaient sans ménagement. Je feignis la peur et le désespoir pour endormir leur méfiance. Je voulais qu'ils se sentent maîtres du jeu, qu'ils me croient impressionné par leur nombre et leur carrure. En dehors de cela, je n'avais qu'un seul avantage, celui que le SOG avait toujours eu face aux Nord-Vietnamiens, même sur leur terrain : l'anticipation. J'étais plus motivé pour m'échapper qu'ils ne l'étaient pour me retenir.

Ils m'emmenèrent dans une pièce au bout du couloir, et qui ne mesurait pas plus de trois mètres carrés. La porte comportait une fenêtre en verre dépoli et s'ouvrait vers l'intérieur. À droite, une petite table rectangulaire et deux chaises. Ils me firent asseoir sur l'une d'elles, le dos tourné vers la sortie. Je posai les mains sur les genoux, sous la table.

L'homme au nez aplati s'absenta quelques minutes, revint muni d'un gourdin en bois et s'installa en face de moi. J'entendis les deux autres se placer derrière moi.

L'homme au nez aplati se tenait à environ un mètre du mur. Tant mieux.

Ils n'avaient pas fermé la porte à clé. À quoi bon ? Ils étaient trois, des costauds. Ils étaient chez eux, ils avaient la situation en main.

Je soulevai légèrement la table à l'aide de mes genoux pour évaluer son poids. En dépit de sa taille, elle était assez lourde. Mon pouls battait très fort dans mes oreilles.

L'homme au nez aplati se mit à parler mais je ne l'entendis pas. Je bondis, projetant la table contre lui. La violence de mon geste le plaqua contre le mur.

Ses deux complices se ruèrent en avant. Je donnai un coup de pied à celui de droite, le frappant si violemment dans le ventre qu'il se plia en deux et tomba. L'autre se jeta sur moi.

Il me saisit par-derrière et tenta un étranglement, mais je rentrai la tête dans les épaules, de sorte que son avant-bras heurta ma bouche. Son emprise était si puissante que j'eus l'impression qu'il allait me déboîter la mâchoire. J'ouvris la bouche et le mordis de toutes mes forces. Il hurla de douleur.

Aussitôt, je me dégageai et lui martelai le ventre d'uppercuts. Au moment où il baissait les bras pour se protéger, je lui assenai un coup sous le nez, de la base de ma paume. Il ne tomba pas mais fut étourdi. Je le projetai vers la droite et me ruai vers la porte.

L'autre type m'attrapa la jambe mais je parvins à me libérer. J'ouvris si brutalement le battant qu'il heurta le mur. Le verre dépoli explosa.

Je pris mes jambes à mon cou. Dans le couloir, je ne mis qu'une seconde à atteindre la porte vitrée, que je percutai de plein fouet. Elle céda en son centre. Je roulai à terre, me rétablis et me précipitai vers l'escalier. Je parvins à forcer l'issue pour plonger dans l'escalier, agrippé à la rampe. Arrivé sur le premier palier, j'entendis la porte s'ouvrir avec fracas. Ils étaient déjà à mes trousses.

Je devais sortir de là avant l'afflux des renforts. Je traversai la rue, cherchant à entrer de biais dans la circulation. Des pneus crissèrent.

Une foule dense jaillissait de la station de métro. Une rame venait d'arriver. À l'entrée, je me retournai : deux hommes de Yamaoto me poursuivaient.

J'entendais une autre rame entrer en gare. J'y arriverais peut-être. J'avais acquis la certitude qu'ils m'abattraient à la première occasion. Dans cette foule, nul ne saurait d'où provenaient les coups de feu. Je me débattis comme un beau diable pour creuser l'écart, évitant deux vieilles dames qui bloquaient l'escalier. Au bas des marches, je bifurquai à gauche. Devant le guichet se dressait un kiosque. Je saisis au passage une boîte métallique de café. Cent quatre-vingt-dix grammes. Du solide.

Je franchis le portillon pour déboucher sur le quai. Trop tard. Les portières s'étaient déjà refermées, la rame s'ébranlait.

Le quai était bondé mais il restait un passage le long du train. Je m'y engouffrai. Derrière moi, un homme de main de Yamaoto dépassa le portillon. Il fendit la foule et s'insinua à son tour dans la brèche.

Je me retournai pour jauger mon avance. Environ cinq mètres. Il se rapprochait dangereusement.

Je lui lançai la boîte de café, visant l'abdomen. Elle le toucha un peu trop haut, au sternum, avec un bruit sourd que j'entendis malgré le vacarme ambiant. L'homme s'écroula, mais son complice le talonnait de près, l'arme au poing.

Je fis volte-face. Le train prenait de la vitesse.

Baissant la tête, je me lançai à sa poursuite, le souffle court. J'entendis un coup de feu, puis un autre.

Deux mètres. Un…

Je touchais presque la barre verticale, au coin de la voiture, mais je ne pouvais m'approcher davantage. L'espace d'un instant, ma vitesse fut parfaitement synchrone avec celle de la rame. Puis je perdis du terrain.

Poussant un cri bestial, je bondis en avant, les doigts tendus vers la barre. Pendant une seconde, je crus avoir manqué mon coup et me sentis tomber, puis ma main se referma sur le métal froid.

Je fus tiré vers l'avant. Mes genoux heurtèrent l'arrière du train. Mes pieds pendaient juste au-dessus des rails. Mes doigts glissaient sur la barre. En levant les yeux vers la vitre, je vis un écolier qui m'observait, bouche bée. Au moment où la rame s'engouffra dans le tunnel, je lâchai prise.

D'instinct, je pivotai pour me protéger de mon bras gauche. Malgré cela, je heurtai les rails si violemment que je rebondis au lieu de rouler. Je ressentis un choc sur le flanc gauche, puis j'eus la sensation fugace de m'envoler. Enfin, dans un bruit sourd, je m'immobilisai.

Couché sur le dos, je fixais le plafond du tunnel. Je demeurai un instant, le souffle coupé, à remuer les orteils, à plier les doigts. Tout semblait fonctionner.

Cinq secondes s'écoulèrent, puis cinq autres. Je pris quelques inspirations saccadées.

Sur quoi ai-je donc atterri ? me demandai-je.

Je me redressai en grommelant. J'étais sur un gros tas de sable, à gauche des rails. Médusés, deux ouvriers casqués m'observaient.

Ils étaient en train de réparer le sol. Le sable leur servait à fabriquer du ciment. Si j'avais lâché la barre un quart de seconde plus tôt, je serais tombé sur le béton.

Une fois debout, je me mis à épousseter mes vêtements. La forme de mon corps resta imprimée dans le sable.

Les ouvriers m'observaient toujours, sans doute sous le choc de la scène à laquelle ils venaient d'assister.

— Euh... Excusez-moi, auriez-vous des toilettes ? leur demandai-je, ne sachant que dire.

Ils demeurèrent pétrifiés. Ma question n'avait fait que les troubler davantage. Tant mieux. N'étant qu'à quelques mètres de l'entrée du tunnel, je m'éloignai.

Les hommes de Yamaoto avaient dû me voir entrer dans le tunnel, accroché à la rame. Mais ils ne m'avaient pas vu tomber. J'allais trop vite pour qu'ils pensent que j'avais sauté de moi-même. Ils devaient se dire que, dans trois minutes, j'allais sortir à la station de Mita, le terminus de la ligne. C'était sans doute là-bas qu'ils essaieraient de m'intercepter.

Une idée folle me vint.

Je sortis mon oreillette et la mis en place, puis je fouillai ma poche pour vérifier si j'avais toujours l'émetteur adhésif. Il était bien là. Mais fonctionnait-il encore ?

— Harry ? Tu m'entends ? Parle ! fis-je.

Il y eut un long silence. Au moment où j'allais recommencer, j'entendis :

— John ! Qu'est-ce qui se passe, nom de Dieu ? Où es-tu ?

— Du calme, je vais bien, répondis-je, ravi. Mais j'ai besoin de ton aide.

— Que se passe-t-il ? J'ai tout entendu. Tu es dans une gare ? Tu vas bien ?

Je me hissai sur le quai. Des voyageurs me dévisagèrent mais je passai devant eux comme s'il était tout à fait naturel de surgir plein de crasse des entrailles du métro de Tokyo.

— J'ai connu des jours meilleurs, mais on en parlera plus tard. Le matériel fonctionne toujours ?

— Oui. J'entends encore ce qui se passe dans toutes les pièces du bâtiment.

— Très bien, c'est ce que je voulais savoir. Qui est encore là-bas ?

— Selon l'infrarouge, un seul type. Tous les autres sont partis juste après toi.

— Yamaoto aussi ?

— Oui.

— Où se trouve celui qui est resté ?

— Dans la dernière pièce à droite, là où les trois hommes t'ont emmené. Il n'a pas bougé depuis ton départ.

Sans doute l'homme au nez aplati ou l'un de ses complices. Il ne devait pas être en état de me poursuivre. À la bonne heure !

— Bon, voici la situation. Ils me croient tous accroché derrière un métro en direction de Mita. C'est là qu'ils vont converger dans environ quatre minutes. Ils mettront sans doute cinq minutes de plus à comprendre qu'ils m'ont perdu. Encore cinq pour regagner les locaux de Conviction. Ça me laisse quatorze minutes pour y entrer et placer le micro.

— Quoi ? Mais tu ignores où ils sont ! Et s'ils n'allaient pas tous à Mita ? Ils risquent de revenir et de te prendre sur le fait !

— Je compte sur toi pour m'en avertir. Tu as toujours un contact vidéo grâce à la camionnette, non ?

— Oui, elle diffuse toujours.

— Écoute, je suis pratiquement arrivé au bâtiment. Tout va bien ?

— Oui, mais c'est de la folie.

— L'occasion est trop belle. Ils sont tous sortis, rien n'est fermé à clé. À leur retour, on entendra tout ce qu'ils se raconteront. J'entre.

— Bien, je te vois. Fais vite.

Ce conseil était superflu. Je franchis la porte vitrée et tournai à droite, puis je courus dans le couloir jusqu'à l'entrée des bureaux. Comme je m'y attendais, ils étaient partis en trombe. La porte était béante.

Le bureau de Yamaoto était le troisième à droite. Je pourrais entrer et sortir en un rien de temps.

La porte était close. J'essayai de tourner la poignée.

— Merde, soufflai-je.

— Quoi ?

— C'est fermé à clé.

— Laisse tomber. Place le micro ailleurs.

— Impossible. C'est lui que nous devons écouter.

J'examinai la serrure : une banale serrure à cinq points. Rien de très compliqué.

— Attends, je crois que je vais pouvoir me débrouiller.

— John, sors de là ! Ils risquent de revenir à tout moment.

Sans répondre, je pris un crochet et mon miroir de dentiste sur mon trousseau de clés. J'introduisis le manche dans la serrure et l'actionnai dans le sens des aiguilles d'une montre. En sentant une résistance, j'y glissai le crochet et travaillai sur la cinquième goupille.

— John, ne cherche pas à forcer la serrure ! Tu es nul ! Contente-toi de placer le micro ailleurs et sors de là !

— Comment ça, je suis nul ? C'est moi qui t'ai appris à le faire !

— Justement. Voilà comment je sais que tu es nul.

Je sentis la cinquième goupille s'enclencher, puis la perdis aussitôt. Merde. Je tournai légèrement le miroir de dentiste, resserrant le cylindre contre les goupilles.

— Harry ? J'aimerais bien entendre le son de ta voix.

Une nouvelle goupille céda.

— Ne me parle pas. Concentre-toi.

— Je me concentre, mais c'est dur…

La cinquième goupille s'enclencha et s'immobilisa. Les trois suivantes furent faciles. Plus qu'une seule.

La dernière était abîmée. Je ne percevais pas le déclic. J'actionnai le crochet de haut en bas, en vain.

— Allez, ma belle, où es-tu ?

Retenant mon souffle, j'agitai le crochet.

Je ne sentis pas la goupille s'enclencher, mais la poignée se libéra soudain. Je pus entrer.

Le bureau n'avait pas changé. Même la lumière était restée allumée. Je m'agenouillai pour palper le dessous du canapé de cuir, tapissé d'une sorte de toile agrafée à ce qui semblait être du bois. Une base idéale pour poser un micro.

J'ôtai la pellicule de l'adhésif et le mis en place. Désormais, la moindre parole serait reçue fort et clair.

— John, deux types viennent d'arriver, fit la voix de Harry dans mon oreillette. Ils remontent l'allée. Sors tout de suite ! Par la porte latérale, sur la gauche du bâtiment.

— Merde ! L'émetteur est déjà en place. Une fois que j'aurai quitté cette pièce, je ne pourrai plus te répondre. Continue à parler.

— Ils viennent de s'arrêter au bout de l'allée qui mène à l'entrée principale. Ils attendent peut-être les autres. Rends-toi à l'entrée latérale et reste là-bas jusqu'à ce que je te dise que la voie est libre.

— D'accord, j'y vais.

Je verrouillai la porte de l'intérieur et la refermai avec précaution avant de m'éloigner.

L'homme au nez aplati apparut dans le couloir, la chemise maculée de sang. La table avait dû lui fracturer le nez, ce qui n'arrangeait guère son apparence. Un souffle rauque et animal surgissait de sa poitrine.

Il se tenait entre moi et l'entrée. J'étais coincé.

— Il y en a un juste devant toi ! prévint Harry un peu tard. Les autres remontent l'allée !

L'homme au nez aplati rentra la tête dans les épaules, tel un taureau sur le point de charger.

Il mourait d'envie de me frapper. Il allait foncer sur moi, ivre de rage, sans réfléchir.

Ce qu'il fit. Au moment où il se jetait sur mon cou, je le saisis par la chemise et le fis culbuter en le projetant d'un coup de pied dans les parties génitales. Une variante de *tomonage*. Il atterrit lourdement sur le dos, faisant vibrer le sol. Profitant de mon élan, je me rétablis. En deux longues enjambées, je bondis, retombant les deux pieds sur son torse. J'entendis ses os craquer. Il souffla tel un ballon crevé. Je sus qu'il était fichu.

Au moment de m'enfuir, je me ravisai. Si ses complices le retrouvaient là, en plein milieu du couloir, ils sauraient que j'étais revenu et devineraient peut-être pourquoi. Il fallait que je le ramène dans la salle du fond. Les autres penseraient qu'il était mort des blessures provoquées par la table.

Je m'accroupis entre ses jambes et le pris par les genoux. Il était plus lourd qu'il n'y paraissait. Penché en avant, je traînai le cadavre avec difficulté. Des élancements me transperçaient le dos.

La voix de Harry résonna :

— Qu'est-ce que tu fabriques ? Ils entrent. Tu as une dizaine de secondes pour dégager du couloir.

J'abandonnai le cadavre dans la pièce du fond et me ruai vers la sortie latérale.

En atteignant la cage d'escalier, je les entendis arriver du côté opposé. J'entrai sans laisser la porte se refermer totalement.

Accroupi sur le palier, à bout de souffle, je vis par l'entrebâillement trois des hommes de Yamaoto surgir dans le couloir. L'un d'entre eux était plié en deux : celui que j'avais frappé avec la boîte de café. Dès qu'ils pénétrèrent dans les bureaux de Conviction, je les perdis de vue.

— Ils sont de retour dans le bureau, fit la voix de Harry. L'entrée du bâtiment est dégagée. Sors par la porte latérale et pars en direction de Sakurada-dori en traversant le parc.

Je descendis les marches, rapidement et en silence, et glissai la tête par la sortie. La voie était libre. Je suivis une ruelle reliant Hibiya-dori et Chuo-dori puis traversai le parc. La chaleur du soleil sur mon visage me fit du bien.

TROISIÈME PARTIE

Ils résolurent de regagner leur pays : les années passées à l'étranger semblent vides à force d'avoir été trop nombreuses. Pourtant [...], lorsqu'on rentre au pays, l'air qu'on y respire a perdu son influence bénéfique et la vie n'a de réalité que là où nous ne pensons séjourner que de façon passagère. Ainsi, de deux pays, aucun n'est le nôtre.

Nathaniel HAWTHORNE,
Le Faune de marbre

19

— Tu es un de ces cinglés qui ont un désir de mort. Plus jamais je ne travaillerai avec toi ! me lança Harry lorsque j'arrivai à son appartement.

— Moi non plus, je ne travaillerai plus avec moi-même, rétorquai-je. L'émetteur a donné quelque chose ?

— Oui. Tout ce qui s'est passé pendant que tu étais là-bas et une courte réunion qui vient de se terminer. Elle est enregistrée sur le disque dur.

— Ils ont parlé du type que j'ai croisé en sortant ?

— Comment ça ?

— Après avoir placé le micro, j'ai rencontré un des hommes de Yamaoto. Ils ont dû s'imaginer que ça avait eu lieu plus tôt, sinon tu les aurais entendus faire des commentaires.

— Ah, oui. Ils ont cru que c'était arrivé lors de ton évasion. Ils ignorent que tu es repassé. Le type est mort.

— Il était plutôt mal en point.

Harry m'observait avec attention mais je ne parvenais pas à déchiffrer son expression.

— Tu as fait vite. Tu es capable de frapper comme ça, à mains nues ?

Je le fixai, impassible.

— Je me sers aussi de mes pieds. Où est Midori ?

— Elle est allée acheter un clavier de piano électronique. Nous allons essayer de jouer le contenu de la disquette pour l'ordinateur. C'est le seul moyen de lui faire distinguer les schémas.

— Elle ne devrait pas sortir si ce n'est pas nécessaire.

— C'était nécessaire. Il fallait que quelqu'un surveille le laser et l'infrarouge pour te sauver la peau, et elle ne connaît pas bien ces appareils, ce qui ne nous laissait guère le choix.

— Je vois.

— Elle sait se montrer prudente. Elle est déguisée. Je ne pense pas qu'il y ait de problème.

— D'accord. Écoutons ce qu'a donné l'émetteur.

— Attends un peu, ne me dis pas que tu as laissé la camionnette là-bas !

— Qu'est-ce que tu crois, que je suis retourné la chercher ? Je suis dingue, mais pas à ce point-là.

Harry eut l'air d'un enfant qui vient d'apprendre que son chien est mort.

— Tu as une idée du prix que ça coûte ?

Je réprimai un sourire et lui tapotai l'épaule :

— Maintenant, tu sais ce que je vaux !

Je m'assis devant l'écran d'ordinateur et m'emparai d'un casque.

— Vas-y, fis-je.

Au bout de quelques clics, j'entendis Yamaoto fustiger ses hommes. Ses complices avaient dû l'appeler pour lui annoncer mon évasion.

— Un homme seul ! Désarmé ! Et vous le laissez se tirer ! Bande d'imbéciles ! D'incompétents !

Impossible de savoir qui était présent ou combien ils étaient car ils subissaient sa tirade en silence. Il se tut un moment, sans doute pour se ressaisir, puis reprit :

— Bon. Il ignore peut-être où se trouve la disquette. Et même s'il le sait, je ne suis pas certain que vous auriez pu le faire parler. Il est manifestement plus fort que vous tous.

Au bout d'un long silence, quelqu'un prit la parole :

— Que devons-nous faire, *toushu* ?

— Quoi ? fit Yamaoto, la voix éraillée d'avoir trop crié. Concentrez-vous sur la fille. Elle représente toujours notre piste la plus prometteuse.

— Elle se cache.

— Oui, mais elle n'a pas l'habitude de la clandestinité, répondit Yamaoto. Ses affaires sont sans doute en suspens. On peut compter sur elle pour reprendre ses activités dans peu de temps. Placez des hommes à tous les points stratégiques : son domicile, son travail, ses connaissances, sa famille. Travaillez avec Holtzer si nécessaire. Il a les moyens techniques.

Holtzer ? Qu'ils travaillent avec lui ?

— Et l'homme ?

— L'homme, c'est une autre histoire, dit Yamaoto. Il est comme un poisson dans l'eau dans la clandestinité. À moins d'un coup de chance exceptionnel, vous l'avez perdu.

Je les imaginai en train d'incliner la tête de conserve pour exprimer leur honte. Au bout d'un moment, un type suggéra :

— On le trouvera peut-être avec la fille.

— Oui, c'est possible. De toute évidence, il la protège. Nous savons qu'il l'a tirée des griffes des hommes d'Ishikura, devant chez elle. De plus, il était sur la défensive quand je lui ai demandé où elle se trouvait. Il y a peut-être anguille sous roche.

Je l'entendis rire.

— Drôle de point de départ pour une histoire d'amour.

Ishikura ?

— De toute façon, l'évasion de Rain n'est pas un drame, reprit Yamaoto. La fille constitue un danger bien plus grave. Elle est la seule que Tatsuhiko Ishikura va rechercher et il a autant de chances que nous de la dénicher. Peut-être davantage, à en juger par la vitesse avec laquelle il nous a précédés chez elle. Et s'il trouve la disquette, Ishikura saura s'en servir.

Tatsu ? Tatsu cherche aussi cette maudite disquette ? Il s'agissait donc de ses hommes chez Midori ?

— On ne prend plus de risques, décréta Yamaoto. Plus de laisser-aller. Quand la fille refera surface, éliminez-la immédiatement.

— *Hai*, firent plusieurs voix à l'unisson.

— Malheureusement, sans la disquette ou sans preuve de sa destruction, la disparition de la fille ne nous procurera pas une sécurité totale. Il est temps d'écarter Tatsuhiko Ishikura de la scène.

— Mais, *toushu*, objecta l'un des hommes, Ishikura est responsable d'un service du Keisatsucho. Difficile de l'exécuter sans provoquer des problèmes. De plus…

— Oui, de plus, la mort d'Ishikura fera de lui un martyr dans certains milieux, cela apportera une preuve à sa théorie de la conspiration. Mais nous n'avons pas le choix. C'est toujours préférable au contenu de la disquette, qui constitue une preuve par lui-même. Faites de votre mieux pour que la mort d'Ishikura semble naturelle. Quelle ironie du sort ! Au moment où on a vraiment besoin de lui, le meilleur spécialiste en la matière reste introuvable. Eh bien, tâchez de vous inspirer de lui. Vous pouvez disposer.

Ce fut tout. J'ôtai le casque et me tournai vers Harry.

— Il émet toujours ?

— Jusqu'à ce que la batterie soit à plat. Dans environ trois semaines. Je continuerai à surveiller.

J'opinai du chef. Harry allait sans doute découvrir des indices sur moi. Les propos de Yamaoto étaient déjà assez éloquents. Vu le contexte, il suffisait d'un peu de logique pour opérer le rapprochement : la référence au début de ma liaison avec Midori, à l'absence du tueur le plus doué pour faire croire à une mort naturelle.

— Je crois que Midori ne devrait pas entendre ces conversations, dis-je. Elle en sait assez. Je ne veux pas… la compromettre davantage.

— Je te comprends tout à fait, acquiesça Harry en baissant la tête.

Il savait. J'en eus soudain la certitude.

— Je suis content de pouvoir te faire confiance. Merci, Harry.

L'interphone se mit à bourdonner.

— C'est moi, annonça la voix de Midori.

Harry appuya sur le bouton. Chacun se mit en place : moi à la porte et Harry près de la fenêtre. Une minute plus tard, Midori apparut dans le couloir, portant une boîte rectangulaire. En m'apercevant, elle sourit et hâta le pas. Elle entra dans le *genkan* et m'étreignit.

— Tu as de plus en plus mauvaise mine, me dit-elle en posant la boîte par terre.

Elle avait raison. Après ma chute sur les rails du métro, j'avais le visage maculé de boue. Je devais avoir l'air épuisé.

— Je me sens moins bien, aussi, répondis-je en lui souriant pour lui montrer que sa présence me réconfortait.

— Que s'est-il passé ?

— Je te raconterai tout à l'heure. D'abord, Harry m'a dit que tu allais nous donner un petit récital de piano.

— En effet, répondit-elle en ôtant le ruban adhésif de la boîte. Ça ira ? demanda-t-elle à Harry.

Il examina le clavier électronique.

— Je dois avoir un adaptateur quelque part. Attendez.

Il fouilla un tiroir plein de composants électriques et en essaya plusieurs avant de trouver le bon. Puis il posa le clavier sur le bureau, le relia à l'ordinateur et fit apparaître l'image numérisée des notes sur l'écran.

— Le problème, c'est que je ne sais pas jouer et que Midori ne sait pas utiliser cet ordinateur. Le mieux, c'est de s'arranger pour que l'ordinateur applique les schémas sonores à la représentation des notes de la page. Dès qu'il aura assez de données pour travailler, l'ordinateur interprétera les notes de musique comme des coordonnées des réseaux, puis il utilisera l'analyse fractale pour identifier la répétition de base du motif. Ensuite, il appliquera le motif au japonais courant grâce à un algorithme de décodage que j'ai installé, et nous y serons.

— C'est exactement ce que je me disais, raillai-je.

Harry m'adressa son regard faussement offusqué et précisa :

— Midori, essayez de jouer la partition sur l'écran et voyons ce que l'ordinateur fera de ces données.

Elle s'installa au bureau et leva les doigts au-dessus du clavier.

— Attention, fit Harry, il faut jouer à la perfection. Si vous ajoutez ou supprimez une note, ou si vous faites une fausse note, vous allez créer un nouveau motif. L'ordinateur s'y perdra. Il faut jouer exactement ce qui apparaît à l'écran. C'est possible ?

— Certainement, s'il s'agissait d'une mélodie ordinaire. Mais la composition est bizarre. Je vais devoir répéter. Pouvez-vous me débrancher de l'ordinateur ?

— Bien sûr.

Il actionna la souris.

— Allez-y. Prévenez-moi quand vous serez prête.

Midori observa l'écran quelques instants, la tête droite, immobile. Ses doigts s'agitèrent, reflétant les sons qu'elle entendait en pensée. Enfin, elle effleura les touches. Pour la première fois, retentit la mélodie qui avait coûté la vie à Kawamura.

Mal à l'aise, j'écoutai Midori jouer. Au bout de quelques minutes, elle déclara à Harry :

— C'est bon, je suis prête. Vous pouvez me rebrancher.

— Ça y est, fit Harry après quelques clics. Il vous écoute.

Midori se remit à jouer. La pièce s'emplit d'un étrange requiem. À la fin de la partition, elle s'arrêta et regarda Harry, les sourcils levés.

— L'ordinateur possède désormais les données, expliqua-t-il. Voyons ce qu'il peut en faire.

Nous observâmes l'écran sans mot dire, à l'affût des résultats.

Au bout de trente secondes, une suite étrange de notes désarticulées jaillit des haut-parleurs, en écho à ce que Midori venait de jouer.

— L'ordinateur est en train de factoriser les sons, expliqua Harry. Il recherche le motif de base.

Nous patientâmes encore quelques minutes. Enfin, Harry déclara :

— Je ne vois aucun progrès. L'ordinateur n'a peut-être pas la puissance nécessaire.

— Où peut-on la trouver ? s'enquit Midori.

— Je peux essayer de pirater Livermore pour avoir accès à leur super-ordinateur. Mais ils ont perfectionné leur système de sécurité. Ça risque de me prendre du temps.

— Un super-ordinateur y arriverait ? demandai-je.

— Peut-être, répondit-il. En fait, il suffit d'une puissance de traitement raisonnable. C'est une question de temps. Plus la puissance est importante, plus l'ordinateur peut essayer de possibilités en un temps plus court.

— Ainsi, un super-ordinateur accélère le processus, conclut Midori. Mais on ne sait pas de combien.

— C'est ça, fit Harry en hochant la tête. Réfléchissons un peu. Avons-nous vraiment besoin de décoder ces données ?

Je voyais où il voulait en venir : la même idée m'avait effleuré au quartier général de Conviction tandis que Yamaoto me réclamait la disquette.

— Quels sont nos objectifs ? dit-il. Cette disquette, c'est de la dynamite. On veut simplement la neutraliser. Les propriétaires savent qu'elle ne peut être copiée et transmise. On pourrait la neutraliser en la leur rendant.

— Non ! s'exclama Midori en se levant. Mon père a risqué sa vie pour cette disquette. Elle ira là où il le désirait !

Harry leva les mains en signe d'impuissance.

— D'accord. J'essaie simplement de prendre du recul. De me rendre utile.

— Ton idée est logique, Harry, admis-je, mais Midori a raison. Et pas seulement parce que son père a risqué sa vie pour obtenir cette disquette. De nombreuses personnes la recherchent : Yamaoto, mais aussi l'Agence, le Keisatsucho, et d'autres peut-être. Si nous la rendions à l'un, cela ne résoudrait pas nos problèmes avec les autres.

— Je comprends, dit Harry.

— Mais l'image de la dynamite me plaît. Comment neutralise-t-on la dynamite ?

— On la fait sauter en lieu sûr, expliqua Midori, qui regardait toujours Harry.

— Exactement, opinai-je.

— Bulfinch, murmura Midori. Il faut que Bulfinch publie le contenu. Voilà ce qui la neutraliserait. Et c'était ce que voulait mon père.

— Faut-il lui remettre la disquette sans même avoir la certitude de ce qu'elle contient ? questionna Harry.

— Nous le savons, dis-je. Les propos de Bulfinch sont corroborés par Holtzer. Je ne vois pas d'autre solution.

— Nous ignorons s'il a les moyens de la décoder, observa-t-il en fronçant les sourcils.

Face à cette note de ressentiment, je réprimai un sourire : on allait priver Harry de son jouet, résoudre cette énigme sans lui.

— On peut supposer que *Forbes* a accès aux ressources nécessaires. Ils convoitent le contenu de la disquette.

— J'aimerais quand même avoir une autre chance de le décoder.

— Moi aussi. Mais combien de temps cela prendrait-il ? Nous avons de nombreux adversaires et nous n'allons pas pouvoir leur échapper beaucoup plus longtemps. Plus vite Bulfinch publiera les informations, plus vite nous pourrons souffler.

— Je l'appclle, déclara Midori.

20

J'avais donné rendez-vous à Bulfinch dans Akasaka Mitsuke, l'un des quartiers les plus animés de la ville, sillonné d'une myriade de ruelles, certaines si étroites qu'il fallait se placer de biais pour les parcourir.

Il faisait froid. Sous la pluie, j'effectuai mes vérifications d'usage et quittai la station de métro d'Akasaka Mitsuke, devant le grand magasin Belle Vie. En face, étrangement rose dans la grisaille, se dressait la masse imposante de l'hôtel Akasaka Tokyu. Je m'arrêtai pour ouvrir mon parapluie, m'engageai dans Sotobori-dori. Après avoir tourné à droite dans une ruelle, près de la Citibank, je poursuivis mon chemin sur les pavés rouges de l'esplanade d'Akasaka-dori.

Comme j'avais plus d'une heure d'avance, je décidai de manger un morceau chez Tenkaichi – « juste avant le paradis » –, une chaîne de restaurants de nouilles. Celui de l'Esplanade ne manque pas de caractère. L'établissement acceptant les devises étrangères, pièces et billets des quatre coins du monde sont affichés sur les murs de bois. On y joue des compilations de jazz en boucle, parfois de la pop américaine. Les sièges rembourrés, dont quelques-uns sont disposés dans des recoins discrets, offrent unc bonne vue sur la rue.

Je commandai un *chukadon*, plat de riz aux légumes chinois, que je dégustai en regardant défiler les passants. Comme moi, deux *sarariman* retardataires mangeaient seuls. En fond sonore, Sade chantait *Stronger Than Pride* et *Haunt Me*.

Hante-moi
Hante mes rêves
Je t'en prie
Ton souffle est avec moi, maintenant et à jamais
Comme une brise
Ne doute jamais de moi
Si tu as besoin d'aide
Ne doute jamais de moi.

J'avais recommandé à Bulfinch d'effectuer le tour du pâté de maisons dans le sens inverse des aiguilles d'une montre à partir de quatorze heures, au 19-3 Akasaka Mitsuke san-chome. Un écheveau de ruelles striait cet endroit. Il devrait donc attendre que je manifeste ma présence. Qu'importait s'il arrivait en avance, il n'aurait qu'à tourner en rond sous la pluie.

À treize heures cinquante, je réglai ma note et quittai le restaurant. Tenant le parapluie très bas, je traversai l'esplanade vers Misuji-dori pour m'engager dans une ruelle en face du restaurant Buon Appetito, au 19-3, et j'attendis sous un porche rouillé. À cette heure-là et par ce temps, le quartier était calme. Je patientai en regardant de tristes gouttes d'eau tomber lentement sur le couvercle des poubelles.

Au bout d'une dizaine de minutes, des pas résonnèrent sur la brique mouillée. Bulfinch apparut. Vêtu d'un trench-coat vert olive, il marchait voûté sous un grand parapluie noir. Là où je me trouvais, il ne me voyait pas. J'attendis qu'il soit passé devant moi.

— Bulfinch, par ici, dis-je doucement.

— Merde ! fit-il en se retournant d'un bond. Ne me faites plus jamais ça !

— Vous êtes seul ?

— Bien sûr. Vous avez la disquette ?

Quittant mon abri, je scrutai la ruelle dans les deux sens. Rien à signaler.

— Elle est tout près d'ici. Dites-moi d'abord ce que vous comptez en faire.

— Vous le savez très bien. Je suis journaliste. Je compte publier une série d'articles sur la base de la disquette.

— Combien de temps vous faudra-t-il ?

— Combien de temps ? Mais ces articles sont déjà écrits ! Il ne me manque plus que des preuves.

Je réfléchis.

— J'ai une ou deux choses à vous signaler à propos de cette disquette.

Je lui expliquai le codage.

— Ce n'est pas un problème, répondit-il. *Forbes* est en relation avec Lawrence Livermore. Ils nous aideront. Dès qu'elle sera décryptée, nous sortirons les articles.

— Vous savez que chaque journée qui passe sans publication met la vie de Midori en péril.

— C'est pour cette raison que vous me la confiez ? Les gens qui la recherchent vous auraient payé une somme rondelette, vous savez.

— Si vous ne publiez pas le texte de cette disquette, Midori risque de le payer de sa vie. Si ça se produisait, je vous tuerais.

— Je vous crois sans peine.

Je le dévisageai longuement puis je pris la disquette dans ma poche de poitrine pour la lui remettre. Ensuite, je regagnai la station de métro.

Je partis vers Shinbashi, histoire d'assurer mes arrières, en pensant à Tatsu. Jusqu'à la publication, Midori n'était pas la seule à être en danger. Tatsu également. Il ne constituait pas une cible facile, mais nul n'est à l'épreuve des balles. Il y avait bien longtemps que je ne l'avais vu, mais nous nous étions couverts mutuellement. Je lui devais bien une mise en garde.

J'appelai le Keisatsucho depuis une cabine de la station Shinbashi.

— Tu te souviens de moi ? lui demandai-je en anglais.

— Oui. Ça faisait longtemps, répondit-il au bout d'un long silence.

Il passa à l'anglais, par peur que son entourage comprenne ses propos.

— Tu sais que le Keisatsucho a découvert deux cadavres à Sengoku ? L'un d'eux avait une canne portant tes empreintes. Je me demandais si tu étais toujours à Tokyo.

Bon sang, me dis-je. J'avais dû toucher la canne sans m'en rendre compte. Depuis mon retour au Japon, après la guerre, mes empreintes figuraient dans un dossier. Sur le plan administratif, j'étais un étranger et, au Japon, on relève les empreintes de tous les résidents étrangers.

— On a essayé de te localiser, reprit-il, mais tu t'étais volatilisé. Je crois savoir pourquoi tu m'appelles, mais je ne peux rien pour toi. Pour l'heure, le mieux serait que tu viennes au Keisatsucho. Tu sais que je tenterai tout ce qui est en mon pouvoir pour t'aider. Ta fuite équivaut à un aveu.

— C'est la raison de mon appel, Tatsu. J'ai des renseignements sur cette affaire et j'aimerais te les communiquer.

— En échange de quoi ?

— Écoute, Tatsu, il ne s'agit pas de moi. Si tu exploites les informations que je détiens, je me rendrai ensuite à la police. Je n'aurai rien à craindre.

— Où et quand ?

— Sommes-nous seuls en ligne ?

— Tu suggères que je suis sur écoute ? demanda-t-il sur un ton où je reconnus une pointe de sarcasme.

Il me laissait entendre qu'il l'était.

— Très bien, dis-je. Dans le hall de l'hôtel Okura, samedi prochain, à midi pile.

L'Okura étant un lieu de rendez-vous impensable, Tatsu devait se douter que je ne parlais pas sérieusement.

— Ah, excellente idée ! commenta-t-il, sous-entendant qu'il avait compris. À samedi.

— Tu sais, Tatsu, ça peut paraître fou, mais je regrette parfois les moments que nous avons partagés au Vietnam. Ces absurdes réunions hebdomadaires auxquelles on devait assister. Tu te souviens ?

Le responsable CIA du détachement spécial qui organisait ces réunions les programmait toujours à seize heures trente, ce qui lui laissait ensuite le loisir de courir les prostituées de Saigon. Tatsu pensait à juste titre que ce type était un imposteur et n'hésitait pas à le clamer en public.

— Oui, je me souviens.

— Elles me manquent particulièrement en ce moment, repris-je, m'apprêtant à lui indiquer le jour du rendez-vous, en plus de l'heure. S'il y en avait une demain… je m'y rendrais avec plaisir. Que veux-tu, je deviens nostalgique en vieillissant.

— Ce sont des choses qui arrivent.

— Enfin, c'est loin, tout ça. Je suis désolé de t'avoir perdu de vue comme ça. Tokyo a tellement changé depuis mon retour ! On a vécu de bons moments, à l'époque, non ? J'adorais ce petit bar où on allait, celui où la Mama-san fabriquait des poteries dans lesquelles elle servait à boire. Tu te souviens ? Il n'existe sans doute plus.

C'était à Ebisu.

— Il a disparu, en effet, me répondit-il.

— Eh oui, c'est la vie. C'était un petit café bien agréable. J'y pense, parfois.

— Je te conseille fortement de venir ici. Si tu viens, je te promets de t'aider.

— Je vais y réfléchir. Merci du conseil.

Je raccrochai, gardant la main sur le combiné. Pourvu qu'il ait compris. Dans le cas contraire, je ne savais que décider.

21

L'établissement en question était un *izakaya* classique auquel Tatsu m'avait initié après la guerre, lors de mon retour au Japon. Un *izakaya* est un bar minuscule, installé dans un vieux bâtiment de bois, en général tenu par un couple ou avec une personne sans âge qui vit au-dessus. De l'extérieur, seule une lanterne rouge signale son existence. Refuge contre un patron exigeant, un mariage malheureux, le tumulte du métro ou le bruit des rues, il propose de la bière et du saké jusque tard dans la nuit. Les consommateurs défilent sur les tabourets du bar avant de laisser leur place à quelque client épuisé.

Tatsu et moi avions beaucoup traîné à l'*izakaya* d'Ebisu. Quand je l'ai perdu de vue, j'ai cessé d'y aller. J'ai souvent voulu y faire un saut pour prendre des nouvelles de la Mama-san, mais les mois puis les années ont passé sans que j'y remette les pieds. Et voilà que, selon Tatsu, l'établissement n'existait même plus. Sans doute avait-il été rasé. Il n'existe pas de place pour un bâtiment aussi minuscule dans le Tokyo moderne.

Toutefois, je me souvenais de son emplacement. C'était là que j'attendrais Tatsu.

J'arrivai à Ebisu assez tôt pour examiner les alentours. Le quartier était métamorphosé. De nombreux bâtiments de bois avaient disparu. Près de la gare, une rizière avait cédé la place à un centre commercial flambant neuf, de sorte que j'eus un peu de mal à retrouver mes marques.

Je me dirigeai vers l'est, par un temps humide. Le vent était chargé de bruine sous un ciel couvert.

Je retrouvai sans peine l'emplacement de l'*izakaya*. Au lieu du bâtiment délabré et chaleureux se dressait désormais un commerce aseptisé. À l'intérieur, un employé qui semblait s'ennuyer à mourir lisait un magazine sous les lampes fluorescentes. Aucun signe de Tatsu ; mais j'avais près d'une heure d'avance.

Sachant que l'établissement n'existait plus, je ne serais jamais revenu. Bon sang, c'était tout un quartier qui avait disparu. Mon dernier voyage aux États-Unis, cinq ans plus tôt, me revint en mémoire. J'étais retourné à Dryden, qui me tenait lieu de ville natale. Cela faisait près de vingt ans que je n'y avais pas remis les pieds. Une partie de moi avait besoin de rétablir le contact.

Dryden se situe à quatre heures de route au nord de New York. Arrivé là-bas, je constatai que la seule chose qui n'avait pas changé était la disposition des rues. Dans l'artère principale, les boutiques dont je me souvenais avaient fait place aux McDonald's, Benetton, Kinko et Subway, le tout dans des immeubles ultramodernes. Je ne reconnus que quelques échoppes, tels les vestiges d'une civilisation perdue.

Je déambulai, sidéré de voir combien mes bons souvenirs devenaient douloureux, par une alchimie que je n'ai jamais vraiment comprise.

Je m'engageai dans une rue transversale. Un jardin public était coincé entre deux bâtiments ordinaires. Quelques mères de famille avec leurs poussettes bavardaient près d'un banc, évoquant sans doute les événements du quartier, la prochaine rentrée des classes.

Je fis le tour du centre commercial avant de le traverser, longeant une esplanade qui étincelait de chrome et de verre. Une belle architecture, je devais l'admettre. Quelques lycéens me croisèrent en riant, à l'aise dans cet environnement.

J'avisai une silhouette en long trench-coat gris qui venait vers moi de l'autre extrémité de l'esplanade. Je ne distinguais pas ses traits mais je reconnus sa démarche. Tatsu. Tirant un peu de chaleur d'une cigarette, il ignorait l'atmosphère humide.

En m'apercevant, il me fit signe et jeta sa cigarette. Son visage était plus ridé que dans mes souvenirs. Ses soucis avaient dû remonter à la surface.

— Bonjour, dis-je en m'inclinant.

Il me tendit la main.

Il m'observait de près, distinguant certainement sur mon visage les rides que je décelais sur le sien. Et autre chose, peut-être. C'était la première fois que Tatsu me voyait depuis mes opérations de chirurgie plastique. Il devait se dire que l'âge avait effacé mes traits occidentaux. Soupçonnait-il quelque chose derrière mon changement d'apparence ?

— Rain-san, qu'as-tu fait tout ce temps ? demanda-t-il sans me quitter des yeux. Tu sais ce qui risque d'arriver si quelqu'un apprend que je t'ai rencontré sans t'arrêter ? Tu es soupçonné de double meurtre. Une des victimes était liée au PLD. Je subis d'énormes pressions pour résoudre cette affaire.

— Tu pourrais me dire que tu es content de me revoir. Je suis sensible, moi.

Il m'adressa son sourire triste.

— Tu sais bien que je le suis. Mais je préférerais que les circonstances soient différentes.

— Comment vont tes filles ?

Son sourire s'élargit. Il hocha fièrement la tête.

— Très bien. L'une est médecin, l'autre avocate. Par chance, elles ont hérité de l'intelligence de leur mère.

— Elles sont mariées ?

— L'aînée est fiancée.

— Félicitations. Tu vas bientôt te retrouver grand-père.

— Pas trop vite, j'espère, dit-il.

Son sourire s'évapora.

Je n'aimerais pas être surpris par Tatsu en train de batifoler avec une de ses filles.

Nous repartîmes en direction du centre commercial, passant devant la reproduction d'un château français quelque peu incongrue dans cet environnement.

Les banalités d'usage expédiées, j'en vins au fait.

— Yamaoto Toshi, le chef de Conviction, a mis un contrat sur ta tête.

Il s'immobilisa :

— Comment es-tu au courant ?

— Désolé, je ne répondrai pas à ce genre de question.

— Ta source doit être crédible. Sinon, tu ne me le dirais pas.

— Oui.

Nous reprîmes notre marche.

— Rain-san, beaucoup de gens souhaitent ma mort. Parfois, je me demande comment j'ai réussi à vivre aussi longtemps.

— Tu as peut-être un ange gardien.

Il rit.

— J'aimerais bien. En réalité, l'explication est plus simple. Ma mort ne ferait que renforcer ma crédibilité. Vivant, je peux passer pour un fou, un chasseur de fantômes.

— Je crains que les circonstances n'aient changé.

Il s'arrêta encore et m'observa avec attention.

— J'ignorais que tu fréquentais Yamaoto, dis-je.

— Ce n'est pas le cas.

Il hocha la tête. Je sentis qu'il était en train d'ajouter ce renseignement au profil du mystérieux assassin.

— Tu disais que les circonstances avaient changé ?

— Il y a une disquette. D'après moi, elle contient des informations impliquant divers hommes politiques dans une corruption massive. Yamaoto cherche à s'en emparer.

Il savait quelque chose à propos de la disquette. J'avais entendu Yamaoto affirmer que Tatsu avait envoyé des hommes chez Midori. Pourtant, il ne répondit rien.

— Tu as des informations, Tatsu ? demandai-je.

— Je suis flic. Je suis au courant d'un peu tout.

— Yamaoto croit que tu en sais beaucoup. Il a appris que tu cherchais cette disquette. Il a du mal à la récupérer, alors il essaie d'éliminer les détails gênants.

— Pourquoi a-t-il du mal à récupérer la disquette ?

— Il ignore où elle se trouve.

— Et toi ?

— Je ne l'ai pas.

— Ce n'est pas ce que je te demande.

— Tatsu, il ne s'agit pas de la disquette. Je suis venu parce que j'ai appris que tu étais en danger. Je voulais te prévenir.

— C'est à cause de cette disquette que je suis en danger, non ?

Il fit mine d'être troublé, affichant un air innocent qui m'aurait trompé si je l'avais moins bien connu.

— Une fois la disquette retrouvée, le danger est écarté.

— Laisse tomber ton numéro, lui lançai-je. Écoute plutôt. La personne qui détient la disquette est en mesure de publier son contenu. Voilà qui devrait écarter le danger, comme tu dis.

Il s'arrêta et me saisit le bras.

— Ne me raconte pas que tu as confié cette maudite disquette à Bulfinch !

Un signal d'alarme se déclencha dans ma tête.

— Pourquoi cette question ?

— Parce que Franklin Bulfinch a été tué hier à Akasaka Mitsuke, devant l'hôtel Akasaka Tokyu.

— Merde ! m'exclamai-je.

— *Komatta !* jura-t-il. Tu la lui as donnée, n'est-ce pas ?

— Oui.

— Nom de Dieu ! Il l'avait sur lui quand il a été assassiné ?

— À quelle heure est-ce arrivé ? m'enquis-je.

— En début d'après-midi, vers deux heures. Alors, il l'avait sur lui ?

— C'est pratiquement certain.

Les épaules de Tatsu s'affaissèrent. Il ne jouait pas la comédie.

— Nom de Dieu, Tatsu ! Comment sais-tu pour la disquette ?

Il ne répondit pas tout de suite.

— Kawamura était supposé me la remettre.

Étonné, je levai les sourcils.

— Oui, reprit-il. Je m'intéressais à Kawamura depuis un certain temps. Je l'avais fortement encouragé à me fournir les informations qui figurent maintenant sur cette disquette. Il semblerait que, finalement, les gens fassent plus confiance à un journaliste qu'à un flic. Kawamura a préféré donner la disquette à Bulfinch.

— Comment le sais-tu ?

— Kawamura m'a appelé le matin de sa mort.

— Qu'a-t-il dit ?

— D'aller me faire foutre. Il allait confier la disquette aux médias occidentaux. En réalité, c'est ma faute. Dans mon enthousiasme, je lui avais mis la pression. Je suis sûr que ça ne lui a pas plu.

— Comment as-tu appris que c'était Bulfinch ?

— Si tu voulais fournir ce genre de renseignement à la « presse occidentale », à qui t'adresserais-tu ? Bulfinch est connu pour ses articles sur la corruption. Mais je ne pouvais en avoir la certitude avant ce matin, quand il a été tué.

— Voilà pourquoi tu as fait suivre Midori.

— Bien sûr.

Tatsu avait une façon de prononcer « bien sûr » d'un ton sec qui donnait à son interlocuteur l'impression d'être un imbécile.

— Kawamura est mort juste après m'avoir appelé. Ce qui signifie qu'il n'a pas pu livrer la disquette à la « presse occidentale » comme prévu. Sa fille ayant récupéré ses affaires, elle était la cible logique.

— C'est pourquoi vous avez enquêté sur le cambriolage de l'appartement de son père ?

Il me lança un regard réprobateur.

— Ce sont mes hommes qui sont entrés par effraction. Nous cherchions la disquette.

— Deux occasions de fouiller les lieux : le cambriolage puis l'enquête, conclus-je, admirant son efficacité. Bien joué.

— Ça n'a pas suffi. On n'a rien trouvé. C'est pourquoi nous avons porté notre attention sur la fille.

— Comme tout le monde.

— Tu sais, Rain-san, je l'ai fait suivre par l'un de mes hommes à Omotesando. Le malheureux a eu un accident très étrange dans les toilettes d'un bar. Il s'est brisé la nuque.

Seigneur, un homme de Tatsu… Peut-être Benny était-il sérieux en m'accordant quarante-huit heures pour accepter le contrat sur Midori ? De toute façon, cela n'avait plus d'importance.

— Vraiment ? fis-je.

— Le même soir, j'ai posté des hommes dans l'appartement de la fille. Ils étaient armés mais, malgré cela, ils ont été mis en déroute par un homme seul.

— Gênant, admis-je, attendant la suite.

Il sortit une cigarette, la considéra un moment, l'alluma.

— Bref, conclut-il en soufflant un nuage de fumée, c'est terminé. C'est la CIA qui a la disquette.

— Pourquoi dis-tu ça ? Et Yamaoto ?

— J'ai les moyens de savoir que Yamaoto cherche toujours la disquette. Il n'y a qu'un autre personnage, dans cette histoire, à part moi. Il a dû subtiliser la disquette à Bulfinch.

— Si tu parles de Holtzer, il travaille avec Yamaoto.

Tatsu esquissa son sourire désabusé.

— Holtzer ne travaille pas avec Yamaoto. Il est l'esclave de Yamaoto. Et, comme la plupart des esclaves, il cherche un moyen de s'échapper.

— Je ne te suis pas.

— Yamaoto tient Holtzer par le chantage, comme il contrôle tous ses pantins. Mais Holtzer joue double jeu. Il a l'intention d'utiliser cette disquette pour faire tomber Yamaoto, pour couper les fils de la marionnette.

— Alors Holtzer n'a pas informé Yamaoto que c'est l'Agence qui a la disquette ?

Il haussa les épaules.

— Je te l'ai dit : Yamaoto cherche toujours la disquette.

— Tatsu, fis-je posément, qu'y a-t-il dessus ?

Il tira sur sa cigarette d'un air las, souffla la fumée vers le ciel.

— Des vidéos de coucheries adultères, des enregistrements de pots-de-vin, des numéros de comptes secrets, des documents de transactions immobilières illégales et du blanchiment d'argent.

— Impliquant Yamaoto ?

— Rain-san, tu étais un grand soldat, mais tu ferais un flic de merde. Tout le monde est mouillé sauf Yamaoto.

Il se tut un moment, le temps que je rassemble les pièces du puzzle.

— Yamaoto utilise ces informations pour se livrer au chantage ?

— Bien sûr, répondit-il sèchement. Pourquoi crois-tu que les administrations successives échouent ? Onze Premiers ministres en onze ans ? Tous des larbins du PLD ou des réformateurs cooptés et aussitôt désamorcés. C'est Yamaoto qui tire les ficelles.

— Il ne fait même pas partie du PLD.

— Il ne veut pas. Il gouverne de façon bien plus efficace. Quand un homme politique le contrarie, il dévoile des informations compromettantes sur lui.

Les médias ont la consigne de les amplifier. L'homme politique en question tombe en disgrâce. Le scandale rejaillit uniquement sur le PLD, pas sur Conviction.

— Comment obtient-il ces informations ?

— Grâce à un vaste système d'écoute, de surveillance vidéo et de nombreux complices. Chaque fois qu'il prend une nouvelle victime au piège, celle-ci devient complice et l'aide à développer son réseau de chantage.

— Pourquoi ces gens collaborent-ils ?

— C'est la carotte et le bâton. Yamaoto embauche des jeunes femmes assez belles pour faire succomber le plus fidèle des maris. Il charge quelqu'un de filmer un député se livrant à des ébats. Ensuite, il montre la vidéo à l'intéressé et lui promet de garder le secret en échange de son vote pour certaines mesures, en général des dépenses touchant les travaux publics, et de sa coopération pour piéger ses collègues. Tout homme politique intègre refuserait de voter en faveur de ces projets ridicules, mais la crainte d'être dénoncé est désormais une motivation très puissante. Quant à prendre ses collègues au piège, c'est une question de psychologie. En souillant les autres, on se sent moins sale soi-même. Et comme, au Japon, on élit non pas un homme mais son argent, Yamaoto verse des fonds secrets que le politicien peut utiliser lors de sa prochaine campagne électorale. Yamaoto est généreux. Une fois qu'un politicien fait partie de son réseau, il est de son intérêt de le voir réélu, de promouvoir sa carrière. L'influence de Yamaoto va si loin que quiconque n'appartient pas au réseau est battu aux élections suivantes par l'argent d'un de ses pantins.

— S'il a tant de pouvoir, comment se fait-il que je n'aie jamais entendu parler de lui ?

— Yamaoto ne se dévoile jamais. Ses victimes savent uniquement qu'elles sont victimes d'un chantage, mais elles ignorent d'où ça vient. La plupart d'entre elles croient que c'est l'œuvre d'une faction du PLD. Pourquoi pas ? Chaque fois que Yamaoto décrète qu'un scandale servira ses intérêts, le PLD devient le centre de l'attention de tout le pays. Habile, non ? Yamaoto gère tout de telle sorte que le PLD croit qu'il est au pouvoir. Mais il existe un pouvoir derrière le pouvoir.

— Mais tu as toi-même insisté sur la corruption au sein du PLD.

— Comment le sais-tu ? demanda-t-il en plissant les yeux.

— Ce n'est pas parce qu'on s'est perdus de vue que je ne m'intéresse plus à toi.

Il tira à nouveau sur sa cigarette.

— Oui, je me concentre sur la corruption au sein du PLD, admit-il. Ça amuse Yamaoto. Il croit que je sers ses intérêts. Ce serait le cas si mes rapports étaient pris au sérieux. Mais seul Yamaoto peut décider à quel moment la corruption doit être traînée en justice.

Il esquissa une moue amère. Je ne pus m'empêcher de lui sourire. Sacré Tatsu ! Aussi roublard qu'au Vietnam.

— Mais tu fais le mort. Ton véritable objectif, c'est Yamaoto.

Il haussa les épaules.

— Je comprends maintenant pourquoi tu voulais cette disquette, dis-je.

— Tu étais au courant de mon rôle, Rain-san. Pourquoi ne m'as-tu pas contacté ?

— J'avais mes raisons.

— Ah oui ?

— Midori, fis-je. Si je t'avais donné la disquette, Yamaoto aurait pensé qu'elle avait disparu et il s'en serait pris à Midori. Publier les informations, c'était le seul moyen d'assurer sa sécurité.

Nous marchâmes un moment en silence, puis je lui demandai :

— Comment Yamaoto a-t-il réussi à coincer Holtzer ?

— En lui offrant ce que tout homme convoite.

— À savoir ?

— Le pouvoir, bien sûr. Comment crois-tu que Holtzer a gravi aussi vite les échelons pour devenir responsable du bureau de Tokyo ?

— Yamaoto lui a fourni des renseignements ?

— Bien sûr. D'après ce que je sais, M. Holtzer a fort bien réussi à développer son réseau d'indicateurs au Japon. En tant que responsable du bureau de Tokyo, il a rédigé certains rapports, surtout à propos de la corruption au sein du gouvernement japonais. Naturellement, Yamaoto est expert en la matière.

— Bon sang, la qualité de tes renseignements fait presque peur.

— Ce qui fait peur, c'est de voir à quel point ces renseignements m'ont été inutiles.

— Holtzer sait qu'il est manipulé ?

Tatsu haussa les épaules.

— Au départ, il croyait exploiter Yamaoto. Quand il a compris que c'était le contraire, quelles possibilités avait-il ? Dire à la CIA que ses indics étaient des imposteurs et que ses rapports étaient bidonnés ? Ça aurait mis fin à sa carrière. Il valait mieux travailler pour Yamaoto, lequel continue à lui fournir les « renseignements » qui font de lui une vedette. Et Yamaoto a donc une taupe au CIA.

— Holtzer m'a dit que la CIA travaillait sur Kawamura, et que celui-ci était sur le point de livrer la disquette quand il est mort.

— Kawamura m'a baisé. Il a peut-être baisé l'Agence, aussi. C'est impossible à dire et ce n'est pas le problème.

— Et Bulfinch ? Comment Holtzer l'a-t-il eu ?

— En le faisant suivre jusqu'à ce que tu lui remettes la disquette, bien sûr. Bulfinch était une cible facile, Rain-san.

Je perçus une note critique dans son ton, soulignant que j'avais été stupide de confier la disquette à un civil.

— Rain-san, qu'as-tu fait au Japon, pendant toutes ces années, depuis notre dernière rencontre ?

Avec Tatsu, aucune conversation n'était anodine.

— Rien de bien nouveau, répondis-je. Le même travail de consultant qu'avant.

— C'était quoi, déjà ?

— Tu le sais bien. J'aidais quelques entreprises américaines à exporter leurs produits au Japon, franchir les barrières, trouver les bons partenaires, ce genre de trucs.

— Voilà qui semble intéressant. Quel genre de produits ?

Il aurait dû se rendre compte que quelques questions ne parviendraient pas à faire tomber ma couverture. Le travail de consultant, les clients, tout était bien réel, même s'il n'y avait pas vraiment de quoi faire fortune.

— Tu devrais visiter mon site sur Internet, lui suggérai-je. Il contient un tas dc références à des clients.

Il fit un geste signifiant « ne dis pas de bêtises ».

— Je te demandais ce que tu fabriquais encore au Japon. Pourquoi es-tu encore ici ?

— Qu'est-ce que ça change ?

— J'aimerais comprendre.

Que pouvais-je lui dire ? *J'avais besoin de rester en guerre. Un requin qui arrête de nager ne peut plus vivre.*

C'était plus que cela, je devais l'admettre. Parfois, je déteste habiter ce pays, même au bout de vingt-cinq ans. Je suis toujours un étranger et je n'aime pas ça. Et il n'y a pas que mon métier qui m'oblige à demeurer dans l'ombre. En dépit de mes traits japonais, de mon accent japonais, il n'en reste pas moins que je suis à moitié *gaijin*.

— Ça fait plus de vingt ans que tu es là, reprit-il doucement. Il est peut-être temps que tu rentres à la maison.

Il sait. Ou il est sur le point de savoir.

— Où cela ?

— Si tu restes, nous risquons d'apprendre que nous avons des intérêts opposés.

— Alors évitons de l'apprendre.

— On peut essayer, admit-il avec un sourire triste.

Une idée me vint. Je m'arrêtai et me tournai vers lui.

— Ce n'est peut-être pas terminé, dis-je.

— De quoi parles-tu ?

— La disquette. On peut encore la récupérer.

— Comment ?

— Son contenu ne peut être ni copié ni transmis. Il est codé. Holtzer va avoir besoin de quelqu'un pour le décoder. Soit il devra porter la disquette chez des experts, soit ce sont les experts qui viendront à lui.

Sans hésiter, Tatsu sortit son portable et composa un numéro.

— J'ai besoin de connaître l'heure de rendez-vous d'un membre du personnel du gouvernement américain, dit-il sèchement. Une personne se déclarant de la NSA ou de la CIA. Pour la semaine à venir, les jours prochains. Tout de suite, oui. J'attends.

Dans le cadre d'un traité de sécurité et de collaboration dans le renseignement, les gouvernements américain et japonais se déclarent mutuellement leurs espions de haut vol. Les chances étaient minimes, mais c'était mieux que rien.

Et je connaissais Holtzer. Une vraie vedette. Il présenterait la disquette comme le coup du siècle en matière de renseignement. Il s'arrangerait pour la remettre lui-même afin de s'assurer tout le mérite de l'opération.

Nous attendîmes en silence pendant quelques minutes, puis Tatsu répondit :

— Oui, oui. Compris. Un instant.

Il posa le téléphone contre sa poitrine et me dit :

— Un spécialiste de la cryptographie de la NSA, déclaré par le gouvernement japonais. Et le directeur des affaires asiatiques de la CIA. Tous deux sont arrivés ce soir à Narita en provenance de Washington. Je doute que ce soit une coïncidence. Holtzer a dû les appeler dès qu'il a obtenu la disquette.

— Où vont-ils ? À l'ambassade ?

— Attends. (Il reprit le téléphone.) Trouvez-moi s'ils ont demandé une escorte diplomatique et pour quelle destination. J'attends.

Il replaça le téléphone contre sa poitrine.

— Le Keisatsucho reçoit de nombreuses requêtes pour qu'on escorte des membres du gouvernement américain, m'expliqua-t-il.

Il remit le téléphone à son oreille et patienta.

— Bien, bien, fit-il au bout de quelques minutes.

Il écarta le téléphone.

— La base navale américaine de Yokosuka, jeudi matin, directement depuis le Hilton de l'aéroport de Narita.

— On le tient.

— Comment allons-nous procéder, au juste ? demanda-t-il.

— Eh bien, on arrête la voiture de Holtzer et on prend la disquette. Ensuite, on peut le déclarer *persona non grata*. Je m'en fous.

— Sur quels fondements, au juste ? Les procureurs voudront savoir.

— Je n'en sais rien, moi ! Tu n'auras qu'à leur parler d'une source anonyme.

— Tu ne comprends pas. Ce que tu m'as raconté ne constitue pas une preuve, ce sont des on-dit.

— Nom de Dieu, Tatsu ! lançai-je, exaspéré. Tu es devenu un vrai bureaucrate, ma parole !

— Ce n'est pas une question de bureaucratie.

Je regrettai aussitôt de m'être emporté.

— Il faut utiliser les bons outils. Ce que tu suggères ne servirait à rien.

Je rougis. Il parvenait toujours à me donner l'impression d'être un pauvre imbécile de *gaijin*.

— Si on ne peut pas trouver un compromis, quelle est ton idée ?

— Je peux récupérer la disquette et protéger Midori. Mais tu devras t'impliquer.

— Que proposes-tu ?

— Je ferai en sorte que la voiture de Holtzer soit arrêtée devant la base navale, sous prétexte d'une recherche d'explosifs sous le châssis. À la suite d'une alerte à la bombe anonyme, ajouta-t-il en me regardant d'un air entendu.

— Effectivement.

Il haussa les épaules et composa un numéro que je notai sur ma main, inversant les quatre derniers chiffres et en soustrayant deux de chacun.

— Un agent devra bien sûr demander au chauffeur de baisser la vitre pour lui expliquer.

Je hochai la tête, voyant où il voulait en venir.

— Voici mon numéro de pager, dis-je. Contacte-moi quand tu auras eu confirmation des déplacements de Holtzer. Entre un numéro de téléphone, puis cinq-cinq-cinq, et je saurai que c'est toi. Je vais aussi avoir besoin de matériel. Une flashbang.

Ces grenades incapacitantes produisent une forte détonation et un éclair qui désorientent l'adversaire au lieu de le blesser. Les unités antiterroristes s'en servent pour neutraliser les occupants d'une pièce avant de défoncer la porte et d'abattre les méchants.

Je n'eus pas à préciser ce que je comptais faire de cette grenade.

— Comment puis-je te la faire parvenir ?

— Dans la fontaine de Hibiya Park, répondis-je, improvisant. Dépose-la du côté de Hibiya-dori, juste au bord, comme ceci.

Je dessinai un croquis sur ma paume pour m'assurer qu'il avait bien compris.

— Envoie-moi un message dès que tu l'auras déposée, afin qu'elle ne reste pas trop longtemps en danger.

— D'accord.

— Encore une chose, fis-je.

— Oui ?

— Préviens tes hommes. Je ne voudrais pas qu'on me tire dessus par erreur.

— J'essaierai.

— Fais mieux que ça.

— On est impliqués tous les deux, répondit-il d'un ton égal. Si tu échoues, il y aura une enquête pour savoir qui a arrêté la voiture et sous quel prétexte. Si j'ai de la chance, vu les circonstances, je n'aurai qu'à prendre une retraite anticipée. Sinon, j'irai en prison.

Il marquait un point, même si je demeurais persuadé qu'il n'était pas disposé à changer de place avec moi. Cela ne valait pas la peine d'en discuter.

— Contente-toi d'arrêter la voiture, lui dis-je. Je m'occupe du reste.

Il hocha la tête puis s'inclina avec formalité.

— Bonne chance, Rain-san, lâcha-t-il avant de s'éloigner sous la pluie.

22

J'aime Tokyo la nuit. Plus pour les lumières, je crois, que pour l'architecture ou pour les sons et les odeurs. Ce sont elles qui animent l'esprit nocturne de la ville. La lumière est partout : dans les rues illuminées par les néons, par les constellations agressives et clignotantes des bars à hôtesses ; des rues où les vitrines et les milliers de phares de voitures inondent le bitume tels les projecteurs halogènes d'un stade lors d'un match en nocturne. L'obscurité, elle, est dans les ruelles que seule vient éclairer la lueur fluorescente de distributeurs solitaires appuyés contre les briques usées, comme des vieillards épuisés, dans le halo jaunâtre de réverbères si espacés que la silhouette d'un passant et son ombre semblent s'évaporer dans les intervalles.

Après le départ de Tatsu, je parcourus les rues en direction de l'Imperial Hotel à Hibiya, où je séjournerais jusqu'à ce que cette affaire soit réglée. Mes projets étaient d'une témérité quasi suicidaire, digne de n'importe laquelle de mes missions au SOG. Le salut solennel de Tatsu était-il une épitaphe ?

Tu as survécu à bien d'autres missions.

Après notre carnage au Cambodge, les choses ont mal tourné pour mon unité. Jusque-là, les tueries restaient impersonnelles. Lors d'une fusillade, il suffisait de viser en direction des balles traçantes. On ne distinguait même pas les hommes qui ripostaient. Plus tard, il arrivait qu'on voie du sang, des lambeaux de cervelle, parfois des cadavres. Ou bien on entendait s'enclencher les pièges qu'on avait posés. Mais, à Cu Lai, c'était différent.

Je me rassurais en songeant que c'était la guerre, qu'il s'y passait toujours des atrocités. Certains sombraient dans la déprime. La honte les empêchait de tirer. Crazy Jake, lui, réagit à l'opposé. Il s'enferma encore davantage dans les griffes de la guerre.

Crazy Jake vouait une loyauté fanatique à ses Yards, comme il nommait ses Montagnards, et c'était réciproque. Lorsqu'un Yard tombait lors d'une fusillade, Jake allait lui-même annoncer la mauvaise nouvelle au chef du village. Il évitait les baraquements militaires, préférant dormir dans les quartiers des Yards. Il avait appris leur langue et leurs coutumes, participait à leurs cérémonies et à leurs rituels. Les Yards croyant à la magie, chaque village avait son sorcier. Grâce à son tableau de chasse, Crazy Jake jouissait d'un prestige sans égal.

Tout cela dérangeait la hiérarchie, qui n'obtenait pas le respect des Yards. Le problème s'aggrava quand nous reçûmes l'ordre de massacrer les hameaux fortifiés de Bu Dop, à la frontière cambodgienne.

Agacé par les règles du commandement d'assistance militaire au Vietnam, et par l'incapacité du MACV à démasquer la taupe qui minait les opérations du SOG, Crazy Jake utilisa Bu Dop comme point de départ pour des missions indépendantes contre le Viêt-cong au Cambodge. Les Yards détestaient les Vietnamiens, qui n'avaient cessé de leur cracher dessus au cours de leur histoire, et étaient ravis de suivre Crazy Jake dans ses expéditions punitives. Mais le SOG était en cours de dissolution. La vietnamisation était à l'ordre du jour. Il s'agissait de confier la guerre aux Vietnamiens pour que les États-Unis puissent se retirer. Le MACV ordonna à Crazy Jake de cesser les opérations au Cambodge, et il refusa, prétextant la défense de ses hameaux.

Le MACV le rappela donc à Saigon. Jake ignora cet ordre. Un détachement chargé de le récupérer n'est jamais rentré. C'était encore plus inquiétant que si on avait retrouvé leurs têtes plantées sur des piquets. Avaient-ils retourné leur veste pour rejoindre Crazy Jake ? Possédait-il un tel charisme ? Les avait-il réduits en poussière ?

On lui coupa les vivres. Plus d'armes, plus de matériel. Jake tenait bon. Le MACV en conclut qu'il vendait du pavot pour financer ses opérations. Jake s'était créé un univers propre. Il dirigeait une armée personnelle, fanatique, efficace et autonome.

Le MACV était au courant pour Jimmy et moi. Ils avaient nos dossiers. Un jour, ils me convoquèrent.

— Allez le chercher, me dit-on. Il se livre au commerce de la drogue, maintenant. Il se rend au Cambodge sans autorisation. Il est incontrôlable. Si l'affaire est rendue publique, ce sera une catastrophe.

— Je doute de pouvoir le raisonner. Il n'écoute personne, répondis-je.

— Nous ne vous demandons pas de le raisonner mais de le neutraliser.

Ils étaient trois. Deux hommes du MACV et un de la CIA. Je secouai la tête. Le type de l'Agence prit la parole.

— Faites ce qu'on vous demande et vous pourrez rentrer chez vous.

— Je rentrerai chez moi le moment venu, dis-je, perplexe.

— Il y a deux possibilités. Premièrement, on bombarde tous les hameaux de Bu Dop. Cela représente environ mille camarades de tués, plus Calhoun. Mais on fera mousser tous les morts pour la patrie. Ce n'est pas un problème. Deuxièmement, vous faites votre devoir et vous sauvez toutes ces vies. Et vous êtes dans l'avion dès le lendemain. Personnellement, je m'en fous.

Sur ces mots, l'officier tourna les talons et sortit.

J'acceptai leur proposition. Ils allaient le liquider, de toute façon. Même dans le cas contraire, je voyais bien ce que Jimmy était devenu. C'était arrivé à de nombreux types, même si Jimmy était le plus atteint. Certains découvraient au combat que tuer était ce qu'ils faisaient le mieux. Qui s'en vanterait ? Qui aurait inscrit dans son CV : « Quatre-vingt-dix victimes, vaste collection d'oreilles humaines, ai dirigé une armée privée » ? Personne. Ensuite, plus moyen de se réadapter au monde réel. On est fichu.

Je dis donc aux Yards que je voulais voir Crazy Jake. Ils me connaissaient grâce aux missions que nous avions menées ensemble. Ils me conduisirent à lui. Je n'avais pas d'arme.

— Salut, Jimmy ! Ça va ?

— John John ! (Il m'avait toujours appelé ainsi.) Tu es venu rejoindre nos rangs ? Il était temps ! On est les seuls dans cette putain de guerre dont le Viêcong ait vraiment peur. On n'est pas obligés de se battre pour une bande de politiciens foireux qui nous retiennent par les couilles.

Nous discutâmes longuement. Lorsque je lui annonçai qu'ils allaient le bombarder, il faisait déjà nuit.

— Je me doutais que ça arriverait tôt ou tard, dit-il. Je n'y peux rien. Ouais, je m'y attendais.

— Qu'est-ce que tu vas faire ?

— Je n'en sais rien. Mais je ne peux pas prendre mes Yards en otage. De toute façon, ces salauds les bombarderaient quand même.

— Tu pourrais t'en aller.

Il m'adressa un regard rusé.

— Je n'ai pas envie d'aller en prison, John John, après avoir mené la grande vie ici, dans les hautes terres.

— Tu es dans le pétrin. Je ne sais pas quoi te dire.

Il hocha la tête et déclara :

— Tu es supposé m'éliminer, c'est ça ?

— Oui.

— Alors vas-y.

Je me tus.

— Je n'ai aucune issue. Sinon, ils vont massacrer mes hommes. Et je préfère que ce soit toi plutôt qu'un inconnu qui lâcherait une bombe de trois cents kilos à trente mille pieds d'altitude. Tu es mon frère de sang.

Je ne dis toujours rien.

— Je les aime bien, mes gars, reprit-il. Je les aime vraiment. Tu sais combien d'entre eux sont morts pour moi ? Ils savaient que j'étais prêt à donner ma vie pour eux.

Ce n'étaient pas des paroles en l'air. Il est difficile pour un civil de comprendre la confiance et l'affection qui peuvent se développer entre les hommes au combat.

— Mes Yards vont t'en vouloir. Ils m'aiment vraiment, ces dingues. Ils me prennent pour un magicien. Mais tu es discret. Tu t'en tireras.

— Je veux simplement rentrer chez moi, répondis-je.

— On n'a plus de chez nous, John, après ce qu'on a fait, dit-il en riant. Ce n'est pas comme ça que ça marche. Tiens.

Il me tendit une arme de poing.

— Ne t'en fais pas pour moi. Sauve la peau de mes Yards.

Je songeai au sergent recruteur, celui qui nous avait donné vingt dollars pour qu'une femme déclare être notre mère et signe notre engagement.

— Sauve la peau de mes Yards, répéta Jimmy.

Je pensai à Deirdre, qui m'avait chargé de veiller sur son frère.

Il prit un CAR-15, une version mitraillette du célèbre M-6, à crosse pliable et à canon raccourci, et y glissa un chargeur. Puis il ôta ostensiblement le cran de sûreté.

— Allez, John John. Je ne vais pas continuer à te le demander aussi gentiment.

Je me souvins de sa façon de lever la main lorsque je m'étais battu avec lui et que j'avais eu le dessus. « C'est bon. Comment tu t'appelles ?
— John Rain, connard », avais-je répondu, puis nous nous étions battus de nouveau.

Le CAR-15 avançait vers moi.

Je songeai aux ravins, près de Dryden. Il fallait oublier tout le reste pour oser sauter à l'eau.

— C'est ta dernière chance, insista Jimmy. Ta dernière chance.

Faites ce que nous vous demandons et vous aurez un billet d'avion pour rentrer chez vous.

On n'a plus de chez nous, John, après ce qu'on a fait.

Je levai l'arme, à hauteur de sa poitrine, et appuyai deux fois sur la détente. Les deux balles lui transpercèrent le torse avant de ressortir dans son dos. Jimmy mourut avant de toucher le sol.

Deux Yards surgirent dans la cabane mais j'avais déjà ramassé le CAR. Je les abattis avant de m'enfuir en courant.

Leur système de sécurité était axé vers l'extérieur. Ils n'étaient pas préparés à arrêter quelqu'un de l'intérieur. Et ils étaient sous le choc de la mort de Jimmy.

Je pris des éclats d'obus à cause de l'explosion d'une Claymore. Des plaies sans gravité.

— Eh bien, soldat, c'est une blessure à un million de dollars. Tu rentres à la maison tout de suite, entendis-je dès mon retour à la base.

Ils m'embarquèrent à bord d'un avion. Soixante-douze heures plus tard, j'étais à Dryden.

La dépouille de Jimmy fut rapatriée deux jours plus tard. Lors des funérailles, ses parents pleuraient. Deirdre aussi.

— Mon Dieu, John, je le savais. Je savais bien qu'il ne reviendrait pas. Mon Dieu…, sanglotait-elle.

Tout le monde voulait savoir comment Jimmy était mort. Je répondais qu'il était tombé au cours d'une fusillade, près de la frontière.

Le lendemain, je quittai la ville sans dire au revoir à personne. Jimmy avait raison. On n'avait plus de chez nous après ce qu'on avait fait. Quel pardon espérer, après de telles expériences ? Je crois que c'est un poète qui a dit ça.

Je me dis que c'est mon karma, la grande roue de l'univers. Il y a une éternité, j'ai tué le frère de ma petite amie. Aujourd'hui, j'élimine un type et je vis avec sa fille. Si cela arrivait à un autre, je trouverais ça drôle.

Avant de voir Tatsu, j'avais appelé l'Imperial pour annoncer ma venue. Je garde toujours quelques affaires à l'hôtel en cas d'urgence : costumes, papiers d'identité, de l'argent, des armes bien dissimulées. Le personnel l'hôtel me prend pour un Japonais expatrié qui revient souvent au pays. Je les paie pour qu'ils gardent mes affaires, ce qui m'évite de les transporter. Il m'arrive même de rester quelque temps pour crédibiliser mon histoire.

L'Imperial est un hôtel central et le bar y est excellent. Il est surtout assez vaste pour être aussi anonyme qu'un *love hotel*. Il suffit de savoir s'y prendre.

Je venais d'atteindre la station de Hibiya, sur la ligne du même nom, quand mon pager se mit à sonner. J'y lus un numéro qui m'était inconnu, suivi de 5-5-5. Tatsu.

Je composai le numéro dans une cabine. On décrocha dès la première sonnerie.

— La ligne est sûre ? fit la voix de Tatsu.

— Assez.

— Les deux visiteurs partent de Narita à neuf heures, demain, pour une heure et demie de trajet. Notre homme risque d'arriver à destination avant eux, alors il faudra être en position très tôt, juste devant les lieux.

— Très bien. Et le paquet ?

— On est en train de le mettre en place. Tu pourras le récupérer dans une heure.

— Ce sera fait.

Un silence s'installa, puis Tatsu me souhaita bonne chance avant de raccrocher.

J'insérai de nouveau la carte téléphonique et composai le numéro que Tatsu m'avait donné à Ebisu. En modifiant ma voix, j'informai mon correspondant qu'il y aurait une bombe sous le châssis d'une voiture diplomatique en visite à la base navale de Yokosuka, le lendemain. Cette feinte devait ralentir les choses devant le poste de garde.

J'avais pris une douche chez Harry avant d'aller retrouver Tatsu, mais j'avais tout de même mauvaise mine en me présentant à la réception de l'hôtel. Nul ne parut toutefois remarquer ma manche trempée. J'étais allé repêcher le paquet de Tatsu dans la fontaine du parc. De toute façon, je venais officiellement d'arriver de la côte est des États-Unis. C'est un long voyage. Tout peut arriver. Le réceptionniste rit quand je lui affirmai que je me faisais un peu vieux pour cela.

Mes affaires m'attendaient dans ma chambre. Mes chemises étaient repassées et mes costumes dans la penderie. Je verrouillai la porte et m'assis sur le lit. Puis j'inspectai le double fond de la valise. J'y vis l'éclat discret du Glock. J'ouvris ma trousse de toilette, sortis des cartouches d'un faux vaporisateur de déodorant, chargeai mon arme, puis la glissai sous le matelas.

À neuf heures, la sonnerie du téléphone retentit. Reconnaissant la voix de Midori, je lui indiquai le numéro de ma chambre.

Une minute plus tard, on frappa doucement à la porte. Je regardai dans le judas. La lumière de la chambre étant éteinte, il lui était impossible de savoir que j'étais en train de vérifier. En laissant la lumière allumée, je m'exposais à un coup de feu.

Comme je m'y attendais, c'était Midori. Je la laissai entrer et refermai à clé derrière elle. Elle inspecta la pièce.

— Il était temps qu'on vienne dans un endroit comme celui-ci, commenta-t-elle. Ces *love hotels* sont parfois un peu vétustes.

— Ils ont leurs avantages, répondis-je en l'enlaçant.

Nous commandâmes des sashimis et du saké chaud au service d'étage. En attendant, je lui racontai mon entrevue avec Tatsu et lui annonçai la mort de Bulfinch.

Le dîner arriva. Après le départ de l'employé, Midori déclara :

— J'aimerais te poser une question un peu… idiote. Tu veux bien ?

Je la dévisageai, les entrailles nouées par la sincérité de son regard.

— Bien sûr.

— J'ai réfléchi, à propos de ces gens. Ils ont tué Bulfinch. Ils ont essayé de nous tuer tous les deux. Ils devaient certainement vouloir tuer mon père. Crois-tu… qu'il ait vraiment eu une crise cardiaque ?

Je versai du saké dans deux petites coupes assorties au flacon de céramique, regardant les volutes de fumée. Mes mains ne tremblaient pas.

— Ta question n'est pas idiote. Il existe des moyens de tuer quelqu'un en faisant croire à un accident ou à une mort naturelle. Et je suis d'accord avec toi. D'après ce que nous avons appris des activités de ton père, ils voulaient certainement sa mort.

— Il avait peur d'être assassiné. Il me l'a dit.

— Ah bon.

Elle tapotait la table de ses doigts, jouant un air furieux sur un piano imaginaire. Un feu glacial brillait dans ses yeux.

— Je crois qu'ils l'ont tué, affirma-t-elle.

On n'a plus de chez nous, après ce qu'on a fait.

— Peut-être, fis-je doucement.

Savait-elle ? Ou son esprit refusait-il de se rendre là où son instinct voulait l'emmener ? J'étais incapable de le deviner.

— Ce qui compte, c'est que ton père était un homme courageux, repris-je d'une voix un peu tendue. Et, quelle que soit la façon dont il est mort, il n'est pas mort pour rien. Voilà pourquoi je dois récupérer cette disquette. Pourquoi je dois finir ce que ton père avait commencé. Je…

Je n'étais pas certain de ce que j'allais dire.

— … Je tiens vraiment à le faire. J'en ai besoin.

Des émotions contradictoires apparurent sur son visage.

— Je ne veux pas, dit-elle. C'est trop dangereux.

— Moins qu'il n'y paraît. Mon ami va faire en sorte que les policiers présents soient au courant. Personne ne me tirera dessus.

Du moins l'espérais-je.

— Mais la CIA ? Tu ne peux pas contrôler ces gens-là.

J'y réfléchis. Tatsu avait probablement déjà calculé que, si j'étais tué, ma mort servirait de prétexte pour que l'on fasse sortir tout le monde de la voiture, en cherchant des armes. Ainsi, il trouverait la disquette. Il avait le sens pratique.

— Personne ne me tirera dessus, répétai-je. Avec mon plan, ils ne comprendront ce qui se passe que quand il sera trop tard.

— Je croyais que, en temps de guerre, rien ne se déroulait comme prévu.

— C'est vrai, admis-je en riant. Jusqu'à présent, je m'en suis sorti grâce à mes dons d'improvisation.

Je bus une gorgée de saké.

— Nous n'avons guère le choix, continuai-je en savourant la sensation de l'alcool qui se répandait en moi. Yamaoto ignore que Holtzer a la disquette, alors, si nous ne la récupérons pas, il va continuer à te pourchasser. Et moi aussi.

Nous mangeâmes en silence. Puis elle me regarda et déclara d'un ton amer :

— C'est logique, mais c'est tout de même horrible.

Je voulus lui dire qu'on finit par s'habituer à l'horreur quand elle a un sens, mais je me tus.

Elle se leva et s'approcha de la fenêtre. Elle me tournait le dos. Sa silhouette se détachait dans l'ombre. Je l'observai un moment puis la rejoignis. Foulant la moquette, je m'arrêtai assez près pour sentir le parfum de ses cheveux, mêlé à un autre, plus exotique. Très lentement, je lui effleurai les épaules et les bras.

Mes mains glissèrent sur ses hanches. Midori se lova contre moi. Ses mains trouvèrent les miennes et passèrent sur son ventre, le caressant de telle sorte que j'ignorais lequel de nous deux imprimait le mouvement.

La tenant ainsi enlacée, à contempler Tokyo par la fenêtre, je sentis s'éloigner peu à peu le poids de l'épreuve qui m'attendait au matin. Je compris avec jubilation qu'il n'existait pas d'autre endroit sur terre où j'aurais voulu me trouver en cet instant précis. Autour de nous vibrait la ville. Les millions de lumières étaient ses yeux, les rires des amants sa voix, l'autoroute et les usines ses muscles. Et je vivais en son cœur battant.

Un peu de temps encore, songeai-je, embrassant Midori dans le cou, sur l'oreille. Quelques moments volés dans un hôtel anonyme, où je pouvais flotter, libre de mon passé, de toutes les choses qui allaient bientôt rompre mes liens si fragiles avec cette femme.

À mesure que je sentais son souffle, le goût de sa peau, la ville s'effaça peu à peu. Midori se retourna et m'embrassa, doucement d'abord, puis plus ardemment, les mains sur mon visage. Elles s'insinuèrent sous ma chemise. La chaleur de son contact se propagea dans mon torse.

Nous roulâmes sur le lit, chacun arrachant les vêtements de l'autre pour les jeter épars sur le sol. Midori se cambra vers moi tandis que j'embrassais ses seins, son ventre.

— Non, tout de suite, prends-moi tout de suite, gémit-elle.

Ses jambes sur mes flancs, je la pénétrai. Elle émit une plainte ressemblant au vent qui monte et nous tanguâmes l'un contre l'autre, l'un avec l'autre. Lentement d'abord, puis plus vite. Nous ne formions plus qu'un seul corps, respirant à travers l'autre, sensation qui se propagea dans tout mon être, de sorte que je ne parvenais plus à nous distinguer. Un orage grondait entre nous et en nous. L'extase me saisit tandis qu'une série d'explosions se déclenchait autour de moi.

Ensuite, nous restâmes enlacés, épuisés, comme si nous avions livré bataille sans réussir à nous départager.

— *Sugoi*, dit-elle. Qu'ont-ils mis dans le saké ?

— Tu en veux une autre bouteille ? répondis-je en souriant.

— J'en veux encore, murmura-t-elle avec langueur.

Ce furent nos dernières paroles, puis je sombrai dans un sommeil heureusement dépourvu de souvenirs et très vaguement troublé par ce qui m'attendait.

23

Réveillé juste avant l'aube, je regardai Tokyo émerger peu à peu de sa torpeur à mesure que les lumières s'allumaient dans la ville. Midori dormait encore.

Je choisis un costume de flanelle grise Paul Stuart, que je gardais à l'Imperial, une chemise Sea Island en coton blanc, une cravate bleue classique et des chaussures façonnées à la main. Ma mallette en vieux cuir venait de chez W. H. Gidden, un maroquinier anglais tragiquement disparu. Difficile d'être plus élégant. Là encore, ce sont les détails qui crédibilisent ou qui trahissent. *Qui sait ? Si les choses tournent mal, au moins tu seras tiré à quatre épingles pour ton enterrement.*

Pendant que j'étais sous la douche, Midori se leva à son tour. Drapée dans le peignoir en éponge blanche de l'hôtel, elle resta assise sur le lit pendant que je m'habillais.

— J'aime bien te voir en costume, me dit-elle quand j'eus terminé. Tu es superbe.

— Oh, je ne suis qu'un simple *sarariman* sur le chemin du bureau, répondis-je pour détendre l'atmosphère.

Je glissai le Glock dans un holster niché dans le creux de mes reins, dissimulé par le tombé impeccable de la flanelle. Puis je plaçai la flashbang sous mon aisselle, sur la manche du costume, où la pression naturelle de mon bras la maintint en place. J'agitai le bras : la grenade me tomba dans la main. Satisfait, je la remis en position.

Je tournai la tête pour faire craquer ma nuque.

— Bon, je dois y aller. Je rentrerai dans la soirée. Tu m'attendras ?

Midori hocha la tête, le visage fermé.

— Je serai là. Du moment que tu reviens…

— Je reviendrai.

Je pris ma mallette et sortis.

Le hall était encore relativement désert. Les hommes d'affaires en visite allaient bientôt se lever et se réunir autour d'un petit déjeuner hors de prix. Devant l'hôtel, je refusai d'un signe de tête l'aide du concierge qui se proposait de m'appeler un taxi. Me rendre à pied à la gare de Tokyo en effectuant un détour me permettrait de vérifier que je n'étais pas suivi. À la gare, je monterais dans le train pour Yokosuka via Shinbashi. Il existait un itinéraire plus direct, que j'évitais pour les raisons habituelles.

C'était une matinée fraîche et claire, comme je les aimais. Un temps rare à Tokyo. En traversant le parc de Hibiya, je vis une belle-de-jour en train d'éclore sous le jet froid d'une fontaine. C'était impensable pour cette fleur d'été. Elle semblait triste, comme si elle savait qu'elle allait bientôt mourir dans la fraîcheur de l'automne.

À la gare de Tokyo, j'achetai un billet pour Shinbashi, où je changeai pour prendre la ligne de Yokosuka, sans omettre de vérifier mes arrières. Je pris un aller-retour, même si un aller simple était plus sûr. Les soldats sont superstitieux, comme aimait à le répéter Crazy Jake, et il est difficile de se défaire de vieilles habitudes.

À sept heures, je montai dans le train qui s'ébranla au bout de quatre minutes, à l'heure prévue. Soixante-quatorze minutes plus tard, nous entrâmes en gare de Yokosuka, sur le port, face à la base navale. Je descendis sur le quai, mallette à la main. Le temps que les autres passagers s'éloignent, je passai ostensiblement un coup de fil depuis une cabine.

De la gare, je gagnai l'esplanade qui longe le port de Yokosuka. Un vent froid chargé d'une légère odeur de marée vint me fouetter le visage. Le ciel sombre contrastait avec le beau temps qui régnait à Tokyo. C'était trop beau, me dis-je.

Le port était aussi gris que le ciel. Je m'arrêtai sur une allée de planches et observai les tristes navires de guerre américains au repos. Derrière eux, des collines d'un vert étincelant tranchaient sur la grisaille ambiante. Les vagues projetaient des détritus contre la digue : bouteilles vides, paquets de cigarettes, sacs en plastique, comme si une répugnante créature marine blessée dans les profondeurs remontait à la surface pour crever.

Le port m'évoqua Yokohama, autrefois, quand j'y allais avec ma mère le dimanche matin. C'était là qu'elle se rendait à l'église. Elle voulait m'élever dans la foi catholique. Nous partions de la gare de Shibuya. À l'époque, le trajet durait plus d'une heure, au lieu des vingt minutes qu'il faut aujourd'hui.

Je me souvins de ces longs voyages en train durant lesquels ma mère me tenait toujours la main. Mon père était furieux qu'elle impose ce rituel occidental primitif à son jeune fils. La messe était une expérience sensorielle et insidieuse : les odeurs boisées de vieux papier et d'encens, les sièges en rang, le reflet chatoyant des vitraux, les échos inquiétants de la liturgie, le goût fade de l'hostie. Le tout catalysé par l'impression de plus en plus évidente que mon père, autre moitié de mon héritage, aurait préféré que je ne mette jamais les pieds dans cet endroit.

Les gens aiment à dire que la culture occidentale est fondée sur la culpabilité tandis que celle du Japon est basée sur la honte, à cette grande différence près : la première est une émotion intériorisée alors que la seconde est tributaire de la présence d'un groupe.

En tant que Tirésias de ces deux mondes, je peux affirmer que la distinction est moins importante qu'on ne veut bien le croire. La culpabilité survient quand il n'y a pas de groupe pour inspirer de la honte. Quels que soient nos péchés, si le groupe s'en moque, il suffit d'inventer un Dieu qui s'en soucie. Un Dieu susceptible d'être infléchi par les bonnes actions ou les efforts d'un pécheur repenti.

Des pneus crissèrent sur le gravier. Je fis volte-face vers le parking, juste à temps pour voir la première des trois voitures noires freiner à quelques mètres de moi. Les portières arrière s'ouvrirent. Deux hommes descendirent. Des Blancs. Holtzer, me dis-je.

Les autres véhicules s'arrêtèrent de part et d'autre du premier. Je tournais le dos à la mer. J'étais cerné. Quatre autres hommes descendirent, tous armés de petits Beretta compacts.

— Monte, m'ordonna le plus proche en désignant la première voiture.

— Non, répondis-je d'un ton posé.

S'ils devaient me tuer, ce serait ici.

Six hommes formèrent un demi-cercle autour de moi. S'ils s'approchaient encore un peu, je pouvais tenter d'en bousculer un. Les autres n'oseraient pas tirer, de crainte de toucher leur complice.

Toutefois, ils étaient assez disciplinés pour demeurer à distance. Sans doute avaient-ils été mis en garde contre le danger que je représentais.

L'un d'eux sortit une arme de sa veste : je reconnus aussitôt un Taser, un fusil incapacitant.

Ils voulaient donc m'emmener et non me tuer. Je pivotai pour me jeter sur le premier, trop tard. J'entendis le déclic de l'arme. Deux fléchettes électriques se plantèrent dans ma cuisse. Le courant parcourut mon corps tout entier. Je m'écroulai en tressautant, cherchant à arracher les fléchettes. Mais mes membres agités de spasmes ne répondaient plus.

Mes agresseurs laissèrent l'électricité se propager un peu plus longtemps que nécessaire. Je gigotais comme un poisson hors de l'eau. Quand je parvins enfin à me calmer, je ne contrôlais plus mes membres et j'avais du mal à respirer. Je sentis deux hommes me palper les chevilles, les cuisses, les reins. Leurs mains soulevèrent le bas de ma veste et prirent mon Glock dans son holster. Je m'attendais que la fouille se poursuive, mais elle s'arrêta là. Ils devaient être satisfaits d'avoir trouvé mon arme. Erreur grossière : la flashbang restait en place.

Un homme m'immobilisa pour me lier les mains dans le dos. On me couvrit la tête d'une cagoule. Avec l'aide d'un complice, il me ramassa tel un sac et me jeta à l'arrière d'une voiture. Je sentis des genoux dans mon dos. Des portières claquèrent. La voiture s'ébranla.

Le trajet dura moins de cinq minutes. À en juger par notre vitesse et par l'absence de virages, nous roulions toujours sur l'autoroute 16 et avions dépassé la base. Je tentai de remuer les doigts, les orteils. Je commençais à retrouver l'usage de mes muscles mais mon système nerveux restait engourdi et j'étais nauséeux.

La voiture ralentit et tourna à droite, faisant crisser ses pneus sur le gravier. Elle s'immobilisa. Les portières s'ouvrirent. On me prit par les chevilles pour m'extraire du véhicule. Ma tête heurta le bas de la portière au passage. Je vis trente-six chandelles.

Ils me mirent debout et m'obligèrent à avancer. J'entendis des pas autour de moi. J'étais de nouveau encerclé. Je dus gravir quelques marches. Une porte s'ouvrit puis se referma avec un claquement métallique. Enfin, on me poussa sur une chaise avant de m'ôter la cagoule.

Je me trouvais dans une roulotte de chantier. Peu de lumière filtrait par l'unique fenêtre coulissante. Une silhouette se tenait assise le dos à la vitre.

— Salut, John. Comment ça va ?

Naturellement, c'était Holtzer.

— Merde, fis-je, affichant délibérément un air abattu.

Étant donné les circonstances, cela ne me fut pas trop difficile.

— Comment m'as-tu retrouvé ?

— Je savais que, en apprenant la mort de Bulfinch, tu chercherais à récupérer la disquette. Tu as des sources. Je me suis dit que tu pouvais peut-être rassembler assez d'éléments pour me débusquer. Par précaution, j'ai posté des hommes autour de tous les lieux probables d'intervention, près de la base. Tu as foncé directement dans l'un d'entre eux.

— Merde, répétai-je, sincère.

— Ne sois pas aussi dur envers toi-même. Tu as failli réussir. Mais tu aurais dû te douter que tu allais foirer, John. Comme toujours quand tu t'attaques à moi.

— C'est vrai, admis-je tout en cherchant une issue.

Sans menottes, j'aurais pu me débarrasser de Holtzer et des deux hommes en faction à la porte, même si j'ignorais qui se trouvait à l'extérieur. Mais, les mains entravées, c'était impossible.

— Tu ne vois même pas ce que je veux dire, hein ? reprit-il. Seigneur, tu as toujours été aveugle !

— Qu'est-ce que tu racontes ?

Ses lèvres charnues esquissèrent un rictus plein de mépris. Il prononça une phrase en silence. Je ne saisis pas tout de suite le sens de ses paroles, mais il continua jusqu'à ce que je comprenne.

La taupe, c'était moi. La taupe, c'était moi.

Je baissai la tête, m'efforçant de me contrôler.

— Arrête tes conneries, Holtzer. Tu n'as jamais eu accès aux informations. La taupe était quelqu'un des ARVN.

— Tu crois ?

Son visage frôla le mien. Il s'exprimait d'une voix basse, obscène, pour que ses hommes ne puissent pas l'entendre.

— Tu te rappelles Cu Lai ?

Le village cambodgien. Je fus envahi d'une sorte de malaise qui n'avait rien à voir avec les effets de la décharge électrique.

— Et alors ? fis-je.

— Tu te souviens de l'expression « liquidez-les » ? Rappelle-toi : « Fiston, je t'assure que si je t'indiquais mon grade, tu ferais dans ton froc. » Tu étais un coriace, John. J'ai même dû imiter trois voix différentes pour te convaincre.

Du calme, John. Concentre-toi sur ton problème, sur la façon de te sortir de là.

— Pourquoi ? demandai-je.

— J'avais une source, un type qui pouvait m'être très utile. J'ai dû lui prouver ma loyauté. Au village, il avait un créancier qui lui cherchait noise. J'ai voulu lui montrer comment je pouvais faire disparaître ce genre d'ennuis.

— Tu as massacré un village entier rien que pour ce type ?

— Il le fallait. Vous vous ressemblez tous, vous autres.

Il rit de sa propre plaisanterie.

— Tu déconnes. Tu aurais pu donner à cet indic l'argent nécessaire pour éponger sa dette.

Holtzer rit de plus belle.

— Des villageois massacrés ? Quelques Viets de plus à ajouter à la liste des victimes. Il était bien plus facile de procéder ainsi que de demander les fonds, remplir un tas de paperasses, et tout le reste.

Pour la première fois depuis certains cauchemars dus à la guerre, je sentis un véritable désespoir s'insinuer dans mon esprit. Je commençais à comprendre au plus profond de moi que je n'avais plus que quelques minutes à vivre, que Holtzer allait avoir le dernier mot, comme toujours. La perspective de ma propre mort ne me fascinait plus outre mesure, mais mon incapacité à arrêter Holtzer au moment même où j'apprenais ce qu'il m'avait fait faire, autrefois, était accablante.

— Je ne te crois pas, répondis-je afin de gagner du temps. Que te donnaient-ils qui vaille autant la peine ? Je sais que ce n'était pas de l'argent. Trente-cinq ans plus tard, tu es toujours un petit gratte-papier en costume bon marché.

Il prit un air de compassion exagérée.

— Tu es vraiment un plouc, Rain. Tu ne comprends pas comment ça marche. On échange info contre info. Voilà comment ça se passe. J'avais une source qui me passait des informations sur les mouvements des NVA, des informations cruciales pour les raids destinés à briser la chaîne d'approvisionnement de la piste Hô Chi Minh. Et, même si les missions du SOG ne provoquaient pas vraiment de dégâts opérationnels, le Nord en avait gros sur la patate à cause de vous autres, les cow-boys, parce que vous les faisiez passer pour des abrutis, incapables de contrôler leurs propres troupes. Alors ils voulaient des renseignements sur le SOG et ils étaient disposés à payer cher en fournissant des tuyaux sur eux-mêmes. C'était échanger du fumier contre de l'or.

Il disait vrai. J'en demeurai sans voix.

— Ah, et je vais te livrer encore une petite info avant que ces messieurs t'emmènent pour te tirer une balle dans la nuque et jeter ton cadavre dans le port. Je sais tout à propos de Crazy Jake. C'est moi qui t'ai proposé pour son élimination.

Ma gorge se noua. J'avais l'impression de subir un viol.

— D'accord, c'est par un coup de chance que j'ai entendu parler du problème créé par sa petite armée de Montagnards. Mais je connaissais l'homme idéal pour le régler. John Rain, son vieux copain de lycée. Personne d'autre ne pouvait l'approcher de si près.

C'était fini. J'allais mourir. Mon esprit se mit à dériver. Un calme étrange fondit sur moi.

— Ensuite, j'ai diffusé la nouvelle. C'était confidentiel, mais j'ai fait en sorte que les gens le sachent. « Ça reste entre nous. » Voilà une belle expression, non ? Autant dire aux gens d'aller le crier sur les toits.

Je songeai à ma première ascension du mont Fuji. J'étais avec mon père et nous n'étions pas assez chaudement habillés. Chacun son tour, nous avions voulu rebrousser chemin, mais l'autre insistait toujours pour continuer. Finalement, nous sommes arrivés au sommet. Ensuite, nous avons bien ri. J'ai toujours aimé cette anecdote.

— Je vais te dire, John, ça a mis les gens mal à l'aise. Comment pouvait-on tuer son meilleur ami ? L'approcher sournoisement et l'exécuter ? Comment faire confiance à un tel homme, ensuite ? Quelle chance avait-il d'être promu, de mener une belle carrière ? Je parie que mes petites confidences ont anéanti ta carrière dans l'armée. Tu n'étais plus rien qu'un petit larbin, un assassin.

Mon père adorait raconter cette histoire. Comme il était heureux que nous ayons réussi à nous motiver mutuellement jusqu'à arriver au sommet !

— Alors, Rain, tu as perdu ta langue ?

Oui, c'était un bon souvenir à évoquer au moment du grand départ.

Il se leva et se tourna vers les deux hommes postés à la porte.

— Ne le tuez pas ici. On est trop près de la base navale. L'armée possède toujours ses clichés dentaires et risque d'identifier le corps. Il ne faut pas qu'on puisse établir de lien entre lui et le gouvernement américain. Ou moi. Emmenez-le et débarrassez-vous de lui quand vous aurez terminé.

L'un des hommes lui ouvrit la porte. Holtzer sortit.

J'entendis des claquements de portières. Puis deux voitures démarrèrent en trombe. Nous étions arrivés à bord de trois véhicules. Il n'en restait donc plus qu'un. J'ignorais s'il y avait d'autres hommes dehors.

Les deux types postés à la porte demeurèrent impassibles.

Une force enfla tout au fond de moi et me poussa à lutter.

— Ces menottes commencent à me faire mal, dis-je. Vous pouvez m'aider ?

— T'inquiète pas, répliqua l'un d'eux, goguenard. On va te soulager dans quelques minutes.

— J'ai mal, insistai-je, feignant d'être au bord des larmes.

L'un d'eux eut une moue de dégoût.

— Mon Dieu, j'ai la circulation coupée, geignis-je.

J'agitai les épaules jusqu'à ce que ma flashbang soit en équilibre sur ma manche, puis je levai les coudes et me mis à gigoter avec vigueur. Je sentis la grenade se glisser dans la partie supérieure de la manche de ma veste.

Elle ne tombait pas facilement car mes menottes maintenaient mes bras contre mes flancs. Je me rendis compte que j'aurais dû essayer de la faire tomber dans mon dos, où j'aurais pu la rattraper plus facilement. Trop tard.

Je baissai les bras et me mis à me dandiner.

— J'ai envie de pisser, dis-je.

Les deux hommes échangèrent un regard. Visiblement, ils me trouvaient pathétique.

Chaque secousse faisait avancer la grenade d'un centimètre crucial. Enfin, quand elle eut dépassé mon coude, je la sentis glisser souplement le long de ma manche jusque dans ma main.

Elle était dotée d'un retardateur de cinq secondes. Si je la lançais trop tôt, ils auraient le temps de sortir avant qu'elle n'explose. Si je tardais, j'aurais sans doute une main arrachée. Ce n'était pas exactement ainsi que j'avais prévu de me débarrasser de mes menottes.

Je la dégoupillai et me mis à compter. Un…

L'homme de gauche commença à sortir son arme de sa veste.

Deux…

— Attendez une seconde, fis-je, la gorge nouée. Trois…

Ils se regardèrent, l'air écœuré, se disant : C'est lui le coriace qui a la réputation d'être dangereux ?

Quatre… Je fermai les yeux et tournai le dos aux deux hommes, tout en leur lançant la grenade. Je l'entendis heurter le sol, puis il y eut une forte détonation qui vibra dans tout mon corps. Le souffle coupé, je m'écroulai à terre.

Je roulai vers la gauche, puis vers la droite, cherchant à reprendre mon souffle, avec l'impression de nager sous l'eau. Je n'entendais plus qu'un grondement dans ma tête.

Les hommes de Holtzer se roulaient par terre, eux aussi, aveuglés, se tenant les tempes. Je pris une respiration douloureuse et me mis péniblement à genoux. Mais je retombai aussitôt, ayant perdu tout sens de l'équilibre.

L'un des hommes rampa à quatre pattes vers la porte, cherchant son arme.

Je me remis à genoux, me concentrant sur mon équilibre. L'un des tueurs cherchait son arme à tâtons. Il n'allait pas tarder à la retrouver.

Je posai un pied gauche chancelant en avant et essayai de me lever, en vain.

Les tâtonnements de l'homme se rapprochaient de l'arme.

Je m'allongeai sur le dos et glissai mes mains menottées sur mes reins, mes fesses, jusque sur l'arrière de mes cuisses. Je me mis à gigoter frénétiquement d'un côté à l'autre, faisant descendre mes poignets le long de mes jambes. Je parvins à faire passer un pied, puis l'autre. J'avais enfin les mains devant moi.

Je vis alors les doigts de l'homme se refermer sur le canon du pistolet.

Je le rejoignis juste au moment où il saisissait son arme. Mon violent coup de pied au visage le projeta en arrière et me fit tomber à la renverse. Je me relevai alors que l'autre homme retrouvait l'équilibre. Il clignait toujours les yeux, ébloui, mais il me vit approcher. Il voulut sortir son arme.

Je me jetai sur lui et lui sectionnai les nerfs phrénique et laryngé de mes deux doigts tendus. Puis je glissai les mains sur sa nuque et me servis de la chaîne des menottes pour attirer son visage vers mon genou levé, encore et encore. Son corps s'affaissa. Je le jetai de côté.

Son complice s'était relevé et brandissait un couteau. Avant que je puisse ramasser un bouclier de fortune, il fonça droit sur moi.

S'il s'était arrêté pour se ressaisir, j'aurais eu une meilleure chance, mais il avait décidé de renoncer à l'équilibre au profit de la vitesse. Il donna un coup de couteau au hasard. J'avais déjà esquivé un pas vers la droite, un peu trop tôt, peut-être, mais il ne parvint pas à me suivre. La lame me manqua de peu. Je pivotai dans le sens inverse des aiguilles d'une montre, lui saisissant le poignet à deux mains. Je tentai une prise d'aïkido, mais il retrouva trop vite son équilibre. Durant la lutte, j'eus la désagréable impression que j'étais sur le point de lui lâcher le poignet.

Je le projetai dans l'autre direction et lui donnai un coup de coude dans le nez. Puis je pivotai vivement et pratiquai une immobilisation grossière au cou, resserrant mon emprise de la main gauche tandis que son corps me passait par-dessus. Au moment opportun, je fis tourner sa tête dans l'autre sens. Un craquement vibra le long de mon bras. Sa nuque se brisa net. Le couteau tomba à terre. Je relâchai mon emprise.

À genoux, un peu étourdi, je tentai de réfléchir. Lequel des deux avait la clé des menottes ? En fouillant le premier, dont le teint bleu et la langue gonflée témoignaient que la fracture lui avait été fatale, je trouvai un trousseau de clés, mais pas celle des menottes. J'eus plus de chance avec son complice. Une seconde plus tard, j'étais libre. Je récupérai également un Beretta.

Comme je m'y attendais, il ne restait qu'une seule voiture sur le parking. Je démarrai en trombe.

Je savais où j'étais : tout près de l'autoroute, à cinq ou six kilomètres de l'entrée de la base navale. Le plan d'origine était d'arrêter la voiture de Holtzer avant qu'elle n'entre dans l'enceinte de la base. Holtzer était parti depuis moins de cinq minutes. Vu la circulation et le nombre de feux tricolores, j'avais peut-être encore une chance.

Tout jouait contre moi, mais je possédais un avantage certain : je me moquais éperdument de vivre ou de mourir. Je voulais simplement voir Holtzer partir le premier.

Je tournai à gauche vers l'autoroute 16, faisant dégager les autres véhicules à coups d'avertisseur et d'appels de phares. Je grillai trois feux rouges. De part et d'autre, des conducteurs pilèrent pour m'éviter. En face du bâtiment NTT local, je vis qu'un feu rouge avait créé une brèche dans la circulation venant en sens inverse. Je m'y engouffrai, appuyant sur l'accélérateur et l'avertisseur à la fois, avant de réintégrer la bonne file juste au moment où le feu passait au vert. Je devançais ainsi les voitures qui se trouvaient devant moi quelques secondes plus tôt. Je parvins à attacher ma ceinture tout en roulant et constatai avec une sombre satisfaction que la voiture était équipée d'un airbag. Au départ, j'avais prévu de lancer la grenade dans la voiture de Holtzer. À présent, j'allais devoir improviser.

À dix mètres de la barrière principale, je vis la voiture de Holtzer tourner à droite sur la voie d'accès à la base. Un garde des marines en uniforme de camouflage s'approcha, levant une main. La vitre du côté conducteur s'abaissa. De nombreux gardes étaient présents. À la suite de l'alerte à la bombe, ils effectuaient leurs vérifications plusieurs mètres avant la barrière.

Il y avait trop de voitures devant moi. Jamais je n'y arriverais.

La vitre du conducteur était baissée.

Je klaxonnai furieusement, mais nul ne bougea.

Le garde leva les yeux pour voir d'où provenait ce vacarme.

J'appuyai sur le bouton qui fit descendre ma vitre.

Le garde scrutait toujours les alentours.

En désespoir de cause, je montai sur le trottoir, renversant des poubelles et des vélos. Un piéton s'écarta vivement. À quelques mètres de la route d'accès, je braquai à droite et accélérai en diagonale, sur la pelouse, fonçant sur la voiture de Holtzer. Le garde se tourna. Me voyant arriver à vive allure, il plongea juste à temps pour sauver sa peau. Je heurtai violemment la portière arrière côté conducteur. Les deux voitures formaient un V. J'étais préparé au choc. Grâce à la ceinture et à l'airbag, qui se déploya aussitôt, je m'en sortis sans mal.

Je défis la ceinture et voulus ouvrir la portière, mais elle était coincée. Je dus me hisser à l'extérieur par la fenêtre.

J'étais à deux pas de l'autre voiture. Par la vitre baissée, je saisis le volant et me glissai péniblement à l'intérieur, pratiquement sur les genoux du conducteur. Puis je plongeai à l'arrière. Holtzer était assis à gauche, penché en avant, visiblement choqué. À côté de lui se tenait un jeune homme, sans doute un de ses complices. Entre eux était posée une mallette métallique.

Je saisis Holtzer par le cou, posant le canon du Beretta sur sa tempe. Près de la vitre du conducteur, un marine, arme au poing, cherchait une ouverture. J'attirai Holtzer vers moi.

— Recule ou je lui fais sauter la tête ! criai-je.

Il hésita mais écarta son arme.

— Tout le monde dehors ! ordonnai-je. Vite !

Holtzer et moi étions joue contre joue. Le marine armé devrait être vraiment certain de ses qualités de tireur d'élite pour oser tirer.

— Dehors ! répétai-je. Vite ! Toi ! dis-je au chauffeur. Remonte la vitre. Allez !

Il appuya sur un bouton. La vitre remonta. Je lui criai de descendre et de refermer la portière. Il obéit.

— Toi, dis-je au jeune. Descends ! Et ferme la portière !

Holtzer commença à protester, mais je resserrai mon emprise, étouffant ses paroles. Le jeune homme lui lança un regard puis essaya d'ouvrir la portière.

— Elle est coincée, dit-il, manifestement abasourdi, incapable de saisir la situation.

— Passe par l'avant ! hurlai-je. Grouille-toi !

Il s'exécuta, emportant la mallette.

— Très bien, enfoiré. À nous, dis-je à Holtzer en le relâchant. Mais donne-moi d'abord la disquette.

— D'accord, d'accord. Du calme, répondit-il. Elle est dans ma poche de poitrine.

— Sors-la. Doucement.

Il sortit délicatement la disquette.

— Pose-la sur mes genoux.

Il obéit.

— À présent, tourne-toi vers la vitre et mets les mains sur la nuque.

Je ne voulais pas qu'il saisisse son arme pendant que je récupérais la disquette.

Je glissai l'objet dans ma poche.

— Maintenant, on va sortir. Mais lentement. Sinon ta cervelle risque d'éclabousser les sièges.

Le regard dur, il grimaçait.

— Rain, tu ne te rends pas compte de ce que tu es en train de faire. Pose cette arme avant que le garde ne t'abatte.

— Si tu ne sors pas de cette voiture dans les trois secondes, je te tire une balle dans les couilles, grondai-je en braquant l'arme. J'ignore si j'en resterai là.

Quelque chose me turlupinait dans sa façon de me remettre la disquette. Il avait cédé trop vite.

Alors je compris. C'était un leurre. Jamais il ne m'aurait donné la vraie aussi facilement.

La mallette.

— Tout de suite ! criai-je.

Il tendit la main vers la poignée de la portière. Je posai le canon du pistolet sur son visage.

Nous descendîmes, aussitôt encerclés par six marines armés à la mine implacable.

— Restez en arrière ou je lui fais sauter la tête !

J'appuyai le canon de mon arme sur sa mâchoire. Je vis le jeune complice, derrière les gardes. La mallette était posée à ses pieds.

— Toi, là-bas ! Ouvre la mallette !

Il me regarda, éberlué.

— Oui, toi ! Ouvre la mallette, allez !

— Je ne peux pas, balbutia-t-il. Elle est verrouillée.

— Donne-lui la clé ! lançai-je à Holtzer.

— Tu rêves, répondit-il en riant.

J'étais seul contre six. Je poussai Holtzer de côté pour les obliger à viser à nouveau, m'accordant une fraction de seconde pour lui assener un coup de crosse dans la tempe. Étourdi, il tomba à genoux. Je suivis son mouvement pour me protéger de son corps. Dans sa poche gauche, je perçus un tintement : un trousseau de clés.

— Apporte-moi la mallette ! criai-je au jeune homme. Vite, sinon je le tue !

Il hésita un peu, puis vint poser la mallette devant nous.

— Ouvre-la ! dis-je en lui lançant les clés.

— Ne l'écoute pas ! ordonna Holtzer en tentant de se relever. Ne l'ouvre pas !

— Ouvre-la ! répétai-je. Ou je le flingue !

— Je t'ai dit de ne pas ouvrir cette mallette ! hurla Holtzer. C'est une valise diplomatique du gouvernement américain.

Pétrifié, le jeune homme hésitait.

— Écoute-moi, nom de Dieu ! Il bluffe !

— Ta gueule ! hurlai-je en lui appuyant mon arme sous le menton. Tu crois qu'il va prendre le risque de mourir pour une valise diplomatique ? Qu'est-ce qu'elle peut contenir d'aussi important ? Ouvre-la !

— Descendez-le ! gueula soudain Holtzer aux gardes. Descendez-le !

— Ouvre cette mallette sinon tu vas te retrouver éclaboussé de sang !

Les yeux du jeune homme passèrent de la mallette à Holtzer, puis revinrent à la mallette. Tout le monde semblait figé.

Tout se passa très vite. Le jeune homme tomba à genoux, actionna la clé. Holtzer voulut protester mais je lui assenai un nouveau coup de crosse. Il s'écroula contre moi.

La mallette s'ouvrit.

Entre deux couches de mousse était nichée la disquette de Kawamura.

Une seconde s'écoula, puis une voix familière retentit derrière moi :

— Arrêtez cet homme.

Je fis volte-face. Tatsu s'avançait vers moi, suivi de trois flics.

L'un d'eux sortit des menottes.

Un marine voulut s'interposer.

— Nous sommes en dehors de la base, lui expliqua Tatsu. Vous n'êtes pas habilité à intervenir. C'est une affaire interne au Japon.

On me menotta les mains dans le dos. Tatsu soutint assez longtemps mon regard pour que j'y lise la tristesse, puis il tourna les talons et s'éloigna.

24

Les policiers me firent monter dans une voiture de police et me conduisirent à leur quartier général. Après avoir pris ma photo et mes empreintes digitales, ils m'enfermèrent dans une cellule sans me dire de quoi j'étais accusé. On ne me proposa pas d'appeler un avocat. Aucune importance : je n'en connaissais pas.

Ce fut supportable. La cellule étant dénuée de fenêtre, je gardais la notion du temps en comptant les repas. Trois fois par jour, un surveillant taciturne m'apportait un plateau de riz et de poisson vinaigré avec quelques légumes et remportait celui du repas précédent. La nourriture était correcte. Tous les trois repas, j'avais le droit de prendre une douche.

J'attendais mon seizième repas en m'efforçant de ne pas trop m'inquiéter pour Midori quand deux surveillants vinrent me chercher. Ils m'emmenèrent dans une petite pièce meublée d'une table et de deux chaises. Une ampoule nue pendait au-dessus de la table. *L'heure de l'interrogatoire*, me dis-je.

Je restai debout, le dos au mur. Au bout de quelques minutes, la porte s'ouvrit. Tatsu apparut, seul. Il avait la mine grave mais, après cinq jours de solitude, j'étais heureux de voir un visage connu.

— Bonjour, dis-je.

— Bonjour, Rain, répondit-il. Ça va ? Je suis fatigué. Asseyons-nous.

Nous nous installâmes face à face. Il resta silencieux pendant un long moment. Sa réticence ne me disait rien qui vaille.

— J'espère que tu me pardonneras cette incarcération. Je sais que tu ne t'y attendais pas.

— Une tape amicale dans le dos aurait été plus sympathique. J'ai quand même plongé par la vitre de la voiture.

Je reconnus son triste sourire coutumier, qui me réconforta.

— Il fallait sauver les apparences, le temps de régler cette affaire, expliqua-t-il.

— Tu as mis du temps.

— Oui. Enfin, j'ai fait aussi vite que possible. Il fallait que la disquette soit décodée avant que je puisse te libérer. Ensuite, j'ai dû passer des coups de fil, prendre des rendez-vous, jouer de mes influences. Il y avait de nombreuses preuves de ton existence à effacer des dossiers du Keisatsucho. Ça m'a pris du temps.

— Tu as réussi à décoder la disquette ?

— Oui.

— Elle contenait ce que tu pensais ?

— Davantage encore.

Il me cachait quelque chose, je le devinais à son comportement. Je le laissai continuer.

— William Holtzer a été déclaré *persona non grata*. On l'a renvoyé à Washington, m'annonça-t-il. Ton ambassadeur nous a informés qu'il allait démissionner de la CIA.

— Seulement démissionner ? Il n'est pas inculpé de quoi que ce soit ? C'était pourtant une taupe pour Yamaoto. Il fournissait de faux renseignements au gouvernement américain. La disquette ne l'incrimine pas ?

Il baissa la tête avec un soupir.

— Le contenu de la disquette ne peut être utilisé comme preuve devant un tribunal. Et les deux parties souhaitent éviter le scandale.

— Et Yamaoto ? demandai-je.

— Le cas de Toshi Yamaoto est… complexe.

— Je n'aime pas beaucoup ça.

— Yamaoto est un ennemi puissant. Il faut l'attaquer de biais, furtivement, l'avoir à l'usure.

— Je ne comprends pas. Et la disquette ? Tu m'avais dit qu'elle contenait la clé de son pouvoir.

— C'est vrai.

C'est alors que je compris.

— Tu ne vas pas la publier, c'est ça ?

— Non.

Je me tus un long moment, le temps d'assimiler les conséquences de cette décision.

— Alors Yamaoto croit toujours que la disquette se promène dans la nature. Tu as signé l'arrêt de mort de Midori.

— On a laissé entendre à Yamaoto que la disquette avait été détruite par des policiers corrompus. Il s'intéresse donc beaucoup moins à Midori Kawamura. Dans l'immédiat, elle sera en sécurité aux États-Unis. Le pouvoir de Yamaoto ne s'étend pas jusque-là.

— Comment ? Tu ne peux pas l'exiler comme ça en Amérique ! Elle a une vie, ici.

— Elle est déjà partie.

Je ne saisissais pas tout.

— Tu seras peut-être tenté de la contacter, reprit-il. Mais je te le déconseille. Elle te croit mort.

— Pourquoi croirait-elle une chose pareille ?

— C'est ce que je lui ai dit.

— Tatsu…, fis-je d'une voix dangereusement neutre. Explique-toi.

— Je savais que tu t'inquiétais pour elle, mais j'ignorais qu'il y avait quelque chose entre vous. Je l'ai compris à sa réaction devant la nouvelle de ta mort.

Il se tut, puis me regarda droit dans les yeux, résigné.

— Je regrette sincèrement de t'infliger cette souffrance. Toutefois, je suis encore plus convaincu d'avoir agi pour le mieux. Vous étiez dans une situation impossible. Il valait mieux qu'elle ne sache rien de ton rôle dans la disparition de son père. Imagine ce qu'elle aurait ressenti en l'apprenant, après ce qui s'était passé entre vous.

Le fait que Tatsu ait tout compris ne m'étonnait même pas.

— Elle n'avait pas à l'apprendre, répondis-je malgré moi.

— D'une certaine façon, je crois qu'elle savait. Ta présence aurait fini par confirmer ses soupçons.

Au lieu de cela, elle garde en souvenir ta mort héroïque pendant que tu accomplissais les dernières volontés de son père.

Je sentis, sans vraiment saisir pourquoi, que Midori appartenait déjà à mon passé. En une seconde, la réalité se transformait en souvenir.

— Si je puis me permettre, reprit Tatsu, votre liaison a été de courte durée. Il n'y a aucune raison de croire que son chagrin va s'éterniser.

— Merci, Tatsu, articulai-je. Tu me mets du baume au cœur.

Il baissa la tête. Jamais il n'exprimait ses sentiments.

— Je ne comprends pas, repris-je. Je croyais que tu voulais publier le contenu de la disquette, qu'il corroborerait ta théorie du complot.

— En finir avec les complots et la corruption, c'est plus important que de démontrer ma propre théorie en la matière.

— Ce n'est pas la même chose ? Bulfinch m'a expliqué que, si le contenu de la disquette était rendu public, les médias japonais seraient obligés de suivre et que le pouvoir de Yamaoto pouvait être anéanti.

— C'est un peu vrai. Mais autant lancer un missile nucléaire. Un seul lancement provoque une destruction totale.

— Et alors ? Lancez-le, ce missile. Détruisez la corruption, que la société puisse respirer à nouveau.

Il soupira. Sa compassion face au choc que je venais de ressentir le rendait sans doute moins impatient que de coutume.

— Au Japon, la corruption fait partie intégrante de la société. La rouille est incrustée si profondément que la superstructure en est désormais constituée. On ne peut l'arracher sans provoquer l'écroulement de la société qui repose dessus.

— C'est des conneries, ça ! dis-je. Si la corruption est telle, qu'elle disparaisse ! Vas-y, arrache !

— Rain-san, dit-il avec un soupçon d'agacement, as-tu réfléchi à ce qui renaîtrait de ces cendres ?

— Que veux-tu dire ?

— Mets-toi à la place de Yamaoto. Son plan A est d'utiliser la disquette pour contrôler le PLD en coulisse. Le plan B est de mettre le feu aux poudres, de publier le contenu de la disquette. De détruire le PLD pour amener Conviction au pouvoir.

— Parce que la disquette n'incrimine que le PLD.

— Bien sûr. En comparaison, Conviction est un modèle de probité. Yamaoto aurait été obligé de sortir de l'ombre, mais il aurait eu de quoi entraîner la nation vers la droite. Au fond, je crois que c'est son espoir ultime.

— Pourquoi dis-tu ça ?

— As-tu remarqué que toutes les références publiques à des dates utilisent à nouveau le calendrier impérial ? C'est maintenant obligatoire. Et le Kenkokukinenbi, le jour qui marque les origines mythologiques du shinto au Japon, a été rétabli en tant que jour férié, alors que les autorités d'occupation l'avaient supprimé. L'État finance les rites shintoïstes de la famille impériale. Les hommes politiques visitent des sanctuaires tels que Yasukuni, où sont enterrés les soldats de la Seconde Guerre mondiale. Il existe une tendance qui vise à ramener le shinto dans la vie publique. Et c'est Yamaoto qui tire les ficelles.

— Je ne te savais pas au courant de ces questions, Tatsu.

— Je suis pragmatique. Peu m'importe de quel côté part le pays, tant que ce mouvement n'est pas contrôlé par Yamaoto.

— Après ce qui est arrivé à Bulfinch et à Holtzer, Yamaoto va comprendre que la disquette n'a pas été détruite et que c'est toi qui la détiens. Il te traquait déjà. Cela ne fera qu'empirer.

— Comme tu le sais, je ne suis pas une proie facile.

— Tu prends beaucoup de risques.

— Je joue gros.

— Tu sais ce que tu fais, après tout, commentai-je, désormais indifférent.

Il me scruta, impassible.

— J'ai une autre raison de me méfier de la disquette, et ça te concerne.

Je ne pus m'empêcher de sourire.

— Vraiment ? demandai-je, entrant dans son petit jeu de l'innocence.

— Ça faisait longtemps que je cherchais l'assassin, Rain-san. Il y a eu de nombreuses morts naturelles, très opportunes. J'ai toujours eu la certitude que ce tueur existait, même si tout le monde se figurait que je pourchassais un fantôme. Et maintenant que je l'ai trouvé, je me rends compte que c'est toi.

— Qu'est-ce que tu vas décider ?

— Comme je te l'ai dit, j'ai détruit toutes les preuves de tes activités, même celles de ton existence, dans les données du Keisatsucho.

— Il reste la disquette. C'est ta façon de me dire que tu possèdes un moyen de pression sur moi ?

Il secoua la tête et je perçus sa déception face à ce manque de subtilité si américain.

— Ces moyens de pression ne m'intéressent pas. Ce n'est pas une façon de traiter un ami. De plus, connaissant ton caractère et tes aptitudes, je reconnais qu'il serait inutile, voire dangereux, d'exercer de telles pressions sur toi.

Incroyable. Ce type venait de m'expédier en prison, il n'allait pas publier la disquette, il avait envoyé Midori aux États-Unis en lui racontant que j'étais mort, et pourtant j'eus honte de l'avoir offensé.

— Tu es donc libre de retourner à la clandestinité, conclut-il. Mais est-ce vraiment la vie que tu souhaites, Rain-san ?

Je me tus.

— Si je puis me permettre, je ne t'ai jamais vu aussi… épanoui qu'au Vietnam. Et je crois savoir pourquoi. Parce que tu es un samouraï dans l'âme. Au Vietnam, tu pensais avoir trouvé ton maître, une cause plus grande que toi-même.

Ses paroles touchèrent un point sensible.

— Quand nous nous sommes revus au Japon, après la guerre, tu n'étais plus le même. Ton maître a dû beaucoup te décevoir pour que tu deviennes un *ronin*.

Littéralement, ce qui flotte sur les vagues, un vagabond, un samouraï sans maître.

Il attendait ma réponse mais je ne dis rien.

— Je me trompe ? questionna-t-il enfin.

— Non, admis-je en pensant à Crazy Jake.

— Tu es un samouraï, Rain-san. Mais un samouraï ne peut être un samouraï sans maître. Le maître est le yin du yang du samouraï. L'un ne peut vivre sans l'autre.

— Que cherches-tu à me dire ?

— Ma bataille contre les fléaux qui minent le Japon est loin d'être terminée. Grâce à cette disquette, je possède désormais une arme de poids. Mais ça ne suffit pas. J'ai besoin de toi.

— Tu ne comprends pas. Il ne suffit pas d'être brûlé par un maître et d'en trouver un autre. La blessure est trop profonde.

— Quelle autre possibilité existe-t-il ?

— Devenir mon propre maître. C'est ce qui m'est arrivé.

Il agita la main comme pour repousser une bêtise.

— C'est humainement impossible. Pas plus que l'on ne peut se reproduire par la masturbation.

Ces propos crus m'étonnèrent de sa part. J'éclatai de rire.

— Je ne sais pas, Tatsu. J'ignore si je peux me fier à toi. Tu es un sacré manipulateur. Regarde ce que tu as fait pendant que j'étais en prison.

— Que je sois un manipulateur est une chose, savoir si tu peux te fier à moi en est une autre.

Étant japonais, il n'avait aucun mal à compartimenter ces choses-là.

— Je vais y réfléchir, promis-je.

— C'est tout ce que je te demande.

— À présent, sors-moi de là.

Il désigna la porte.

— Tu es libre depuis mon entrée dans cette pièce.

J'esquissai un sourire.

— Dommage que tu ne me l'aies pas dit plus tôt. On aurait pu discuter devant un café.

25

Je ne repris pas tout de suite contact avec Tatsu. Auparavant, j'avais quelques détails à régler.

D'abord, Harry. Le jour de l'embuscade contre Holtzer à Yokosuka, il avait piraté les dossiers du Keisatsucho. Il était donc au courant de mon arrestation et de ma « garde à vue ». Quelques jours plus tard, toute référence à ma personne avait disparu des fichiers.

— En constatant que les fichiers avaient été détruits, j'ai pensé qu'ils t'avaient éliminé, toi aussi. Je t'ai cru mort.

— C'est ce qu'ils veulent faire croire, répondis-je.

— Pourquoi ?

— Ils souhaitent que je collabore avec eux sur certaines affaires.

— C'est pour ça qu'ils t'ont laissé sortir ?

— On n'a rien sans rien, Harry. Tu le sais bien.

Je lui parlai ensuite de Midori.

— C'est peut-être mieux ainsi, commenta-t-il.

Harry possédait la plupart des pièces du puzzle. Mais à quoi bon en parler ?

— Qu'est-ce que tu comptes faire, maintenant ? me demanda-t-il.

— Je n'y ai pas encore réfléchi.

— Si tu as besoin d'un bon spécialiste en informatique, tu sais où me trouver.

— Je l'ignore, Harry. Cette histoire de réduction de réseaux t'a donné bien du mal. Le Keisatsucho y a réussi sans problème, lui.

— Dis donc, ces types ont accès aux super-ordinateurs des universités japonaises ! s'indigna-t-il avant de voir mon sourire. Très drôle, ajouta-t-il.

— Je t'appelle, promis-je. Je vais d'abord m'offrir un peu de vacances.

Je me rendis à Washington, où, selon Tatsu, on avait envoyé Holtzer. Sa « retraite » mettrait plusieurs jours à s'organiser, voire des semaines. Entre-temps, il se terrait dans la région de Langley.

J'espérais le localiser en appelant tous les hôtels inscrits dans les pages jaunes des environs. Je procédai en rayonnant à partir de Langley, sans trouver aucun client du nom de William Holtzer. Il s'était sans doute inscrit sous une fausse identité, évitant tout règlement par carte de crédit, de peur que je ne le débusque.

Peut-être avait-il loué une voiture ? J'entrepris de téléphoner aux huit cents principales agences de location. Je me faisais passer pour William Holtzer qui voulait prolonger son contrat. Avis n'avait aucun client à ce nom. Hertz si. L'employé eut la gentillesse de m'indiquer le numéro de la plaque d'immatriculation. J'avais prétendu en avoir besoin pour souscrire une assurance complémentaire par l'intermédiaire de ma société de crédit. Je m'attendais qu'il me dise de le relever sur la clé ou la voiture, mais non. Ensuite, je n'eus qu'à consulter une base de données DMV pour apprendre que Holtzer roulait au volant d'une Ford Taurus blanche.

J'en revins à ma méthode du rayonnement. Ce soir-là, je visitai les parkings des principaux hôtels proches de Langley, examinant la plaque de chaque Taurus blanche.

Vers deux heures du matin, je repérai enfin la voiture de Holtzer sur le parking du Ritz Carlton de Tyson's Corner. Après m'être assuré que c'était bien elle, je me rendis au Marriott voisin, où je subtilisai les plaques d'un autre véhicule. Au bord du parking désert de la Tyson's Corner Galleria, je procédai à l'échange de ces plaques avec celles de ma camionnette de location. Cette nouvelle immatriculation et mon déguisement suffiraient à tromper aussi bien les témoins éventuels que les caméras de surveillance.

Je retournai au Ritz. Les places situées de part et d'autre de la Taurus étaient occupées. Il restait néanmoins un espace vide derrière le véhicule. De toute façon, mieux valait ne pas me garer juste à côté. Il suffit de connaître un peu les ficelles du métier pour se méfier d'une camionnette garée juste à côté, surtout s'il s'agit d'un modèle aux vitres teintées, comme le mien. Je me plaçai de manière que la portière coulissante de la camionnette se trouve face à Holtzer.

Je vérifiai mon matériel. Un Thunder Blaster de 250 000 volts capable de provoquer un étourdissement par simple contact et une perte de connaissance en moins de cinq secondes. Une balle en caoutchouc rose de taille moyenne, en vente partout pour moins d'un dollar. Un kit de défibrillation portatif, comme ceux dont certaines compagnies aériennes commencent à équiper leurs avions, assez compact pour tenir dans un attaché-case et considérablement plus onéreux que la balle en caoutchouc.

La défibrillation ventriculaire n'est pas une méthode évidente. Trois cent soixante joules représentent une dose massive. Un tel choc pratiqué au sommet d'une onde T, c'est-à-dire entre deux battements de cœur, provoque une arythmie fatale. Les défibrillateurs modernes possèdent donc des capteurs qui détectent automatiquement le complexe QRS du battement de cœur, seul moment où le choc puisse être administré en toute sécurité.

Naturellement, le dispositif qui permet d'éviter l'onde T peut être configuré dans le sens inverse.

J'inclinai mon siège vers l'arrière et me détendis. Je me doutais que Holtzer allait se rendre aux locaux de la CIA dans la matinée. Plus que quelques heures à patienter.

À six heures trente, une demi-heure environ avant l'aurore, j'allai uriner sur une haie au fond du parking. Après quelques exercices d'assouplissement, je regagnai la camionnette, où je dégustai un petit déjeuner composé de café et de beignets de poulet froids, les restes de la veille. Les plaisirs gastronomiques de la filature.

Holtzer apparut une heure plus tard. En sortant de l'ascenseur, il vint dans ma direction. Il arborait la tenue habituelle, presque un uniforme, à l'Agence : costume gris, chemise blanche, cravate sombre.

Je voyais à son expression et à sa posture qu'il avait l'esprit ailleurs. Il omit d'inspecter les coins dangereux du parking, surtout autour de sa voiture. Quelle honte de se montrer à ce point désinvolte dans un lieu aussi potentiellement dangereux !

J'enfilai une paire de gants en cuir noir. Actionnant l'interrupteur du Thunder Blaster, je produisis un jet d'étincelles bleues et un crépitement électrique. J'étais prêt.

Je scrutai le parking. Pour l'heure, il était désert. Puis je m'installai à l'arrière de la camionnette. Holtzer s'arrêta du côté conducteur de la Taurus pour enlever sa veste. *Très bien. Ce serait dommage de froisser ton costume d'enterrement.*

J'attendis que la veste eût glissé de ses épaules, moment où il lui serait le plus difficile de réagir. Enfin, j'ouvris la portière et me ruai vers lui. En entendant du bruit, il leva les yeux mais n'eut le temps que d'ouvrir la bouche d'étonnement. Je lui plantai le Thunder Blaster dans le ventre. De la main gauche, je le tins par le cou, le temps que le choc lui bloque le système nerveux.

Je mis moins de six secondes à traîner sa masse inerte jusqu'à la camionnette et à refermer la portière. Je le poussai sur le vaste siège arrière et lui infligeai un nouveau coup de Thunder Blaster pour être sûr de l'immobiliser assez longtemps.

Ces gestes routiniers ne me prirent que peu de temps. Je le maintins en place à l'aide de la ceinture de sécurité. Le plus difficile fut d'ouvrir sa chemise et de desserrer sa cravate de façon à lui appliquer les pastilles directement sur le torse, où le gel conducteur éviterait toute brûlure révélatrice.

À l'instant où je posais la deuxième pastille, il ouvrit les paupières. Il baissa les yeux vers son torse dénudé puis me regarda.

— Att... att..., balbutia-t-il.

— Attends ? fis-je.

Il émit un grommellement affirmatif.

— Désolé, c'est impossible, répliquai-je en fixant la pastille à l'aide d'un adhésif médical.

Il ouvrit la bouche comme pour dire autre chose mais je lui glissai la balle de caoutchouc à l'intérieur. Je ne voulais pas qu'il se morde la langue sous la violence du choc. Cela aurait paru suspect.

Je me plaçai de côté pour éviter de le toucher au moment du choc. Il m'observait, les yeux écarquillés.

J'actionnai l'interrupteur de l'appareil.

Son corps tressauta vers l'avant, tirant sur la ceinture de sécurité. Sa tête partit en arrière et heurta l'appuie-tête. Les voitures sont très sûres, de nos jours.

J'attendis une minute puis lui tâtai le pouls pour m'assurer qu'il était mort. Satisfait, j'ôtai la balle et les pastilles. J'essuyai les résidus de gel à l'aide d'un coton imbibé d'alcool et le rhabillai. Je fus étonné de mon indifférence face à ses yeux morts.

Je ressentais un certain soulagement, peut-être, guère plus.

J'ouvris la portière de la Taurus et mis la clé de contact en place, puis j'examinai une nouvelle fois le parking. Une femme en tailleur, sans doute en route pour une réunion matinale, sortit de l'ascenseur. J'attendis qu'elle s'en aille au volant de sa voiture.

Je soulevai le cadavre pour le déposer sur le siège du conducteur. Je refermai la portière et pris le soin de vérifier mon travail.

Ça, c'est pour Jimmy. Et Cu Lai. Ils t'attendent tous en enfer.

Et moi aussi, ils m'attendent.

Holtzer leur suffirait-il ? Je retournai à la camionnette et démarrai.

26

Il me restait une dernière étape : Manhattan, 178e Avenue sud. Le Village Vanguard.

En consultant le site de la salle de spectacle, j'avais appris que le trio Midori Kawamura s'y produisait du premier mardi de novembre au dimanche suivant. Je fis une réservation pour le concert du vendredi soir à une heure du matin. Je n'eus pas à utiliser une carte de crédit mais ma place serait attribuée à quelqu'un d'autre si je ne me présentais pas au moins un quart d'heure avant la représentation. Je pus donc recourir à un pseudonyme : Watanabe, un nom très courant au Japon.

J'empruntai l'Interstate 95 du Maryland au Delaware jusqu'au New Jersey. À l'échangeur, j'aurais pu rejoindre la I-80. J'étais à trois cents kilomètres de Dryden, de la vie d'un autre.

Au lieu de cela, je m'engageai dans Holland Tunnel pour entrer en ville, où je gagnai le Grand Hotel de Soho, sur Broadway ouest. M. Watanabe avait réservé une suite pour le vendredi soir. Il arriva avant dix-huit heures pour être certain d'avoir sa chambre et régla en espèces : quatorze billets de 100 dollars pour la nuit. Le personnel ne trahit aucun étonnement. Sans doute pensaient-ils que ce client fortuné préférait l'anonymat pour recevoir quelque maîtresse.

Cette arrivée précoce me permit de prendre une douche, de dormir trois heures et de déguster un excellent dîner dans ma chambre : émincé de veau et Mouton 1982 provenant du restaurant de l'hôtel. Comme j'avais une heure à tuer avant de partir pour le concert, je me rendis au Grand Bar. Son atmosphère particulière, son haut plafond, sa lumière chaleureuse et ses tables de verre noir compensaient la sélection assez quelconque de single malts et l'agaçante musique house. Rien ne vaut un Macallan de vingt-cinq ans d'âge.

Je parcourus à pied le kilomètre et demi qui me séparait du Vanguard. Il faisait froid. Je me réjouis d'avoir enfilé un pantalon de gabardine anthracite, un pull à col roulé noir et un blazer bleu marine. Mon chapeau gris foncé, que je portais bien enfoncé sur la tête, me procurait un peu de chaleur tout en dissimulant mes traits.

Je pris mon billet à minuit quarante-cinq puis continuai à marcher jusqu'à une heure pile. Je ne voulais pas courir le risque que Midori ou ses musiciens passent devant moi avant le début du concert.

Je vis la marquise, avec son enseigne au néon rouge, et franchis les portes d'acajou pour m'installer à une petite table blanche, au fond de la salle, en forme de triangle. Midori était déjà au piano, vêtue de noir, comme la première fois.

J'aimais l'observer sans être vu, séparé d'elle par une tristesse qu'elle avait dû partager. Elle était superbe et cela me fit mal.

La lumière se tamisa, le brouhaha des conversations se tut. Midori donna vie au piano avec fougue. Je la fixais intensément, cherchant à imprimer dans ma mémoire les mouvements de ses mains, l'ondulation de son corps, les expressions de son visage. J'écouterais toujours sa musique, mais c'était la dernière fois que je la regardais jouer.

J'avais toujours perçu une colère dans sa façon de jouer, qui laissait parfois place à une tristesse profonde, résignée. Ce soir-là, il n'y avait aucune résignation. Sa musique était crue, furieuse, parfois mélancolique, mais jamais fataliste. Je contemplai Midori, je l'écoutai, sentant les notes et les minutes dériver loin de moi, cherchant quelque consolation dans l'idée que ce qui s'était passé entre nous faisait peut-être partie de sa musique, désormais.

Tatsu avait eu raison de lui dire que j'étais mort. Elle aurait fini par comprendre la vérité un jour ou l'autre. La vérité aurait trouvé un moyen de s'insinuer dans sa conscience.

Il avait aussi eu raison en affirmant qu'elle ne souffrirait pas longtemps de ma disparition. Elle était jeune et une brillante carrière s'ouvrait devant elle. Quand on n'a connu quelqu'un que brièvement, même de façon intense, la mort est un choc, mais pas particulièrement long ou profond. Après tout, des liens étroits n'avaient pas encore eu le temps de se tisser entre nous. La rapidité avec laquelle on s'en remet est une surprise, voire une légère désillusion. Le souvenir de ce qu'on aurait pu partager avec cette personne semble loin, improbable.

Le concert dura une heure. Dès la fin, je sortis discrètement. Je m'arrêtai un moment sous le ciel sans lune. Fermant les yeux, je humai l'air nocturne de Manhattan, à la fois inconnu et d'une familiarité dérangeante, liée à la vie d'autrefois.

— Excusez-moi, fit une voix féminine derrière moi.

Je me retournai, songeant à Midori, mais ce n'était que l'employée du vestiaire.

— Vous avez oublié ceci, dit-elle en me tendant mon chapeau.

Je l'avais posé sur le siège voisin du mien après l'extinction des lumières.

Sans un mot, je m'en emparai avant de m'éloigner dans la nuit.

Midori. Avec elle, je pouvais oublier tout ce que j'avais fait, ce que j'étais devenu. Mais ces moments n'auraient pas duré. Je suis le fruit de mes actes passés et je sais que j'en arriverai toujours à cette conclusion, quels que soient les charmes de cette rêverie qui précède le réveil.

Je ne devais pas nier ce que j'étais, mais trouver un moyen de le canaliser, pour la première fois, en quelque chose de valable. Avec Tatsu, peut-être. Il fallait que j'y réfléchisse.

Midori. J'écoute encore sa musique. Je m'accroche aux notes, je cherche à les empêcher de s'évaporer. Mais elles sont fuyantes, insaisissables, et elles meurent dans les ténèbres qui m'entourent, comme des balles traçantes dans les arbres.

Parfois, je me surprends à prononcer son nom. J'aime sa texture sur mes lèvres, assez tangible pour donner de la substance à mes souvenirs. Je le prononce lentement, plusieurs fois de suite, comme un chant ou une prière.

Je me demande parfois si elle pense à moi.

Probablement pas, me dis-je chaque fois, comme une évidence.

Qu'importe. J'aime savoir qu'elle est là. Je continuerai de l'écouter dans l'ombre, comme avant. Il en sera toujours ainsi.

Je tiens à remercier Nat Sobel, mon agent, et sa femme, Judith, qui ont cru en moi dès le départ. À certains moments, Nat connaissait John Rain mieux que moi, ce qui pouvait être troublant. Sans les conseils de Nat, Rain n'aurait jamais pu devenir ce personnage complexe.

Je remercie également mon merveilleux professeur et ami Walter LaFeber, de l'université de Cornell, auteur de *The Clash : A History of U.S.-Japan Diplomatic Relations*, le meilleur ouvrage sur le sujet, qui m'a procuré les bases historiques de la naissance de John Rain.

Je remercie mes professeurs, mes partenaires de judo du Kodokan de Tokyo, le cœur du judo mondial, pour m'avoir offert les capacités dont John Rain a fait ses outils de travail.

Je remercie Benjamin Bulford, le responsable de *Forbes* à Tokyo, qui a rédigé des articles sur la corruption au Japon avec courage et ténacité, corruption qui sert de toile de fond à ce roman et qui devrait être mieux prise en compte par ceux qu'elle touche directement.

Merci à Dave Lowry pour son sublime *Autumn Lightning : The Education of an American Samurai*, qui a influencé ma propre conception du *shibumi* et des arts martiaux, contribuant ainsi à l'éducation de John Rain.

Merci à Carl, vétéran des guerres secrètes, qui m'a appris à frapper le premier, vite et souvent, et dont la seule présence m'a permis de penser dans le bon sens.

Mais je remercie avant tout ma femme, Laura, qui a supporté mes obsessions et a tout fait pour encourager la création de cet ouvrage. Grâce à nos innombrables discussions, parfois le soir, devant un single malt, Laura m'a mieux que quiconque aidé à trouver l'intrigue, les personnages, les mots, la volonté.

J'ai tenu à dépeindre la capitale japonaise le plus justement possible, à deux exceptions près : les familiers de Shibuya sauront que le magasin de primeurs Higashimura ne se trouve pas au milieu de Dogenzaka mais plus près de la gare. Ceux qui chercheront le bar Satoh à Omotesando trouveront de nombreux excellents bars à whisky dans le quartier, mais l'établissement de Satoh-san, le meilleur bar à whisky du Japon, se trouve en réalité à Miyakojima-ku, à Osaka.

DAVID
BALDACCI
Les pleins pouvoirs
POCKET

Derrière les apparences...

(Pocket n° 12285)

Psychiatre à Londres, Kit Quinn est appelée à participer à une enquête sur l'assassinat d'une jeune fugueuse dont on a retrouvé le corps lardé de coups de couteau. Les soupçons de la police se portent rapidement sur Michael Doll, mais Kit a de sérieux doutes quant à la culpabilité de ce marginal qui n'a pourtant pas hésité à l'agresser et à la blesser lors d'une crise de démence Pour élucider cette affaire, elle devra se dépasser, et surmonter ses préjugés au risque de réveiller ses propres démons…

Il y a toujours un Pocket à découvrir

Impression réalisée sur Presse Offset par

BRODARD & TAUPIN

GROUPE CPI

27863 – La Flèche (Sarthe), le 26-01-2005
Dépôt légal : février 2005

POCKET – 12, avenue d'Italie - 75627 Paris cedex 13
Tél. : 01.44.16.05.00

Imprimé en France